管理的心法：

一个跨界者的蝶变笔记

胡启毅　著

中国农业出版社

北　京

CONTENTS 目 录

人生就是一场蝶变 ▶▶▶

人生就是一场蝶变，从初我到本我。

管理就是一次旅程，从初心到本心。

在自然的田野，一个懵懂少年巧遇恩师，自然生长。在一个温暖的家庭，诚实和感恩被铭刻在生命里。

进入机关，痛苦在徘徊中沉淀，心性在碰撞中成长。

商海汹涌，波浪滔天，各种角色轮番上演。利益的纠葛，关系的演变，善良为善良买单，诚实为诚实奉献，灵魂在呻吟中升华。

人终究要回归，教育就是港湾。这里是远行者的归属，是放下者的驿站。

平静如水的日子，就是一道美丽的风景。

管理始于自律，止于人心。

第一部分　乡野

大多数人仿佛一片落叶，在空中翻滚、飘摇，最后踉跄着归于尘土。有的人，极少数，如同天际之星，沿着固定的轨道运行。没有风能动摇他，他内心有律法和轨道。

赫尔曼·黑塞

第一章　恩师启蒙

　　建在乡村的小学，又叫村小。我的村小建在一块高地上。在丘陵地带，找一大片平地是困难的，村小的地块也不例外。虽然说它是学校，其实只是一字排开的三间瓦房，中间插进两间南北相靠的小房间就是老师的宿舍和办公用房。三间教室的一端折向建了一间低矮的偏房，就是老师的厨房；教室的另一端是坡地挖平的地块，用水泥垒砌的乒乓球台就安置在这里。因此，我的小学是没有篮球场更不可能有足球场的。

　　上小学一年级的时候，学校是第一次招生，只有一个班，只有一个老师：段老师。段老师是老牌的县师范毕业生，毕业之后一直在条件最艰苦的村小流动教学。报名的时候第一次见到段老师，瘦高的个子，清癯的脸庞，温和的目光，薄薄的嘴唇，高耸的鼻梁，还有干净的眼睛：让你觉得这是一个慈祥的家人，不是一个令人敬畏的老师。从第一天上学我就喜欢上这所只有一个班一个老师的学校，每天期盼见到老师、见到同学。

　　从家出发到学校要经过两条小溪，再翻过一个高高的山梁。山梁的顶部是挖平的一个晒场，场边建了几间仓库和一间不大的办公室，这就是生产队办公的地方。父亲是生产队长，每天上学的路上都能看到他在忙碌。从山梁下到第二条必经的小溪是一段长长的下坡路。在天晴的日子，与同学一道飞奔下山；也许因为速度很快的原因，晚上做梦，经常梦见自己在这一段飞翔的样子，每次醒来无比幸福地回味。唯一的缺憾就是飞得太短了，真希望多飞一会儿，梦再长一点儿。

嘻嘻哈哈的同学，无忧无虑地奔跑，这些都还不是自己期盼上学的主要原因。在一节语文课上，段老师出的作文题目是"记一个熟悉的人"。同学们大多写的是四川老乡黄继光、邱少云等英雄人物，而我却写了父亲，写他如何参加抗美援朝、如何教育我们。段老师把我的作文作为范文在全班同学面前读了一遍，当时我全身都激起了鸡皮疙瘩：既有把家里的事说出来的羞涩，更有作文被老师肯定无以言表的喜悦。段老师让我把作文重新誊写一遍，粘贴在教室后面的黑板报里。每次回头看见唯一被粘贴的带格子的作文纸，我就有一种说不出的幸福之感；仿佛听见跳动的音符奏出的美妙旋律，说不清准确的意思，但它又无时无刻不在拨动你的心弦。

从那之后，作文课就成了我最喜欢的课程。段老师关于作文的讲解，包含如何立意、如何分段、如何递进、如何描写、如何把握中心思想和段落大意。每一句话我都生怕错过，每一次写作就是上次作文课讲解内容的实验。当然，每次的作文也就顺理成章地成为范文，顺理成章地被贴在黑板报上。一学期下来，同学们听我的范文已经成为习惯。如果没有成为范文，同学们就会交头接耳，认为我的作文不上墙是不正常的。作文带来的"高光时刻"成为我喜欢上学的起点。真正喜欢上小学，也喜欢上老师，是因为老师给了我们家长不能给予的精神世界和身心关怀。这些留下的印象太深刻了，我不知道自己喜欢搞教育是否跟启蒙教育有关系。

　　冬天的四川阴冷潮湿，赶上下雨天，上学的路就成了泥泞路。家里买不起水靴的，只有赤脚上学。走在泥泞的路上我不觉得冷，但到了学校光着脚丫上课就是一件痛苦的事情。段老师建议同学们带一双布鞋放在学校里，他给大家准备上热水。冻得红彤彤的小脚丫，洗去泥泞之后穿上布鞋，那种温暖的感觉我至今都记忆犹新。天气晴朗的日子，我们是回家吃午饭的；若赶上下雨天，老师就让大家带上餐具和大米，免费给我们蒸米饭。后来，包括我父亲在内的家长知道老师垫钱买煤炭给同学蒸饭，都要求给老师蒸饭的伙食费。老师说："我自己也要吃饭呢。"老师就是不收费。家长们只好把自己家里的枯树枝砍成烧饭用的柴火，晒干之后再送到学校。老师这才勉强收下，并让同学们轮值烧柴蒸饭。这也成为生动的劳动课，同学们都争先恐后干活，每个烧火做饭的同学脸上都洋溢着快乐的神色。热气腾腾的米饭出锅的时候，蒸饭同学的成就感难以言表。

　　段老师教我们的时候四十出头，为多个乡村送走了一波又一波的小学生，教学经验也已是非常丰富了。一年级时，他重点教我们认字和算术，培养我们的学习兴趣。二年级开始教我们学习方法，要求我们对语文和数学两个主科使用一套闭环的学习方法，即课前必须预习、上课认真听讲、课后立即写作业，每一次他批改作业中的错误部分必须重做一遍；一个单元学习完毕，必须要复习；一个学期学习完毕，必须对全学期的重点内容进行总复习，并把错题再过上一遍。尤其是对每个单元进行总结，乃至对全书的总结，自己不断反省、不断提高；在大考之前都把每一门课的要点写在一张纸上，再把一些难点突出出来，并把难点对应的习题浏览一遍。这种既能整体把握某门课的要点、又能深入剖析难点的方法论，让我终身受益。这是多么了不起的学习方法呀，当我有了孩子，我也是教他这套方法。意外的收获还在于，无论后来遇到多么复杂的事情，我都不惧怕；因为我坚信，凡事都有解决的方法，只是暂时没有找到这个方法而已。

段老师年轻时候喜爱运动，在一次篮球运动之后，带着冒汗的身体直接跳入清凉的水库洗澡，从此染上哮喘。老话说，"内不治喘，外不治癣"，这个病一直缠着老师。地主的家庭出身加之身体有病，老师一直没有找到合适的结婚对象，或许他就把我们当成了他的孩子。在我小学六年的记忆里，老师没有骂过一次同学。虽然他一个人"全能型"地教一个班，几乎没有喘息的机会，课后还要批改作业，但是他的耐心似乎永远也耗不尽。有的家长没有文化，不觉得学习重要，让孩子在家干农活。于是老师就去家访，苦口婆心地告诉家长，只有学习才能改变孩子的命运。小学六年，全班没有一个同学辍学。在一个偏远的农村村小，这是非常少见的。一个没有家庭、没有孩子的老师，学校就是他的家，学生就是他的孩子。我们是幸运的，在好老师稀缺的年代，段老师陪我们五十多位同学走过了六年的快乐光景。

九十年代初，段老师的家庭成分不再是压在他身上的石头。因教学效果好、学生零辍学率，老师在把我们这一届送走之后，被调到了乡中心小学。这里不仅有从一年级到六年级的全部小学生，还有乡附属初中。我在小学毕业之后升到这里的初中，正好赶上段老师调到这所学校。由于我是他的学生，虽然他继续教小学，天然的亲近感让我每天会去老师那里坐坐，跟老师聊聊学习的体会、请教学习的方法。

乡里的初中学生来自全乡几十个村。由于当年教学条件的限制，初中每个年级只招收两个班级，不到一百名学生；每个村小只有几个小学毕业生考上初中，都是各个村小拔尖的学生。我志忐忐地开始自己的初中学习，凭借段老师打下的作文基础，很快在初中班级崭露头角。作文依然是当成范文，依然是在黑板报上张贴，依然是不断得到语文老师的表扬。因此，我慢慢建立起学习的自信，在同学中的威信也慢慢建立起来了，并且一年级的期末考试各科成绩名列前茅。或许因为语言相通的缘故，对大多数同学如天书般的英语，自己格外开窍，非常喜欢按照语法结构安排句型、按照词根构建单词的语言形式；除了读音不准确之外，英文比起中文似乎更容易掌握。那个年代缺乏英文老师，我们的英文老师是刚刚高中毕业没有考上大学的代课老师。在我的记忆里，他没有说过一句流利的英文。他讲的语法，我能无师自通。当然每次考试都是满分，于是老师就让我批改同学的作业，老师这种无声的鼓励进一步强化了我对学习的兴趣。语文和外语的学习优势，也带动了其他课程的学习。段老师在小学教的学习方法大显神威，没有几个同学会提前预习，也没几个同学会对每个单元进行复习总结，更不太可能在期末开始之前对学习的内容进行归纳总结，而这些我都是自觉进行的。

初中一年级期末，全区（此处区是介于县乡之间的行政级别）组织会考，要把每个乡初中尖子生集中到区中学，组建两个尖子班，以便提高全区的升学率；教尖子班的老师从各个乡的优秀教师中抽调。我作为我们乡被选中两个尖子生中的一员，初二开学就到离家几公里之外的区中学上学。学生的住宿是可睡几十个学生的大通铺，由木板做成的楼板铺就。每一个同学起床行走的声音都会干扰其他同学，通铺中间的过道频繁响起咚咚的脚步声，即使在深夜也不会停歇。我是一个对环境非常敏感的人。通宵响彻不停的脚步、混合满屋的汗味、脚丫子味，还有此起彼伏的鼾声，几乎让我彻夜难眠，感觉自己真的神经衰弱了。

在区中学上课一个月后的周末，我回到乡中心小学，找到段老师，诉说了我的困惑。一方面，区中学的尖子班配备了优秀的老师，乡初中教我化学和语文的老师都被抽调到了区中学教尖子班；另一方面，我又极度不适应住宿环境，期望转回乡附属中学。在了解我的困惑之后，段老师说："老师固然重要，但学习是自己的事，凭你的学习劲头和学习方法，在区中学或回到乡附属中学都能学好。"在老师的鼓励下，我迅速办理了转学手续回到我熟悉的乡附属中学。两年后的中考，自己因为差一分的成绩没有考上县师范，但成绩远远高出高中录取分数进入高中学习。人生不能假设，但我深信作者柳青那句话："人生的道路虽然漫长，但紧要处常常只有几步。"如果当年没有转学，或许中考可能考得好一点，跨过那一分的"栏杆"；我就去县师范学校就读，之后在县里某一个地方教小学，那是另一种人生的轨迹了。

段老师调到乡中心小学之后，哮喘病发作更加频繁。由于哮喘发作时气管堵塞，他需要发出长长的呻吟来撑开气管，呼吸一点有限的空气。频繁的呻吟，总是让人心生悲凉。这些都不算什么，最重要的是，哮喘大多在夜晚发作，越是到深夜越严重；当气管堵塞到窒息的时候，就需要人拍背协助呼吸，或者请医生现场疏导。

我与老师天然的亲近感自然成为照顾他的最佳人选。下午看见老师哮喘加重，我就留下来，坐在他床对面的桌子上学习，随时给他倒水、拍背，更换贴在背上被汗水打湿的毛巾。他一旦严重了，不管多晚，我都要摸黑走到两公里之外的乡卫生院，请那位对老师病情了如指掌的燕医生。其实刚开始走没有路灯的夜路是非常恐惧的。在寂静的深夜，拿着手电，总感觉有一个人跟上自己，尾随在后；有时情不自禁回头看，又空无一人。燕医生与老师的私交很好，只要我去敲他的门，无论多晚，也无论什么季节，医生都不会拒绝；在我陪伴老师三年里，只有一次没有出诊；那时医生自己病了，让我把药带回去。陪同燕医生回学校的路上就不再恐惧了，一般燕医生背的药箱里已备齐老师需要的药品，我就不用再陪同返回医院；但如果老师情况严重，需要额外的药品，我还要把燕医生送回医院，并取上新的药品。当老师哮喘缓解、不再呻吟，我就趴在床前的桌子上睡一会，天亮后第一件事是去小河边洗一筐打湿的毛巾；第二天上课必须强打起精神听课，直到中午补个觉。三年时间里数不清的夜晚陪护，老师觉得非常亏欠，视我如己出。他跟学校食堂交代过，只要我在学校都按照他的标准吃教师饭，费用完全由他承担。

陪伴的时间长了，我也把他视为家人，由最初的被动呼应式的照顾，开始主动体贴老师在生病时的需求。比如，提前准备大量干毛巾，烧好开水，冬天把屋子的炉火烧得旺一些，把常用的药品都分门别类放在显眼的地方。久病成良医，老师对自己何时可能发病，以及发病的严重程度掌握也越来越清楚。我也已基本摸清照顾的关键环节，在什么情况下吃什么药，在什么情况下必须请医生，都有了"套路"。我跟老师的配合也越来越默契。我陪护老师的事，也很快在不大的学校传开了。校长主动找到段老师，把他的宿舍钥匙给我，这样我就可以在段老师病情缓解不需要照顾的时候去校长的宿舍休息。

自己是放弃区中学尖子班的"回炉生"，我是学校在校生考上中专或高中的指望；加之自己学习上心，又是班长，还有照顾老师的"加持"；在校长周一的全校学生升旗仪式之后的训话里，我就是那个经常被提及的"榜样"。其实，这也给了自己无形的压力。多年后，我虽然相信榜样的力量是无穷的，但在管理过程中只愿总结典型案例、不愿意树立榜样，仔细想起来，或许是那时长期当榜样的应激反应吧。老师和校长的特别关注，极大地增强了自信心，在"众星捧月"般的氛围中读完了初中。跟老师的感情也更深了，老师只要有机会就以讲故事的方式，传授许多为人做事的道理。老师总是说，农村孩子改变命运的唯一出路就是读书，"书中自有黄金屋，书中自有颜如玉"。现在看来世俗的话，对于一个懵懂的农村孩子，就是一盏明灯。以至于我在北京工作后再返回故乡时，每次都把小村庄里那些适龄孩子召集起来。除了散发糖果之外，就是问他们："你们想坐飞机吗？"孩子们都齐声回答："想呀。"我说："我就是坐飞机回家的，为什么可以坐飞机呢？因为我好好读书。"把学习与孩子们看得见的天上飞过的飞机联系起来，或许也是一种地上学习的现实与天上飞机的梦想联系起来的最佳方式吧。

三年学习结束，全县中考，我还是让校长和老师失望了，以差一分的成绩没有考上中专而"被迫"上高中。或许这个对学校声誉不利但对我未来考大学有利的一分，冥冥之中是命运的安排。人生之中，某一个偶然事件就改变了人生的轨迹，差这一分就是改变自己命运的偶然事件。

当年也是唯一的一年，按照乡镇划分去对应的高中上学，而不是按照往年按中考成绩优先录取到最好的中学。那年我所在的乡对应到排名全县第二的中学，一年学习下来成绩名列前茅。而后，通过宕渠中学的转学考试，我成为该中学最好班级的学生。高中三年的每个假期我都是在段老师身边过的，一方面为了照顾他，另一方面家里还没有通电，昏暗的煤油灯让我戴上了近视眼镜。老师宿舍的电灯就像一盏希望之灯，点亮我前进的路程。高考对于每个农村孩子来说，不只是考试，更是一次改变命运的拼杀。老师在小学就让我明白了道理——农村孩子的唯一出路就是读书考大学，已深深扎根在心里。老师知道我学习努力，他从来不跟我谈学习，而是帮我分析高考各科的分数构成，再根据我的学习状况测算我的高考分数，以此把最有效的时间用在最能提高分数的地方。多年以后从事管理工作，发现这不就是典型的目标管理嘛。老师或许不知道这个管理名词，但他的确指导了我的高考目标管理，这对如何分配自己的学习时间和精力、争取更高的高考分数至关重要。最后，我能以全县第十三名的成绩考上大学，这个目标管理起到了关键作用。

选择高考志愿是大事，我征求老师的意见，老师建议选择自己喜欢的专业。其实，一个家住农村的高中生一心扑在高考上，并不知道自己喜欢的专业是什么，但觉得老师的建议是对的。填报高考志愿之前，仔细想了想自己要做什么？看着父辈一生扎根农村，面朝黄土、背朝天，自己只有在农业上做些什么才能帮助他们，必须做一个农业科学家，譬如培育一个优良品种就可以改变他们的命运。当时就是那样一种朴素的想法，后来上了大学才知道有多幼稚。因为这个选择，一辈子都在农业产业里学习和工作，或许也是偶然中的必然吧。在农业系统兜兜转转几十年，没有用自己所学专业帮上父老乡亲，内心的亏欠只能用帮助一些孩子上学和找工作来弥补。一个人对家乡的情怀有时很难用语言描述出来，也许有思念、有不舍、有亏欠，更有感恩和挂念。

　　到北京上大学让父母和段老师都非常高兴。当我踏进大学校门的时候，学校从外地迁回北京没几年。当时，学校里还驻扎着八个国家单位，每个单位都有自己的地盘。学校里就像一个大杂院，这与自己梦寐以求的大学相去甚远，心中非常失望。于是，我向老师写信诉说心里的失落。老师引用当年清华大学梅贻琦校长的话："所谓大学者，非谓有大楼之谓也，有大师之谓也。"老师的知识渊博使我更加敬佩。大学东区与清华大学只有三个街口的距离，而远在千里之外的小学启蒙老师都知道清华老校长的名言，深感自己认知的浅薄。由于父母不会写信，老师就成了父母的代言人，差不多每一个月，父亲就要去找老师一趟，把家里的情况讲给老师，老师再把他的话变成书信的语言。我寄给父母的书信也是通过老师转交。老师非常理解父母对孩子的想念，我写给父母的信件只要到了老师手里，老师就第一时间通过村里上学的孩子带给我父母；如果过一段时间父亲没有去找老师写信，老师也会主动找我父亲，询问是否要给我写信；如果家里找不到读信的人，老师还要把我写的信读给父亲听。老师成了架设在我与父母之间的桥梁。

　　我读大学的时候，大哥因为没有考上大学，在村里任团支部书记，同时以做挂面为生。我每个月的生活费主要靠大哥供给，对于一个只有微薄收入的家庭来说，其实是沉重负担。虽然我已经非常节省，加之农业院校不仅不收学费，每个月还有四十多元的补贴，但最起码的生活花销还是很难保证。老师知道这种情况之后，每个月就给我寄十元钱，一直到大学毕业，都没有间断过。当时默默许下诺言，一定要像照顾父母一样照顾老师。大学毕业有幸留校任教，我立即着手邀请老师来趟北京。就在一九九一年的暑假，老师的学校放了假，跟我住同一个宿舍的同事回家探亲；我立即邀请老师来北京，以报答老师这么多年的培育之恩。老师在北京十多天时间，我全程陪同去主要景点。这是老师第一次来北京，看得出来他是非常开心的。他说他的开心不仅是因为看到了北京的风景，更是为我能留在北京、留在大学而开心。我想这样的心情与几年后父母来京时心情是一样的。只是那时的我真是穷光蛋，出门都是搭乘公交，一天逛一个景点便已筋疲力尽；去长城还要到清华园搭乘火车，几经转车才能到达；更没有机会去高档餐厅吃过饭，只能不断念叨要在老师下次来的时候给补上。老师从来就是一个不愿意麻烦别人的人，在北京一个礼拜之后就嚷嚷着要回老家去。我挽留老师在北京多住了一个礼拜，很不舍地把老师送上火车。当火车缓缓驶离北京站的时候，我像进行了一次长久的告白，心里空落落的。

人生无常，老师回四川之后，很长一段时间非常开心，经常向其他老师讲起在北京的所见所闻；在给我的回信里，他还不断回忆在北京看景点的一些细节。时间到了一九九三年，老师的哮喘病发作的频率不断提高，身边照顾的人不多。我联系大姐的孩子，他刚好在老师所在的学校学习，拜托他就如我当年照顾老师一样，一旦老师哮喘病严重发作，就端茶递水，或是请医生。就在那年五月的一天，突然接到一封电报，老师去世了。惊人的噩耗，如晴天霹雳，我在办公室里嚎啕大哭。同事原以为我是亲人离世，后来知道是小学老师去世了，就有人交头接耳说我脆弱。他们哪里知道，我失去的是一位精神的导师、情感上的亚父和资助我四年大学的恩师呀。老师走得如此突然，让我永远失去了再次请他来京的机会，这成为我一生的遗憾。老师安息在一个山坡之上，静静流过的河水永远陪伴着他。每次回老家，回到镇上，我搭乘渡船跨过一条河去给老师上坟的时候，老师那慈祥的面容总是浮现在眼前。

第二章 点醒时刻

我出生在巴山之下。在儿时的记忆里，靠山依水的村落与起伏的丘陵、散落其间的水田相映成趣，炊烟袅袅，鸡鸣鸟飞，邻里和睦，仿佛一幅美丽的乡村画卷。

初中学校就在几公里之外的一个山坡上，背靠一座陡峭的山梁，一旁是蜿蜒起伏的山丘，另一旁就是一条常年流动的小河。小河上三座水库形态各异的大坝梯次排开。溯流而上，排在上游的水库淹没面积和蓄水量最大。水库大坝呈圆弧状，底部大，中间分三级收缩，到顶部差不多就只有底部一半的宽度。大坝的顶部两端高，中间留出一个略低的缺口，以便泄掉超过库容的洪水。夏天的暴雨迅速灌满水库，多余的洪水奔涌到大坝的缺口，形成倾泻而下的壮观瀑布；雨过天晴，散落的水珠透过太阳的照射，一道彩虹横跨弯拱的大坝，美不胜收。

上游的大坝与中下游连贯的两个稍微低矮的大坝，拦住奔流的河水，形成了三湖相映的美景。我的启蒙小学就在上游大坝的一端，而在下游的水库大坝的旁边就是我的初中学校。上游水库大坝旁的小学到下游水库大坝边的初中，相隔不到两公里，高差却有上百米；如此三座相连的水库，如此近距离的小学与初中，如此美妙的景观，即使在景色优美的四川恐怕也不多见。

上游水库的大坝有近百米，建后淹没了两条小河沟和数百亩的土地。我家就住在水库的上游，庆幸的是没有被淹没。水库蓄满水，最近的水面与住家只有几十米的距离。一方面，让我们洗衣、游泳非常方便；另一方面，水库淹没了我们小时候上学和玩耍的小路，也就淹没了我们童年的记忆，更是增大了游泳溺水的风险。水库刚刚蓄水的时候，我和堂哥就不知天高地厚，从家附近的岸边下水，一直游到大坝，历时近两个小时；上岸之后才发现自己浑身上下红如嫩姜，被家长发现暴揍一顿才知道后怕。

点醒

在儿时的记忆里，农村是吃得新鲜、玩得新鲜、看得新鲜的所在。春天百花盛开的美景，夏天蜻蜓翻飞的意趣，春天堂前屋后的果实，以及冬天河上漂浮的白冰。每天晨起应和的鸡鸣，袅袅的炊烟，即使在中午夏天也是游泳的大好时节，更不要说傍晚的黄昏和晚上的蛙鸣。乡村是一个生动的存在，每一个元素都被赋予一种生命的张力。乡村与不断生长的植物和动物和谐共生、交相辉映，分明就是一幅生动的图画。

在四川农村，许多家族的成员比邻而居。同样的姓氏，同一个祠堂，聚集在一个大的院落。家里孩子是玩伴，大人是来往密切的亲属；每个小家庭都是大家族的组成部分，年龄和辈分最高的长辈是这个家族的大家长，无论是小家内部还是小家与小家之间的矛盾纠纷都依仗大家长出面协调沟通。在一个大家族之内，除了经济关系是非常清楚的之外，小家的边界并不是非常清晰的，各个小家的家长里短彼此了解。当然也有相互之间产生不可调和的矛盾，彼此仇恨、争端不断的大家族。受传统文化的影响，即使家族内部小家之间可能有矛盾，但是一旦面对其他家族的挑战，家族内部又会短暂团结起来、一致对外。

家族里的孩子因为没有明确的是非观念，即使家族内部两个小家庭之间有矛盾，并不影响两家孩子的交往。家族里不同年龄层次的孩子构成了一个玩耍的丰富场景，同路上学和下学，同在一所学校，相邻相仿的孩子甚至在一个班级上学。高频交往，密切交流，家族背景，让家族内的孩子成了彼此非常亲近的伙伴。当然，这种伙伴关系无法避免因为学习成绩的不均衡、家长之间的矛盾等外在因素而被打破；但通常情况下，家族内的孩子受家族文化的影响，大多在一个开放、喜乐、充满亲情的环境下成长。

在我的记忆里，家族院落合围的坝子就是我们玩耍的"主战场"，捉迷藏、嬉笑追逐等都是在这个坝子里进行。坝子边缘的石级就是孩子们一日三餐的板凳，捧着各家的饭碗，闻着邻家的饭香，不时"借"饭；不分彼此的亲近感，在大家族的一日三餐里荡漾。在众多关于故乡的记忆里，即使在食物短缺的年代，在院坝台阶上吃饭的场景总是那么清晰、那么温暖、那么记忆犹新。

童年的记忆并不总是美好的。乡村与城市比较起来，粮食、蔬菜、水果等农产品的比较效益低、交易成本高，农民的收入来源非常单一。即使在乡镇企业发展的时代，乃至农业企业蓬勃兴起的年代，农村的人均纯收入也只有城市的三四成。资源匮乏在农村广泛存在。能吃饱饭是孩子们的第一需求，吃肉是孩子的奢望。一年到头，只有过年吃肉是不受数量限制的，所以有"大人盼过年、小孩盼种田"的说法。孩子穿新衣服当然也是在过年才可能发生的奢侈事件。直到今天，小时候过年吃过的腊肉等食物、穿新衣和鞭炮爆炸的硝烟味道，依然与"过年"高度关联。过年不仅是食物、新衣服、鞭炮味道的记忆，还是一年的转折点。如果上一年风调雨顺，期望来年能够继续；反之，去年灾害频发，期望时来运转、新年新气象。"过年"成为一个转折的节点，总是给人带来新的希望。

这种新的希望中包含了父母更清醒的认识，那就是要摆脱农村、走向城市，成为"旱涝保收"的城里人。而走出农村只有两条路：参军或者升学。前者是为那些身体强健并有一定家庭背景的年轻人准备的，后者是为学习成绩好的孩子准备的，我属于后者。家长从小就告诉我们，升学是唯一的出路。因为在父母的眼中，参军只是暂时离开农村，服役期满后，还是要回到农村的，只有升学才可以真正走出农村过上城里人的生活。但对于一个"沉浸"在欢乐玩伴营造的美好氛围里的孩子，未必能把学习与未来的生活挂上钩。学习成绩好坏不仅与天赋相关，还与从小养成的学习习惯高度关联。年龄很小的时候，我当学习只是一个不带目的的任务，直到一次偶然的劳动"事件"才把学习与未来的生活关联起来。

按照就近耕种的原则，家里的责任田原本大多零散分布在住家的周围。兴修水库把周围最近的责任田都淹没了，只能耕种离家更远由其他生产队周转而来的土地，因为距离是原来耕种土地的数倍，大多是农忙季节里最后耕种的部分。初中一年级的夏天，我常利用下学回家后太阳下山之前的时间，帮父母干农活；这次就是去上面提到的一块"飞地"背玉米秸秆回家，晾干之后作为冬天的柴火。或许因为没有经验，对刚刚割下的玉米秸秆的重量缺乏敬畏，当玉米秸秆被捆在一个被叫做"背夹"的背负工具上之后，我背上便往家赶。起初还是可以倾斜着身子负重前行；走着走着，感觉肩上的背夹越来越沉重，只能躬身爬行。即使不断增加停歇的次数，仍因为肩上的重担寸步难行；甚至想放弃，卸下一部分或全部玉米秸秆。但毕竟是冬天的柴火，且本来能干的农活不多，更不能被父母发现自己的"失败"，唯一的出路就是坚持再坚持。家就在不远的路边，一点点缩短的距离就是希望的距离；给自己打气，无论有多难我一定要爬回家。两个多小时的路程，我有一半是爬行回去的。一路的汗水，一路的爬行，一路的绝望，一路的期望，似乎把我点醒了。回到家把沉重的负担卸下来，我没有哭，但真正明白了一个道理。那就是，如果不通过学习走出农村，这就是我一生的常态；走出农村就是我全部的使命，为了更好地生存，必须走出去，走到大城市去。

作为一个初中一年级的学生，一旦把学习和自己未来的使命关联起来，学习就不再是每天完成的任务，而是改变命运的救命稻草。这种内在强大的动力成为自己克服各种困难的坚定力量。后来看到德国哲学家黑格尔说，人在经历一个昏暗的收缩点之后，就如通过一个关卡，之后才能到达安全的境地，从而相信自己，确信一个更内在、更高贵的生活。有一种他乡遇知音的感觉。在我年轻的生命里，这次负重前行就是一次点醒，很难想象没有这次转折，虽然学习不错，也未必能够把学习与自己命运建立起联系，尤其当时是一个尚未涉世的初中学生。生命历程中的点醒大多是一次人生的挫折，甚至灾难，如此能撕开生活温情的面纱、触摸生活的真实，从而更加客观地看待生活、理性地面对生活。学习成绩好坏很大程度上取决于自己内在动力是否充足，生活的点醒把父母讲的道理转化成现实的压力，进而变成学习的内在动力。多年以后，自己也为人父。城里出生长大的孩子，没有经历农村这种现实的压力，反倒是感受着光怪陆离的城市诱惑，学习与命运的改变很难建立起直接的联系。我曾安排孩子在老家农村上一段时间的乡村私立学校。糟糕的教学环境，酷暑下的上学路，晚上蚊虫的叮咬，同行孩子作为留守儿童的境遇，凡此种种，孩子至今还是记忆犹新。而后，便是长大后，终止大二的留学生活，独自骑行四千多公里，从北京到拉萨。刻骨铭心的经历终生难忘，想必对孩子的成长是一次锤炼，或许也是一种对成长的点醒吧。回想起来，生存的压力能否转化成奋进的动力，关键在于一次生命的点醒，以及点醒之后的持续努力。

生长

我出生在一个温馨和谐的家庭。母亲不识字，拥有天然真诚与朴素；就如自然界一棵不被注意的小草，躲在一个安静的角落，在自然的阳光雨露中默默地生长。父亲参加过抗美援朝战争，但他很少谈起那段经历。在本质上，战争并不是一种正常生活的切面，而是特殊时期特殊状态的呈现。战争除了练就父亲坚韧的性格，还有看淡生活的豁达。每一个经历生死的战士面对死亡应该与常人不同。母亲是在外婆营造的一个非常温暖的小家庭长大。即使在一个院坝集聚的十多户人家里，依然以她的真诚、善良和勤奋赢得良好的口碑。母亲把这种品格带到了胡家湾的婆家。父亲的家庭是一个有六个孩子的大家庭，大多都正常成家；虽然没有母亲家庭那么突出的品格特点，也算是一个殷实的大家庭。仅有一年私塾经历的父亲，识字不多；在部队历练之后，豁达、感恩与坚韧成为他性格中最突出的特征。母亲的自然状态和父亲的士兵特性，刚柔相济，相濡以沫，携手几十年未曾吵过一次架；直到母亲最后十年患有老年痴呆，也一直彼此依靠。我们四个小辈就是在这样一个和谐温馨的环境里长大的。现在回想起来，那时的物质条件的确非常糟糕，但在精神启蒙阶段是平和充盈的。没有算计的念头、没有复杂的交往，或许是我们这样农村家庭的常态。当然，这也为后来面对复杂人际关系时的不知所措埋下伏笔。与城里人从小在人堆里长大不同，农村相对简单的人际关系、朴实而善良的周遭环境，提供了培育孩子自然生长的土壤，也留下了与人交往的短板。

精神世界就在这样的土壤里缓慢成长，房前、屋后枝繁叶茂的树木、满眼的庄稼、鸡犬穿梭的住家构成一幅山水图画，蓬勃向上的力量仿佛是农村生活的底色。我不知道对别的孩子的影响，但对我来说，似乎被注入了一种不屈不挠的生命力。极度贫乏的物质条件，不仅降低了物欲，也给予了容易满足的基本心态，似乎一切都在和谐中成长。直到二婶的去世，引发了自己对死亡的恐惧，并懵懂地开始对"我"的寻找。

二婶是一个非常开朗勤奋的人，常常未见其人而闻其笑声；跟母亲的沉默比较起来，她的笑声非常有感染力，在我们幼小的心灵里留下温暖的印象。就是这么一个鲜活的生命，在我上初中的时候突然离开人世。按照农村的习俗，停尸堂屋。亲人守夜的时候，哭声环绕，鼓乐哀鸣，我感到悲从心中升起。一个疑问盘旋在脑子里："人为何要死？为何要生？"之前从来没有想过这个问题，而在那一刻那么强烈地冲击自己，进而问自己："我是谁？我也会死吗？"前者是一个无解的问题，后者让自己恐惧万分。现在想起来，或许并不是恐惧死亡本身，而是恐惧不知道死后会去哪里。确定的死亡不可怕，不确定的死亡去向才可怕。

死亡就像一块巨石投在平静的湖面，溅起的水花随着时间的流逝慢慢恢复了平静，但是抹不去的是巨石投湖的强大冲击。于是，我在自然生长和对死亡恐惧的变奏里不自觉地开始寻找：我从哪里来？我要到哪里去？活着还有意义吗？

没有课外书籍可以阅读，也没有老师可以询问这种"玄妙"的问题。对死亡的恐惧就如一条解不开的绳索，无时无刻都能感受到它的存在。尤其是在婚丧嫁娶或是过年过节的时候，要宰杀家畜或家禽。这些鲜活的生命在被宰杀的时候发出凄惨的叫声，是对死亡的哀嚎。人们为何一定要残杀它们？仅仅因为要吃肉吗？它们的生命就不是生命吗？在幼小的心灵里冲击是如此强烈，以至于这么多年，从来未曾宰杀过牲口或家禽。即使在企业任职参观屠宰场，我都回避屠宰的现场。与其说是出于善良的本性，还不如说是因为它们的死亡，会勾起自己对死亡的恐惧。上大学之后接触到哲学与宗教，所有的宗教无一例外都要面对死亡这一亘古不变的话题，才知道这是人类的宿命。对于一个没有书籍和没有老师解答的懵懂少年，苦恼和恐惧是加倍地存在。这或许也奠定了自己一辈子对哲学和宗教的兴趣。

在对自我的寻找中，人与人的关系也成了烦恼的开端。由于学习成绩好，加之照顾生病的小学老师的口碑，在不大的学校里算得上是一个"名"学生。在享受着同学们羡慕的同时，我也给了自己无形的压力，更带来个别同学的嫉恨。越是靠近你的同伴，越是会与你攀比。王同学的父亲是村会计，在贫困的农村，这是一个比父亲生产队长大很多的"官员"。当然，这个"官二代"的光环给了他不少加持，同学们大都会让他几分，自然进一步助长他成为班里一霸。但他不是读书的那块料，在我看来十分简单的数学题，对他来说如同天书一般。学习成绩与父亲地位的反差，带来他嫉妒的情绪。最要命的是他和我家是相距仅几百米的邻居，上下学路上同行的概率很高，于是他总有机会找茬。出于某种说不清的害怕，以及我想息事宁人的潜意识，促使了他对我的骚扰。终于，在一次上学路上他欺人太甚，我奋起还击。无论是个头还是力量，我都不是他的对手，自然败下阵来。内心极度委屈，更加恐惧他得寸进尺。怎么办？我终于想出一个办法，那就是练武术，靠自己的实力打败他。于是，向一个堂哥学习。从最基本的姿势开始，俯卧撑练臂力、仰卧起坐练腹肌，在两个板凳中间练倒立；再加上扫腿、飞腿、拳击等基本动作，感觉身体的力量和灵活性明显增强了。在与堂哥的比试之中，感觉到自己的明显进步，堂哥也觉得我可以出师了。我没有急于要"报仇雪恨"，而是等待他再次挑衅。这一天终于来到，我以迅雷不及掩耳之势放倒他，并朝他拳打脚踢，打得他鼻青脸肿。他完全惊呆了，没有再还手，灰溜溜自己回家了。面对自己酣畅淋漓的还手，一种从未有过的成就感油然而升，几个月压抑心中的恐惧烟消云散。这件事我没有依靠父母或老师的力量，而是靠增强自己身体实力战胜了他。多年以后回想起来，这是自己的一次精神成年礼；它教会自己面对恐惧和挑战之后，不是回避而是直面，而后依靠自己的改变赢得最后的胜利。"不惹事也不怕事"的精神内核影响了自己多年的成长。如果自己在他的欺凌面前采取忍让和退缩的态度，或许我会养成一种与今天完全相反的性格特点。人生有内在的必然，更有无数的偶然；必然是因果的联系，偶然是概率的反映。我们不能预测偶然发生的事件，但我们可以依靠自己的努力做好必然的安排、争取必然的结果。这样的认知影响了自己一生，当后来的人生遭遇各种挫折的时候，不会抱怨外在偶然的运气，反而是内观自己必然的能力；这不仅化消极的抱怨情绪为积极的进取精神，还让自己变得更加务实，能把好高骛远的理想转化为现实的行动。

离开家乡多年后，明白地域文化对个体性格形成的影响，是不可忽视的。四川作为一个内陆省份，与同为西南的云南、贵州都不相同，资源稀缺而人口众多，人们为了生存而务实。或许因为受蜀国文化的影响，相对淳朴的民风与风趣幽默的风格杂糅成为迄今的"烟火气"。务实的作风与浓烈的烟火气相融，呈现出一种独特的文化图景和精神特质。

烈焰

初中学校就设在乡中心小学里，所以被称为附属中学。学校的主体是小学，有二十多个班；而初中每个年级只有两个班，初中三个年级就只有六个班。小学是本体，初中作为附属就显得不那么重要。在小学教得好的老师就升格教初中，当然也有仅教初中的老师。

初中的班主任段老师就是这样一位一直教初中的老师。段老师身材高挑，应该在一米八以上；走路姿态挺拔，行走速度很快，给人一种不苟言笑的严肃感。初中一年级下学期，因为成绩突出被选为班长，自然跟作为班主任的段老师接触多起来了。他言语不多，但表达非常准确，三言两语就能够把非常复杂的事情讲得非常清楚；之后，他宁可沉默也不再多说一句话，恐怕他是最厌烦话多的人。他教我们数学，或许因为教过多遍的缘故，他上课除了布置作业的时候要翻一下随身带的课本，讲课期间基本上不会翻课本，仿佛翻了课本就显得老师很没水平。我们对他烂熟于胸的讲课内容、条理清晰的叙述方式、干净整洁的板书，还有抑扬顿挫的普通话表达，佩服得五体投地。我们非常庆幸赶上这么好的数学老师，并且还是班主任。

老师的严肃让我们都怕他。同学们尽力避免与他接触，要么直接找任课老师，班级的事就找班干部解决。我作为班长不可避免要与老师接触，内心也是非常敬畏。但在一年级下学期的一天，老师找到我，要组织几个高个子同学利用周末去给他们家插秧。我当然高兴应允，把几个体质强壮的同学组织起来，一大早去老师家插秧。

从学校到他们家要翻越好几道山梁，穿过几条小河和无数细小的田坎，路途大约有五公里远。担心我们迷路，老师让他的女儿也是我们班的同学春梅带领我们去他们家。几个体格健壮的男同学还有我这个作为组织者的班长，在女同学带领下蹦蹦跳跳去到他们家时已是早晨八点，师母已经做好丰盛的早餐。除了常吃的稀粥之外，师母蒸了猪肉包子，那个年代的肉就像二十世纪九十年代的海参、鲍鱼那么稀罕。师母热情的招待之声，还有已经熟悉的女同学爽朗的笑声，使得平素非常严肃的老师也露出难得的笑容，我们几个干活的同学就差喊出欢快的劳动号子了。几个身强力壮的男同学的确是干活的好把式，不仅插秧速度快，纵横排列整齐，恰到好处的间距；还特别注意了水稻行列与太阳的夹角，最大限度地利用阳光。由于我在家老小，加之父母的宠爱，其实很少干农活，于是就当一个"多动嘴少动手"的所谓组织者。一天不到，老师家的责任田就都插上秧了。老师看我们干活又快、质量又高，居然大大地夸奖了一番。同学们，尤其平时学习成绩一般的，内心的喜悦难以言表。

老师后来又单独交代我，帮他磨红薯粉。他付给我钱，让我从附近的老乡那里买红薯，再磨成红薯粉。这是一个工艺很长的活计，但父母也是很高兴地完成老师交办的任务。当我把晒干的红薯粉交给老师的时候，老师非常满意地夸我会办事，将来有出息。我非常高兴，因为这是一个班主任对你未来的期许，并不仅仅是表扬自己学习好。对一个农村孩子来说，似乎看到了在黑暗隧道里的一束亮光。

通过这两次给老师办"家事"，展现了办事能力。加之老师不是太愿意管学生，把班级布置作业、自习时的学习纪律、组织班级活动等事务都交给班委，而我又是班委的小头目。我与老师的接触就越来越多，"出头露面"的机会也就多起来。刚开始，在同学面前讲话非常紧张，手心出汗、满脸通红；随着讲话次数多起来，脸皮也越来越"厚"，胆子越来越大。或许后来的所谓组织能力，就是在那个时候播下的种子。

她是班主任的女儿，虽然只有十几岁，但长着与年龄不相称的身高，拥有一张永远充满笑容的脸庞和爽朗的笑声。常常未见其人而闻其笑声，加之班主任女儿的身份，一开学她就吸引了很多人的目光，身边总有一群男同学与其打打闹闹。在那个纯情年代，无邪的男女同学关系是一种温暖的存在。阳光灿烂的日子如同一个个正在成长的果实，既带给你希望，还覆盖着当下的美好、混合着青春的萌动。初中在一个充满色彩的季节慢慢展开。

因为农村老家尚未通电，昏暗的煤油灯让自己在初中一年级就迅速从一百五十度的近视眼睛发展到四百度。曾经以为是眼疾，担心眼睛会失明，吃了一阵子所谓祖传秘方的中药，仍然不见好转，配上近视镜才一劳永逸解决了这问题。小学老师的哮喘经常发作需要照顾，加之老家没有通电，放学之后留在学校成为一种常态。我与她的接触就从这里开始的。她老家距离学校很远，当父亲回家的时候她就可以留下来住在父亲的宿舍；即使父亲在学校过夜，她还是可以借宿在女老师的宿舍。一个班的同学，开朗的性格，时空的交集，或许就是所谓的缘分。我们有机会经常"两小无猜"地一起学习。包括同学们都不太擅长的英语在内的各科学习，对我来说都不算难，最初的接触就是她期望我给她解答问题。

附属初中建在一个半山坡上，背后的小山上层层的梯田直达山顶，梯田的边缘种满茂密的油桐。春天里满山盛开的油桐花，散发出一种独特的味道，微风吹过，弥漫在整个校园。油桐花的味道混合着校园围墙外的庄稼地里刚刚翻新的土地味道，深埋在记忆的湖泊里；即使离开学校多年，这种味道一直没有从记忆中消散，反而越发浓烈。只是非常遗憾再没有在任何一种场景里闻到这种味道，于是自己默默地把这种味道命名为"青春的味道"。多年以后回忆起来，如同一颗引线，一旦牵住线头就能扯出那时的场景，尤其是在那个场景里开始萌芽了的情感。

她的活泼和开朗如同一个跳动的音符，在初中一年级这个五线谱中书写欢快的乐曲。我的性格其实是比较沉闷的，因此对活泼的性格缺乏抵抗力，上课时盼着下课，下课期盼着跟她说话，说话也由过去的无拘无束变得有些不自然。当作为班长在同学面前讲话的时候，不自觉地会留意她的反应；当她与其他同学打闹的时候，内心有一种说不出的滋味。当然这种不是滋味的滋味，很快就在晚上同学们放学离开学校之后，与她单独在一起的时间被甜蜜的滋味所淹没。最初只是相互询问问题，交流白天学习的体会。当她不懂的地方，我又刚好可以轻松解决她的疑问，便有一种巨大的成就感。如果真是被什么问题难住了，一定冥思苦想要第一时间给她解决，即使不睡觉、不听课或是问老师也必须解决。当她用崇拜的眼神看着自己，满足感溢满全身。

学校很小，我们总是在一起学习，也就引起其他科任老师的"闲话"，更直接提醒了她作为班主任的父亲。她父亲是一个非常严肃的人，她姐妹三个都非常怕他。所以，当父亲直接提醒她要少跟我在一起并要认真学习的时候，她是非常紧张的。当她跟我说父亲对她提醒的时候，我也非常紧张，担心老师也会找我"提醒"，但老师面对我似乎什么事都没有发生。我们原本自然的相处，在老师的"提醒"之后，似乎被催化了，似乎把内心的一层窗户纸捅破了。我们在教室里不自然地有意回避，我们更加强烈地期望课后见面。但碍于老师们注视的目光，在她父亲不在学校的夜晚，我们走出学校"约会"似乎成为一种必然的选择。

第一次走出学校是她送我回家，我们似乎都很紧张，内心又非常兴奋，似乎都能听见彼此的心跳。平时很自然的谈话变得很不自然，话题在不停地转换，从同学聊到老师，从语文课谈到英语课，最终谈到她们家庭。当说到她父亲经常家暴她母亲的时候，她哭了，哭得很伤心。我被这突如其来的消息弄得手足无措，既有对班主任"光辉形象"的怀疑，还有对眼前充满好感的女同学的同情和怜惜；于是顺理成章地拉起她的手，明显感觉到她的手在颤抖。也不知道是因为紧张还是悲伤，我的双手都出汗了。在我的记忆里，这或许是平生第一次拉一个除母亲和姐姐之外的异性的手。紧张、同情、甜蜜等所有情感混合在一起，在那个乡村的夜晚，如同一道闪电，击中了两颗尚在成长的心灵。我没有让她独自回学校，而是在她陪我走到我家不远的地方，再次原路折返把她送回学校。好长一段路，我们都没有说话，只是听见两人的脚步声在弯弯曲曲的乡村小道上沉闷而没有节奏地响着。再次回到学校时，学校老师宿舍的灯光大多已经熄灭，二楼校长宿舍的灯还亮着，在有薄雾的夜晚如同一道淡黄的丝带隐隐约约飘向远方。

从此之后，在教室里的目光遇见，我们都有些不自然了；似乎在躲闪什么，又似乎在寻找什么，更是在期盼什么，一种说不清的情绪在心里荡漾。直到他父亲再次家暴母亲，并且波及她；父亲在打母亲的时候，“顺手”打了她。于是课间遇见的时候，她小声告诉我，晚上去走走路吧。其实，我当时并没有察觉她的悲伤，只是隐约感觉她不是很开心。与往常弹跳式的走路不同，她的脚步显得有些沉重。猜想她可能发生了什么事情。下午下课我们没有马上离开学校，而是等到天黑之后，相约向学校后面的山林走去。她大略叙述了父亲家暴的过程，但与上次不同的是，她没有哭。我于是问她：“父亲打你说什么原因了吗？”她说：“父亲怪罪我学习不用心，成绩有所下降。”我心想这是老师对她更是对我的一种警告，不希望我们继续走近。我说：“你父亲是在生我的气，你是替我挨打的，我们今后就不要在课后出来吧。”她说：“父亲对你只字未提，我不管他怎么想，他打母亲我就是恨他。”即使是晚上，我还是能感受到她的悲伤和愤怒，我除了安慰还能做什么呢，我想或许老师明天就会找我算账。第二天，我忐忑地来到学校，等待老师找我。但一天过去，老师跟往常一样上他的数学课，唯一不同就是不太愿意与我目光相对。其实，我内心是非常害怕的，这种害怕还夹杂了一些愤怒，如此严肃的老师在家里怎么会是另外一种样子。

时光一天天流逝，老师依然没有找我"算账"，胆子又大起来。这次是我主动约她的，因为我听说她们老家要放露天电影，而他父亲不会回去看电影。我提出去她们老家看电影，但为是否去见她母亲感到担忧。直到下学之后直奔她家，她母亲已经准备上了一桌明显比平时要丰盛的晚餐，我才知道她其实早就给母亲提起过她们班这个班长，况且我还组织过同学去给他们家插秧。我当然没有询问她是如何介绍我的。当我们匆忙吃完晚饭去看电影的时候，她母亲并没有与我们同行，而是我、她还有她的弟弟妹妹一同前去看电影。电影结束后已是晚上九点，在没有路灯的田坎上寻找回学校的路是困难的，她主动提出要为我回学校引路。

我清楚记得那是一个月白风清的夜晚，疯狂生长的秧苗在微风之中泛着绿色的白光，不连贯的小路连着弯弯曲曲的水稻田坎，蛙声此起彼伏如轻快的音乐萦绕在耳边。我们迈着轻快的脚步，穿行在起伏的田野，回忆着电影的情节，诉说她母亲的不幸。在有缺口的田坎，我们手拉手小心迈过去，就像两只飞舞的蝴蝶，小心翼翼地飞过一棵大树的障碍。一个多小时的夜行也很快就过去了，到达学校已是夜里十一点多了。叫醒借宿的女老师显得很不礼貌，于是，我们不约而同地想到就在外面坐一夜。夏天的夜晚除了有蚊子的骚扰并不难熬。我们从学校再出发，去到距离学校不远处的水库大坝。大坝中间的台阶就是我们可以安坐的所在，一边是平静的水面，一边是几十米深的大坝下游。盈盈的月光打在平静的湖面上，一种远离蛙声的安静充盈其间。时光一点点流逝，混合着大坝流出的水声，我们第一次谈起了我们的未来。我说自己最大的梦想就是考上中专脱离农村，做一个像她爸一样的教书先生；如果考不上中专就去上高中，争取未来考大学。她说，自己学习成绩一般，考上中专的希望很渺茫，考上一般的高中是她的理想。我们彼此鼓励，一定为设定的目标努力。隐约之中我们都在心底里设想，只要我们都升学就有美好的未来。

事与愿违，她没有考上高中；我也以一分之差没有考上中专，但以乡附属中学第一名的成绩考入高中。我们都很伤感。她更是十分落寞，因为她父亲不允许她继续复读，必须回家帮她母亲务农。直到今天我都不解，作为一个上过师范学校的老师，为何不同意作为大女儿的她复读考高中。她自己和母亲也不解，于是据理力争，但都无济于事。当年也问过她，跟我们的交往是否相关，她做出了否定的回答。因为她父亲从未在她和母亲面前提起过我，她父亲也从来没有找过我。直到几年前，她和她父亲还有妹妹来京参加同学孩子的婚礼，我也没有再问起这个问题。就像自己差一分没有考上中专一样，生活里无数个偶然就构成了生命的必然。如果她去复读初中，或许就是另外的命运。

在我读高中期间，她务农一年后，或许是她父亲有些后悔，极力争取让她做了小学代课老师。她把全部的爱都倾注在孩子身上，不仅认真教好每一堂课，还走进学生家庭，对失学的孩子给予最大限度的帮助。有的家庭交不起学费，她就用自己微薄的工资替学生缴纳学费；对学习跟不上的孩子，她就单独辅导；对家庭实在困难的孩子，她想方设法筹集有限的生活费。当了几年代课老师之后，她不仅成为小学生的知心姐姐，也是许多孩子父母的朋友。但命运就是这样造化弄人，县教育局为了给代课老师一个出口，允许高中毕业的代课老师在考试合格之后，通过县师范学校的培训获得正式教师的资格，她再一次被挡在正式老师的门外。

三年后我如愿考上北京的大学，我在第一时间告诉了她。她在替我高兴的同时，眼里的忧伤自然流露出来。我非常理解那种心情。我多么期望她也能实现我们当年的约定，考上高中，进而考上大学；在青春的期盼中实现自己的梦想，抓住命运中不可多得的机会，但天不遂人愿。至今都记得她送我上大学时的情景，不舍与无奈，欢喜与忧伤，期盼与不安，在各自内心翻起巨浪，但我们都用一种沉默的方式平抑了内心的巨浪。

大学一年级我们通信非常频繁，都在诉说相思之苦。学校新奇的见闻是我们交流的素材，她再次短暂临时代课的经历也是我们交流的话题，但我们都感受到彼此的不安。暑假回家只要得空我们都在一起度过，但我们都在有意无意回避未来的打算。我们还去初中时走过的小道，满山的油桐花再次开放，但没有了当年的味道。直到我要启程返校之时，她哭着告诉我，她母亲劝她要"现实"一些，尽快结束这不现实的感情。我也哭了，哭得很伤心，一直在追问为何不现实，但在内心也在担忧。因为我讲大学生活，她的确接不上话；她重复诉说小学教学经历，我也有些不耐烦，深深感到两颗心的距离在一点点变远。无数次在心里问自己，该怎么办呢？该怎么办呢？

开学之后她的信变少了，即使我还是按我们约定的一个月一封信的频率，她明显变得冷淡很多。起初我非常痛苦，仔细想想，也许她母亲说的是对的，"不现实"似乎越来越现实。就这样时断时续联络着，持续了将近一年。突然接到她一封信，信中告诉我她结婚了，丈夫是县城的非农业人口。在那个年代，非农业是一块金字招牌，我内心的痛苦难以言表。仅仅过了一年，她再次来信说自己离婚了，与这个人在很短的时间结婚并没有感情，怀孕大出血，住院期间丈夫不闻不问，因而愤然离婚。

离婚之后她去成都打工，在一个老教授开办的公司，主要是卖物理或化学实验仪器设备。公司没有几个员工，教授对她很好，可以在全国各地出差。每到一座城市就是跑大学，也来过北京的一些大学，但从来不与我联系。多年后，我们再次联系上时，她也再次重组了家庭。在各自平复情感之后，以一个知己的身份展开回忆，在过往内心涌起的波澜里寄托着美好的青春岁月。我们都在内心默默祝福，期望对方过得好。

第三章　岔路抉择

　　我出生在宕渠土溪镇。这不是一个普通的乡镇，它有三个标签是独有的。第一个标签是汉阙之乡。汉阙是汉代的一种标志性建筑，通常是雕琢精美、高达八米的石柱，或者是由巨石镶嵌而成的石柱型建筑，一般摆放在宅院大门两侧。因对称摆放而无中间横梁连接，故名石阙（缺与阙是通假字）；唯汉代独有，因此史家称为汉阙。汉阙被誉为古代建筑的"活化石"，是我国现存时代最早、保存最完整的古代地标建筑。全国现存的汉阙只有二十九处，土溪镇就有六处；其中的两处是国家级文物，另外四处是省级文物，是全国单一集中汉阙最多的乡镇。在毫无保护措施的前提下，汉阙经日晒风吹两千多年仍保存完好，这本身就是一个奇迹。无从考证这样的建筑如何躲过了朝代更迭，完好无损地矗立在历史的坐标里。在砸烂一切的年代，附近居民没有把如此完整的巨石用于自家的房屋建设，或许也彰显了父老乡亲对历史的敬重吧。

　　土溪镇第二个标签就是土溪城坝遗址。土溪城坝遗址又名宕渠城遗址，在商周时期是巴人分支賨人的都城。秦灭巴蜀后，在此设立宕渠，一直延续到汉代和晋代；直到东晋末年因"蛮獠"入侵而废，兴盛达千年以上。从出土的上万件文物推测，古老的宕渠兴盛一时。当年开凿的十六口水井，迄今还有三口被当地居民所用。穿越两千年，几十代人使用同一口水井。水井仿佛是随时间"行走"的历史标本。在感叹历史绵长的同时，又有一种历史的穿越感。尤其是在还原城坝遗址的现场，仿佛看见车马穿行、游人如织的热闹场面。更为巧合的是，启蒙老师就在这个城坝遗址所在的村庄出生长大，并启迪我们的心智，这让自己与两千年前的历史建立起了一种亲近的连接。

土溪镇第三个标签是火车站。据说这个火车站是四川唯一可以停靠动车的乡镇站。当地政府曾经动议要改为宕渠北站，后来不了了之。在行路难于上青天的巴蜀地区，铁路的经过是小概率事件。在我年幼的记忆里，常常望车兴叹。把书本里学习的蒸汽火车与眼前跑动的巨龙联系起来的时候，那种现代工业的震撼是不言而喻的。

如果说汉阙和賨人遗址彰显了厚重的历史，那么火车站则是现代交通的切入口，历史与现代在一个不知名的小镇交汇。站在蜿蜒而去的渠江旁，常常会发出"逝者如斯"的感叹。我出生的地方如同一方池塘，而那里的文化如同鱼塘的水。那里的人们沉浸其中，不可逃脱的文化浸染一直伴随着每个人的成长，只是我们不自觉忽略了而已；在不被察觉的文化影响里，在一个有着淳朴家风的小环境中，长成一种属于自己的独特性格。如果说初中生活因为没有离开乡镇活动的范围是居于一个鱼塘中；那么，离开乡镇去到三汇镇进而到县城，那就是游入一条渠江了。那里没有了鱼塘的风平浪静，只有汹涌的波涛和湍急的暗流。

三水交汇

　　离开土溪镇的第一站是三汇镇。一九八三年的秋天，是我第一次真正离开出生的地方，去到三十里外的三汇镇中学读高中。虽然以一分之差没有考上中专，但还是以全乡第一名的成绩考上了高中。这年出台的政策是按照所在的乡镇就近上高中，就读的安慧中学教学质量虽然不如最好的宕渠中学，但还是远超其他乡镇中学的。巴河、州河在此处交汇成为渠江。因这里不仅是渠江的起点，也是两河一江的交汇处，故名"三汇"。在水路运输发达的年代，因独特的交通位置，三汇镇成为当时影响力仅次于县城的城镇。

　　三汇镇始建于北宋仁宗景祐年间，距今已有近千年历史，曾被评为"四川十大经济重镇"和"全国重点镇"。同时，因为特殊的水路条件，以及流传数百年的三汇彩亭、三汇旱船，三汇镇还被授予"中国民间文化艺术之乡"的称号。安慧中学坐落在渠江上游的巴河岸边，与三汇镇隔河相望。几百亩的校园就建在巴河冲积的沙滩上，所以建筑的楼层不高；但是校园的植被很好，郁郁葱葱的校园就是一个大花园。或许因为县乡两级财政不宽裕，无论是教室还是师生宿舍都显得破旧；更让人不安的是一旦暴发洪水，校园就在淹没区域，有惊无险的水淹每隔几年就上演一次，让这所"水陆两栖"的中学更显沧桑。当时的安慧中学不仅设置了高中，还开办了初中。初中的学生人数是高中人数的数倍，当高中被"包围"在初中之中，如同我当年的初中被"包围"在乡小学之中，有一种时空的穿越感，时刻提醒自己年轻的来路。

　　进入高中学校是初次离乡，在兴奋之中更多是紧张与不安。我是一个适应环境比较慢的人，对熟悉环境的"贪恋"使自己在新环境中无所适从。加之学生宿舍是一个木制的二层小楼，自己被安排在楼下的宿舍，楼上同学行走的脚步声就是楼下宿舍必须忍受的噪声。在无节制、不可预期的噪声里，除了适应到充耳不闻之外，可以说是"无可逃于天地之间"。高中课程与初中的比较起来门类众多、难度明显加大。原来引以为傲的英语等课程，在作为乡镇居民的"城里人"面前，也失去了优势。晚上睡不好，学习压力大，头发自动脱落。好在表姐住在学校附近，周末常去他们家混口饭吃，并诉说心里的烦恼。

表姐是从不远处的一个乡镇嫁到学校附近的。表姐赶上了恢复高考，只是以一分之差没有考上大学。据她自己说，参加高考那年，高考成绩公布之后如果觉得自己的分数与公布的成绩有差距就可以查阅试卷。一起参加高考的同学大多在查阅试卷后，增加了分数考上大学；而她自己碍于面子没有查阅试卷，失去了逆天改命的机会。万般无奈之下，表姐嫁到当时条件不错的三汇镇周边。这里的居民虽然还是农村人身份，但以种菜为生，比起靠种粮食的地道农民来似乎高了半格；更何况找的丈夫也是一个高中生，还会一门修手表的手艺。该老兄的最大特点是几十年坚持做一件事，直到现在还是风雨无阻去镇上摆摊修表。在手机代替手表的浪潮里，已无表可修；即使偶尔送来维修的电子表，价值几十块钱，维修的费用甚至超过买块新手表的价格。每天摆摊或许是一种心理安慰吧，至少不至于在家里守着那几亩的菜地。我想，如果表姐当年多考一分，如果嫁的老公不是修表匠而是在一个不断成长又需要坚持的行业，如果……命运里没有"如果"，看着她一家挤在低矮的房屋里，总是感叹命运造化弄人。难怪上年纪的人都不同程度地相信命运。

高中紧张的生活只是序章，好在半学期考试成绩公布，排名在前十，把有优越感的"镇里人"大大甩在后面。找回的自信心在那一刻弥足珍贵，不仅是对自己学习的肯定，更是第一次离乡适应环境的奖赏。更让自己惊喜的是政治考卷被老师作为范本在班里公开讲解。老师还在不打招呼的情况下，让我分享最后一道二十分论述题为何能回答得那么"高屋建瓴"。凭借初中当了多年班长练就的胆子，一五一十诉说自己答案的"底层逻辑"。老师的赞赏和同学羡慕的目光很快医治了自己掉头发的毛病。这也给我深深的启示，人在困难时期要的不是帮助而是鼓励；任何帮助都是外在的力量，真正改变的是内生的动力。这一直影响着我与人相处的方式。要感谢那位我已不记得姓名的政治老师，他的一个举动影响了我为人处事的行为模式。

那时的电视节目是一个极佳的娱乐选择，每周五放学之后就去表姐家看电视。正在热播的日本电视连续剧《血疑》是当红明星山口百惠主演的，她柔美的气质和甜美的外表很符合中国大众审美。男主角三浦友和长得帅气，是一个大众情人般的暖男。女主人公得白血病需要男主人公照顾的凄美故事，激发了无数人的同情，博得了观众的眼泪。我也是其中一位，甚至暗暗发誓要好好学习，将来考上医学院攻克白血病。当年的幼稚现在想起来像是一个笑话，但谁能否认青春年代的冲动不是一种向上的力量呢？当向上的力量转化成为学习的动力和生活的激情，让生活中增添绚丽的色彩，或许就是一种青春的色彩吧。

当然青春的色彩不都是亮丽的。班主任兼任学校的教导主任，教学水平在学校数学老师中名列前茅。他讲课表达清晰、逻辑严密、娓娓道来，赢得同学们的喜欢。但是，他讲课有一个特点，遇到讲解难点他几乎只关注坐在前排的一位女同学的反应；一旦这位同学点头表示已经听懂了，他立即略过。只是遗憾的是，这位漂亮的女同学最后没有考上大学，即使复读一年也只是考上地区的专科学校。被过度关注在公平的高考面前未必是好事，因为高考是必须自己闯过的关口。

在紧张和不安中，我以年级前十的成绩结束一年的高中生活。因为堂哥的关系，我获得人生一次转折机会，参加宕渠最好的中学——宕渠中学的转学考试。非常幸运的是，我在几十位转学同学的转学考试中名列前茅。宕渠中学最好班级的班主任谢老师主动联系我，期望我加入她的班级。高中二年级要开始分班，我的兴趣是文科班；因为语文比较好，期望发挥语文优势。但老师的一席话改变了我的决定。她说："你是来自农村的学生，考上大学是第一位的目标，而文科的升学率要低于理科。"我毫不犹豫选择加盟谢老师的班级，从安慧中学进入宕渠中学最强师资配备和最好生源的班级。后来听谢老师说起，我后来的高考成绩比安慧中学的高考最高分多出几十分，也再一次印证了转学是一次重大的人生机会。人生的偶然在不经意间改变一个人的人生轨迹，进而影响一个人的命运。

江边之城

宕渠是一个地处四川东部的人口大县，常住人口最多的时候达一百五十万人。县域之内最高的山峰只有海拔一千一百多米，但是丘陵起伏、小河纵横，除了个别乡镇有几百亩的平地之外，都是起伏的田野和数不尽的山丘。艰难的蜀道在这里名副其实，即使是县城与重要的三汇镇联系的公路都是弯弯曲曲。绕着山丘或是沿着渠江而行，颠簸的路面、扭曲的丘陵道路是当地居民出行的拦路虎。乘车从县城回家虽然只有三十公里，但需要耗时两个多小时；一路的惊险和颠簸常常让人畏惧，所以不到万不得已都不会从老家进城。高中恰恰是在县城，即使每个月回家一趟依然是一次非常艰难的旅程。对父母的想念和对旅途劳顿的忍耐让自己养成一个月回家一趟的习惯，这种习惯保持了两年，直到考上大学离开宕渠。

县城地处渠江之滨，低洼的地方距离渠江只有几十米的距离，垂直高差也不过二三十米；一旦洪水来袭，低洼地方被洪水淹没成为一种常态。由于县城临江而建，房屋就从低到高的排列，其间的空隙就是连接各种建筑的小路。道路宽窄不一，高低不平。建筑也是千奇百怪，没有统一的风格。或许因为土地稀缺，只要能建楼房的地方都塞进一座座高低不同的建筑，所以整个县城仿佛是一个个形状各异的笼子组成的大厂房。各个笼子之间除了小道连接，就是楼下琳琅满目的门市和临街的小摊。人们穿梭其间，或是吃饭购物、聊天喝茶，或是吵闹追逐、问候嬉笑，一幅生动的生活场景。

宕渠中学距离县城中心有几里远。或许担心被洪水淹没，学校选在县城的一处高地。高地有一个吉祥的名字——龙骧山，并有一块能放置下足球场的平地。一棵年代久远的榕树长在回县城必经的路旁，已成为学校的标志；据学校老师说是先有大榕树再有县高中，更在告诉世人这是一所有历史的学校。直到后来以"百年百人"受邀回到母校，才知道这是由毕业于日本早稻田大学的蓝经惟先生创办的学校。身为宕渠人的蓝先生早年经宋教仁介绍加入"同盟会"，一生从事教育文化事业，多有建树。学校后经四川军阀杨森指派士兵与当地居民共同扩建了现在改为图书馆的渠中礼堂和操场，使渠中成为一所名副其实的中学。

我上学的二十世纪八十年代，宕渠中学就是初中与高中皆已设置的学校。每一届的高中只招收四个班，三个年级加起来不过十二个班。对于一个一百五十万人的人口大县而言，招收的高中生实在太少了。即便如此，在参加高考前还要经过一道现在看起来不公平的预选。只有通过预选考试的毕业生才有资格参加高考，对于分数居于两个极端的毕业生或许影响不大；但对于在预考分数线附近的学生是一次偶然就会成为改变命运的机会。预考没考好未必高考不能考好。人生就是这样，看似一次偶然的机会带来必然的结果。比如，另一个班的一位女同学，家在农村，平时学习非常刻苦，学习成绩中等偏上，一参加高考就因过度紧张而发挥失常，连续三年没有考上大学。在无尽的悲戚里，我想或许给予一些心理辅导，不至于酿成悲剧。

在机会极度稀缺的人口大县，升学和参军是改变命运的重要机会，同学之间的竞争便也在所难免的。规则是约束竞争的底线，但对于高中同学之间的竞争是没有明确的规则，人性中的嫉妒就如野草滋生起来。不定期的考试排名就是一个样例，考得好的同学扬眉吐气，原本成绩不错的同学因考试的失误就可能垂头丧气。当嫉妒变成行动就可能伤及他人。成绩名列前茅同学最珍贵的笔记本被偷偷扔到污水池里。在学校保卫处破案之后才知道，那是一起成绩好的同学精心策划并唆使成绩不好、高考无望的同学实施的"破坏活动"。作为一个农村出来的学生，用我朴素的本性实在不能理解同学的行为。一方面这样做，对自己没有好处。即使绊倒对方，让成绩优异的同学考试失利，自己排名看似上升了；但高考竞争是在全省范围内展开，这样做未必对自己有利。或许是青春的冲动吧，实施的两位同学都受到处分；但没有影响他们参加高考，成绩好的同学照常考上不错的大学。据我所知，这件事或许给他造成了终生的影响，毕业之后他几乎没有参加过同学聚会。其实，包括我在内的同学们早已淡忘了那件事，甚至能够理解那是一次青春的盲动，是成长路上的一道坎。或许他自己不能原谅自己吧。自己不能越过这道坎，那就是一生的坎，不会随着岁月流逝而消失，甚至可能越垒越高。

多年以后回忆起来，感觉青春就像一把火炬，既照亮了自己前程也烧伤了自己。作为班长的同学，身在县城，长得帅气，成绩优异，处事果断，具有明显的领导气质，班长的职务和各种荣誉加身。或许这一切来得太突然，青春那份压抑的情感如同生发的豆芽，拱开繁重的学习和升学的压力，他向班上长相美丽的女同学写求爱信。在那个男女同学见面都莞尔一笑不说话的年代，这是一个非常大胆的行动。因此，相对保守的女同学并没有给予回应，而是采取一种回避的态度。但班长没有放弃，躲在女同学回家的路边，再次把信件交给女同学。一而再地交信，女同学不胜其扰，直接将信件交给了班主任。班主任找到班长，晓之以理，动之以情，好言相劝。班长当面承诺不再骚扰，但没过几天那股萌动的青春力量再次冲破自己的防线。他再次在路上拦截女同学，让女同学非常紧张。班主任出于无奈，在班上不点名批评了班长。看着班长涨红的脸庞和耷拉的脑袋，同学们都知道了老师批评的是谁。直到高考之前，他的确没有再骚扰女同学，并且如愿考上了四川知名的大学。或许是命运的安排，女同学也考上这所学校。如果高中学习阶段还有所顾及的话，在大学就完全放飞自我了。我们可爱的班长同学向女同学发起了猛烈的爱情攻势。或许被其执着吓到了，即使班长在女同学的窗下等候，女同学就是躲着不见；甚至女同学的家长出面"驱赶"男同学，他也不放弃。这次与高考前不同，他或许陷得太深了，忽略了学习；一学期下来，他三门主科考试不及格，到第二学年直接降为大专班学习。女同学也深受影响，多年未谈朋友。这可以说是一个双输的结果。如果班长把目光移开，如果班长继续将青春的激情转化为学习的动力，如果女同学不受班长的影响大抵不会是这样。可惜生活里没有"如果"，生活不可以重来，这或许就是青春的代价吧。

高中时，竞争的学习氛围激发了同学们学习的热情。我所在班里四分之三的同学都是城里的孩子，农村的同学是少数。城里的学生见多识广，校长和任课老师的孩子也在这个班级读书。即使出现了扔笔记本和追求女同学这样意料之外的事，班级整体氛围依然非常活跃、气氛非常好。加之如母亲般呵护同学们的班主任，以她那慈祥的笑容足以化解任何一次考试的紧张；其耐心细致的思想工作，在考试失利的时候是多么重要的安慰剂。某科成绩突然名列前茅时，获得鼓励就是一次巨大的肯定，或许就激发出全面赶超的动力。在一个青春飞扬的班级，在一个可以挥霍激情的年代，班主任就是那个"牧羊人"；既"放任"每个同学个性的张扬，又使其不至于脱离"羊群"，彼此共同向高考这个改变命运的目标进发。多年后回忆起来，班主任慈母般的情怀，把几十个青春激情汇集的洪流引导到学习上去。高考的结果也证明她的方法是非常有效的。全班五十多位同学，屈指可数的当年落榜学生第二年也大多考上了大学。这样的高考成绩创造了学校的高考纪录，这也改变了不少同学乃至家庭的命运。以至现在同学们自发捐款成立了以她命名的助学金，帮助家庭困难的学生实现大学梦。

沿铁轨行走

升学的压力、学习的竞争、农村到县城的环境转换、对未来的期许与担忧，夹杂在青春萌动的岁月里。内心的不安时刻伴随我。或许因为同是来自农村，也或许因为性格的反差，一个个性张扬，一个内敛沉静，人生的至交在不期然中出现了。

他家距离学校只有十多公里的路程，但是没有柏油路，只有长长的铁轨。第一次去他家就是沿着铁轨步行。铁轨的间距实在不适合步行，两轨之间的距离迈出一步太小，而隔开一个轨道迈一步又太大。在不舒服的步伐里行走两个多小时到达他家。他家的房屋建在一个山坡之下，房屋的后面紧挨着一道下挖的土墙。大雨之后，山坡上的雨水倾泻在屋后并不宽敞的排水沟，泛滥进昏暗的屋子。加之房屋年久失修，稀疏的瓦片不能抵挡暴雨的侵袭。屋顶渗漏加之排水沟渗透进屋里的雨水，让整个屋子里泛起一层稀泥。洗脸的水盆都用于承接屋顶渗漏的雨水，发出叮叮当当的声音。屋顶渗漏无干处，脚行地面糊稀泥，这就是我第一次去同学家的经历。

我的同学是家中老大，下面还有三个妹妹，都在上学。家里就靠父母养的猪和鸡生活，还要缴纳高中学费和生活费，可以想象他父母承担的压力。在高中学校购买主食必须要用粮票。而粮票的取得只有两个途径：要么用自己家的粮食上缴给粮站按一兑一的比例换得粮票，要么就是非农业人口每个月按定量获得的粮票。同学是靠前者，而我主要靠前文讲述的段老师的救济，只是偶尔不够的时候才会用家里的余粮换取粮票。同学家人口多，粮食原本就不够；加之要上缴口粮换取粮票，让家里吃饭更加窘迫。多年后，他因股票上市实现财务自由后，回忆起这一段艰苦岁月依然感慨万千。

我们俩的床头紧挨着。在熄灯后但同学们还没有安静下来之前，就是我们相互测试对方的时候。迄今我都还记得"measure"这个单词，就是因他考我，才记住"措施"的意思。彼此提醒、彼此帮助、彼此鼓励，在艰难的备考岁月中提供了巨大的力量。他文思敏捷，记忆力超群；尤其喜欢钻研数学难题，在梦里解答数学难题的事时有发生。他可以扯着嗓子在班里朗读自己的诗歌，同学们笑得前仰后合也满不在乎。站在你对面说话，如果唾沫星子飞到你脸上不要觉得奇怪，那是他神采飞扬的外在表现。他的乐观或许是与生俱来的。当我第一次去他们家看到"床头屋漏无干处"的状况，心里很不是滋味；但他母亲满脸笑容，穿着水鞋站在满是泥泞的厨房做饭。我知道这样的家庭必然是"无可救药"的乐观主义者。即使下一顿已不知吃什么，还能乐观面对；这是一般家庭难以具备的家庭氛围。但在物质匮乏的年代，乐观或许是唯一可以依靠的力量。

我们一起学习，交流学习心得，感叹父母生活的不易，共同激励要刻苦学习。在家庭条件更加优渥的城里同学面前，我们没有丧失自我，反而更加坚定地相信：我们不比他们笨，只要努力完全可以考上大学，掌握自己的命运。如果说初中有了班主任女儿陪我一起走过那个美好的岁月，这个同学就是我高中最知心的朋友和学习的伙伴。这种友谊一直延续到现在。

在县百货公司工作的堂哥是帮助我转学的恩人，更是向社会学习的启蒙老师。由于工作的关系，加之他热情好客和在部队练就的果敢性格，在人情联系极为紧密的县城里，他如鱼得水、左右逢源。每到周末，我去堂哥家吃美食，总能赶上各种酒席，见识各个单位的头头脑脑。酒席就是一个社交平台，观察他们如何说话；看着他们从豪言壮语到默默无语，直到低头不语的全过程。经历多了，知道成人的世界里，生活如一台戏剧，每个人都是一个演员，每个人都在真实与扮演的角色之间转换。亲戚之间，同事之间，朋友之间，甚至仇人之间，彼此交织、相互关联，如同一张大网；每个人都是网中的一个节，在相互的牵扯里，过着一种相互逃避又相互温暖、相互拉扯又相互分隔、有烟火气的生活。多年以后，回忆这段日子，很感谢堂哥给了我一个观察社会生活的窗口，否则还要为城市的复杂生活付出更多的代价。

第二部分　机关

人独自行过生命，蒙受玷污，承担
罪过，痛饮苦酒，寻觅出路。

赫尔曼·黑塞

第四章　初入部委

一九九二年十二月一日，季节已到冬天，天气格外寒冷，对我来说这却是一个改变命运的温暖日子。从这一天开始，我正式借调到部委的专业司局工作。一个月前刚刚结婚，住在学校为新婚夫妇准备的蜜月周转房里；一个月之后就要搬出去，因为下一对新婚夫妇还在排队等待。在房屋匮乏的年代，这恐怕是学校对教师最好的关照。

学校与部委相隔二十多里，好在部委的班车在距离学校不远的地方有一站。早晨六点多起床，蹬车去班车站，只要赶上班车就可以准时到达部委。班车是一个由两节公交车厢串联起来的大长车；一个旋转的转盘把两节车厢连接起来，以便前车厢转弯的时候后车厢尾随而行。当站在连接转盘部位时，就会随着转盘的来回移动而被动旋转。班车始发后，到达学院路已是第三站了，仅有的几个靠窗座位早就坐满了部里的同事。我知道，即使因为出差人员较多，到达这一站偶尔还剩余一两个座位，我也会谦让同在这一站上车的年龄稍长的同事。这是不成文的规定，也是我们这种刚刚开始工作的年轻人必要的"眼色"。上车地点偏后，加之年龄轻、辈分低，双重因素决定了自己永远是站着上班的那位。

　　站在摇摆的班车上，看着沿途的风景，心情也如班车一样起起伏伏。作为国家机关的部委是一个神秘而威严的存在。在大学工作时，除了知道部委是学校的上级机关，是主管相关工作的政府部门之外，其他就一无所知了。

　　经过一个多小时的颠簸，长班车拐进一个还算宽敞的胡同，再拐进一道门，就达到部委的后院，专门用于停放各路班车。眼前是一栋修长的白色大楼，有十多层；楼前是一条双向四车道的马路，熙熙攘攘的行人和繁忙的车辆穿梭在马路上。一九九二年十二月一日，我按事先约定来到八楼司局的办公室。这是一个套间的布局，里面一间屋子安置了两张对坐的办公桌，外面同样面积的房间也安放两张办公桌。外面有人进来时，先进这间外面的办公室，有事再转进里面的办公室。我到达时，外面的办公室已坐着一位女士。在我自我介绍之后，她似乎事先知道我的到来，赶紧起身迎接，并迅速把我领进里间，向两位看似领导的男女同事介绍了我。两位领导也不约而同起身，但并没有急于介绍自己。男领导首先开口说："你就是小胡吧？"我说："是我。"紧接着他说："借调你很不容易哈。"接着把脸转过去对着女领导说："还是郭主任亲自去了一趟你们学校才争取来的。"面前这位郭主任，虽然个子不高，但长一张很恰当的国字脸。我留意到，她始终面带微笑地看着我。郭主任接话道："是啊，你们学校也是的。过去部里借调，学校都非常积极。这次还需要我们说好借调时间才答应，看来小胡在学校表现不错呀。"我赶紧接上郭主任的话："哪里哪里，只是单位的确很忙。我出来（没敢说借调）的确给他们增加了工作。"郭主任于是说："刘主任非常支持，好不容易把你借调过来，你就踏踏实实工作，学校的事我们来协调。"在确认两位都是我领导之后，我肯定地说："谢谢两位主任，我一定努力工作，不辜负你们的信任。"

在我退回到外间的时候，郭主任也跟了出来，对最初迎接我的女同事说："金辉你把小胡的文具都准备好了吧？"金辉赶紧从座位上站起来说："都准备好了。"目光也转移到她对面的桌子上，一个笔记本和自来水的钢笔已安放在桌子上面。我赶紧说："谢谢金大姐。"看起来她的年龄应该比我大，即使年龄比我小，第一次称呼大姐也是尊称。看来报道的"程序"走得差不多了，我问郭主任今天有何吩咐。郭主任说："你第一天来，先熟悉情况，司办公室的资料你向金辉要就可以。"在郭主任回到里间之后，我在办公桌那坐了下来，翻开空白的笔记本，拿起已经吸上墨水的钢笔，想写点什么，但什么也想不起来。于是压低声音向对桌的金大姐询问，是否有需要我帮忙的事。她可能记起刚才郭主任的交代，便起身转向自己身后的文件柜，从里面取出一本文件夹，随手递给我说："这是咱们办公室的文件，你先看看吧。"当她第一次说"咱们办公室"的时候，我有一种巨大的亲切感。我虽然是一个新人，她没有见外，已把我纳入办公室"咱们"的范围。

虽然是冬天，但办公室暖气的温度比学校高好几度。加之办公室在八楼的阳面，阳光温暖地照在临窗的办公桌上。从窗外望去，起伏的高楼像春天的竹笋，密密麻麻地长在城市的土地上。一位老人在南方画个圈之后，年初再次发表讲话。一扫前几年沉闷的气氛，干事、创业如一股春潮席卷全国上下，空气里都弥漫着一种躁动的情绪。翻开金大姐交给我的文件，是司局一年来向被管理的专业系统发出的文件。如果还在大学工作，这些文件对我来说都是机密；而这一刻，这些"机密"就呈现在自己眼前。坐在这个办公室就可以知道整个行业的动态，并且要为整个行业的发展制定规则。也许因为楼层很高，在部委办公室的俯视和掌控感是其他后来的单位没有的。

在紧张、兴奋和好奇之中阅读"机密"文件，时间过得飞快。中午在金大姐引领下，去到部食堂。这是一个比大学食堂大出一倍的空间。宽敞明亮的食堂大厅井然有序地摆放数排饭桌，排队打饭的长龙分列在菜和饭的两个窗口。作为主食的有米饭、面条、馒头、花卷和点心等各种选择，菜也有荤菜和素菜的分别。每个同事都自带餐具，分别排队买主食和菜。话说是"买"，其实是部里补贴的餐费打进每个人的卡里，再用这张卡的余额支付饭费；如果因为出差较多，饭费花销不了，还可以购买食堂的主食或熟肉。我是第一次到食堂吃饭，还没有合法身份的饭卡，就借用金大姐的"余额"。饭菜都非常可口，且量很大，一顿下来，我赞不绝口。金大姐说，部里食堂是各个部委之中办得最好的食堂。一方面因为部委作为行业主管部门，善于管理食材；另一方面是食堂管理得很好，食堂师傅做菜水平都很高。听金大姐这么分析的时候，我非常佩服，感觉部委真是一个藏龙卧虎的地方。

下午我继续阅读文件，同时向金大姐要了一份内部电话表。我要尽快联系上引荐我来部里的郜老师，他现在已经是部机关党委统筹部的领导了，他现在的领导刚好就是当年带头面试我的原学校党委副书记。我必须第一时间向郜老师表达自己的感谢之情，没有他的引荐，我就不可能进入部委这道门。金大姐交给我一张铺满半个桌面的纸张，顶行写着"部委电话表"，下面依次写着几十个司局单位、数十个部委管理事业和企业单位电话。每个单位主要领导的名字和每个单位的处室名称都罗列在这张大纸之上，从这张大纸就知道整个部委的组成架构。在惊叹于部委有如此多的单位之余，找到机关党委这一栏，抄下了统筹部的电话。但我没有立刻拨打电话，因为我知道上班时间不能办"联系部老师"这样的私事。直到挂在墙上的时钟走过五点，里间两位主任都下班赶班车离开办公室之后，我才当着还没离开的金大姐的面，拨通了部老师的电话。他正准备下班赶班车，我向他报告今天已报到，正式来司局上班了。他说："我知道，还给汤书记提起你，书记还记得面试过你。"我也要去赶班车，五点二十分之前不能赶上班车，就要自己乘公交车回学校驻地。在千恩万谢之后，我迅速赶往班车停放的后院，几乎是最后一个上车的人。车里已经挤满了下班的人。我选择一个角落站立着，手上抓住一个吊环。第一天上班，没有认识的人，不用跟谁打招呼；闭上眼睛，充实而又兴奋的一天，像电影一样在眼前掠过。

以后几天的工作让我知道，司局办公室是一个司局单位的神经中枢，与专业处室不同的是它没有特定的管理方向。比如，科技处、外事处、财务处、人事处等从处室的名称就知道这个处室是主管的范围，办公室最恰当的名称可以称为"不管处"，也就是各个专业处室不管的事它都要管；更准确地说是围绕司局主要领导的要求开展工作，重点是为领导做好服务工作。领导提议要召开司办公会时，办公室就是具体组织部门，要负责与领导沟通时间、讨论的议题、参会的人员等具体事项，会后还要负责撰写会议纪要、跟踪会议确定事项的落实。另外，办公室还是各处室之间协调的部门，在部委司局单位对内要向分管的副部长负责，对外要管理全国对应的行业，因此要与各个省份的对口部门建立联系。它是一个关键协调窗口，任何一个省份主管部门的领导要与司局领导沟通一般都要通过办公室协调安排；除非主管部门的领导与司局领导有私交，直接把电话打到领导办公室。各个处室都要管理一条线，各条线之间既有交叉又有部分重叠。各处室之间的协调可以通过处负责人直接进行，但一旦涉及全司局层面的重大政策的制定就需要分管的副司长出面协调，甚至需要司长出面把相关的处室和副司长召集在一起协调。办公室在以上各种协调的场景里根据需要都可能出现。因此，办公室当然成为信息汇集的地方，纵向到各个省局，横向到各处室和部内各司局的信息都汇集于此。当然，能力突出的办公室负责人还是司局领导的参谋；司局出台重大政策或是司局内部人事调整之前，司局主要领导往往会与办公室主任沟通。办公室就是这样一个集协调者、沟通者、参谋者于一体的其他处室"不管"的事都要管的部门。

等将司局内部六个处室的主要领导都对上号了，也知道了坐我对面的金姐不是司局正式人员，是从部办公厅打字室调到司办公室工作。她为人和善，待人热诚，打字速度飞快。一台四通打字机在她手下就如一架钢琴，眼前的手稿如同乐谱；噼噼啪啪敲击键盘的声音，就如动听的旋律，每天在对面桌子上有节奏地响起。偶尔因辨别不清楚领导的手稿字迹而抱怨几句，总是看见她忙碌的身影。这样的角色定位，也决定了办公室海量的文字撰写活计就落到我的肩上，我也终于明白为何要借调一个"文笔好"的小伙子来办公室的原因。领导的讲话、司局的会议通知和会议纪要、各处室要向全国下发的文件等，有的需要直接起草，有的则需要把关审核。一个司局一般都有几个文笔流畅的"笔杆子"，一些大部头的文件或讲话大多出自这些"笔杆子"之手。比如，司局召开的全行业大会，全国各省份主要领导甚至分管副部长都参加的大会，部领导和司局领导的讲话就是整个会议的重头戏；一般都会组织几位"笔杆子"组成撰写小组，在充分听取领导思路的基础上，草拟大纲；在领导审阅提纲之后，分工开始写作；最后，经主审的大"笔杆子"把各位小"笔杆子"撰写的部分统合在一篇讲话里，这个环节就叫"统稿"。司局的"笔杆子"是司局的稀缺人才，他们不仅了解领导的工作思路，往往都是领导非常信任的人。

记录者

对于一个新人来说，真正办公室的工作不是从文字开始，而是从打扫办公室卫生开始的。当时司局办公室没有保洁，每个办公室的卫生是各人自扫门前雪。每天早晨打扫卫生就是一天工作的开门功课。办公室的两位领导都住得远，班车比我和金姐乘坐的班车晚到，打扫办公室的卫生就是我和金姐当然的任务。除了把两个房间的卫生打扫干净之外，我还会把我们几位头天使用的茶杯清理干净，并选择两位主任头一天相同的茶泡上，并把茶杯留出三分之一左右的余量，以便主任到达的时候根据温度再决定是否加开水。之所以有这样的同理心，或许与照顾小学的段老师有关系。而在与同事相处的时候，都不是生活的大道理，而是生活中这些细节构成的。两位主任都与大量不同性格的同事共事过，留给他们印象深的往往也是这样的细节。这种贴心的做法并非为了讨好谁，而是一种自然流露。我这种不卑不亢和顺其自然的做法，他们自然都看在眼里。

一天快下班的时候，主任告诉我要参加第二天的司办公会，做好会议记录并在会后撰写会议纪要。这是平生第一次参加为行业发展制定规则的会议，一种庄严感油然而生。参加会议的领导除了司长和副司长之外，还有相关处室的领导。这天讨论了三个议题，先由处室领导发言，他们从不同的角度说明该议题的上会讨论的关键节点，如制定某个规则的意义、规则的监管事项、与现存规则的相关性、可能遇到的问题、今后如何实施等。其他非分管副司长一般不会长篇大套地发言，而是提出一些疑问或是提醒一些没有考虑到的事项。最后，由主持会议的司长根据大家讨论和他事前掌握的信息进行判断，做出通过、否定或是补充材料后继续讨论的结论。当然也有沟通型的办公会，务虚性地分享信息，就一些问题交流看法、统一认识和增进了解。当天都是需要司长做出决策的办公会，因此每一议题都要充分发表意见。有时还有一些意见分歧，司长一般在出现分歧的时候会插话，辨明分歧的关键节点。一旦把事实弄清楚了，分歧也很快化解。多年后，自己作为一个单位一把手，深刻体会到，人之间的分歧都不是事实，而是基于观点。事实是客观的，观点是主观的，解决分歧的最好办法就是还原事实，因为在事实面前人人平等。三个议题讨论结束已到十二点半了，最后一个议题的讨论时间大大压缩，据后来有经验的办公室主任告诉我，期望一个议题快速通过的最好办法就是放在会议的最后讨论，因为虎头蛇尾式地开会几乎是所有会议的固定模式。这是人的注意力和疲劳感决定的，越是到会议后期，大家对会议讨论内容的兴奋度都会降低。在"延误延时"的压迫下，一般对安排在后期的议题以快速通过来了结。所以有经验的主持人善于掌控会议进程，他会根据自己对议题的判断安排在恰当的时候进行讨论，以便提高会议的质量。当时的司长是一位控场能力非常强的领导，他将排列第三但他认为很重要的议题提前到第一个来讨论，且占用了上午大部分时间，因此讨论非常充分，其他两个议题如同陪衬。不仅让所有在场的人都发表了意见，还对发言冗长者给予提醒，建议他们对前面已经讲到的观点不要重复。这样对一个议题，每个人从自己所在的角度和掌握的信息提出不同的看法，不仅丰富了对同一个问题的思考角度，也减少了他作为最后决策者的失误概率。

这场会是我进入机关的第一堂课，作为会议记录者对发言人重要的观点进行罗列的过程就是统合思考的过程。如一台话剧，每个发言人都扮演着不同的角色，从他们的发言中去甄别各自的立场和观点，乃至一些所谓的事实。记录者既是参与者，更是一个旁观者。会后我负责撰写会议纪要，在翻看记录本里各位发言的时候，再次还原每个人的发言，似乎再次回忆一台精彩的话剧。有的人发言基于事实，有理有据，逻辑清晰，阐述观点可信；有的人完全从主观出发，为自己或自己分管部门争取权益或规避责任，但不愿意直接表达出来，采取"打太极"的方式，把自己的核心观点包含在听起来支离破碎的信息之中；有的人完全没有观点、也不在乎事实，就是揣摩主要领导的意图，迎合主要领导的观点，领导赞成的自己就赞成，领导反对的就反对。在这样一台话剧之中，每个人都在根据场景的信息选择表达的方式，扮演自己的角色。多年后自己成了单位一把手，总是试图创造一种有话直说的氛围，总是说两点之间直线距离最短。实话实说不仅能够节约沟通时间，还能避免语言的陷阱。但是自己也非常清楚，不管自己如何带头"有话直说"，还是改变不了每个人的性格和习惯。除非在私营企业，老板倡导有话直说，且自己带头，而对那些绕弯子的干部采取相应措施才可能改变。多年后，自己扮演的领导角色、善于掌控会议的能力，或许是从那个时候学习来的。

会议纪要的撰写也是一门大学问。除了主题、会议时间、地点和参会人等要件之外，对每个议题的陈述一般要采取"总分总"的表达方式，开头要概括阐释讨论议题的内涵，中间要阐述讨论的过程和结论，最后再回应讨论的议题并说明如何落地执行。如果说第一个"总"是画龙头，"分"就是画出龙的身子，最后一个"总"则是龙的爪子。我是一个新手，从未撰写过会议纪要，于是把过去办公室存有的会议纪要都找出来。从过去的会议纪要中，找到撰写会议纪要的格式。格式就是纪要的骨架和结构，结构搭好了，即使里面表述的内容不够准确，也可再细调，更何况办公室两位主任还会把关修改。我只用了两个小时就把纪要撰写在分行的白纸上，先交给副主任审阅。副主任说自己没有参会，就直接转交给了主任审核。主任便认真审阅起来，大约过了半小时从里面办公室招呼我。主任面露微笑说："小伙子非常不错，第一次就把纪要写得这么清楚。"我赶紧回复说："谢谢您的肯定，我刚来，有许多不合适的地方多多指正。"当我接过自己撰写的纪要，看到主任还是用红笔在上面做了修改。我在大学校报帮忙做过编辑，知道修改使用的标准符号，看主任的修改稿都是用的标准符号；仔细查看修改的内容，不仅表达更加准确，并且更加简练。唯独没有修改纪要的结构，几乎完全采用了我学习借鉴原有纪要的；并且，修改为更加明确的"总分总"结构。或许这种结构让他阅读纪要的时候有更加清晰的层次感，才有了开头的赞扬。当自己撰写的纪要通过金姐的打字变成排列整齐的电脑文字的时候，自己又用一种审视和自我欣赏的眼光再次阅读纪要，一种满足和兴奋感油然而生；在得到司长签批变成正式传阅的纪要的时候，反倒是非常平静。后面写纪要似乎成为常态。随着时间推移，在摸清结构的基础上，我更多是抓取会议的关键信息，用更加准确的语言把这些内容表达出来，撰写纪要就成了一个熟练工种。

　　或许因为会议纪要写得越来越娴熟，得到了领导的认可。一天，办公室主任让我参加专业处室召集的未来五年行业发展规划会。主管副司长牵头，专业处室主管办理，包括办公室在内的其他处室参与的碰头会，耗时一整天。后来，我慢慢悟出来，在机关开会就是一种工作方式，如交流信息要开会、沟通思想要开会、领会上级领导精神要开会，当然，做出重大决策更要开会。部委的规划就是一项重大决策，不是一两次会能够解决的；需要从最基础的信息交流开始，直到最后从司局"出圈"，到达部务会审核通过。如果代表国家起草的文件还要到国务院审核，往往需要历时一年的漫长审核过程。我有幸参加的规划会是第一次沟通会，重点是讨论由专业处室准备的规划大纲。大纲是规划的骨架，先搭架子再装内容，确保不犯方向性错误。这个大纲也不是什么原创，而是对上一次规划的大纲略做一些调整。通过多年不间断的规划，已经形成了完整的流程。从讨论大纲入手，自然延伸到信息的分享，许多信息也会成为装进大纲里的内容。这时，各个参与的处室就有发言权了，每个处室参会的同事根据自己掌握的情况进行信息分享，对整体架构提出意见和建议。我是借调来的新人，既没有掌握规划所需要的专业信息，对整个产业发展状况还在学习了解之中；当然没有可以发表的意见，但我有了观察发言者的机会。

　　主持的副司长是南方人，说话地方口音很重，声音低沉。第一次听他主持会议，即使聚精会神还是听不清楚他说的内容，只把偶尔听见的一个个单字串联起来，努力猜测他想表达的意思，还是非常吃力，还好没有安排自己写会议纪要。其实参加司务会时，我已经领教过他的口音，但那时他不是主持人，他发言能记录多少就算多少；这次他是主持人，最后的总结发言是对一天会议成果的确认。担心会后要向办公室领导汇报今天讨论的情况，在会后找到参会的其他处室的同事，通过查看会议记录才明确副司长的总结发言。我对行业加深了了解，培养了自己结构化思考问题的能力，以及如何从部委角度明确规范行业发展的关键抓手。代表各处室参会的同事，有的口齿清晰，言简意赅；有的话语冗长，不得要领；有的心里清楚，有意表达模糊，以便隐藏观点。与司务会一样，又是一台话剧，每个人都在扮演着自己的角色、生动而鲜活。从大量文学作品中涉猎的只是干瘪描写，这里是真实而多彩的生活。

在部委，各种类型的文件是部委职能发挥的关键表现形式。文件不仅是各级政府办事的依据，更是各级管理者管理意识的集中体现。文件有约定俗成的格式，也就是文件的骨架；但格式不是最重要的，重要的是文件中主张什么、反对什么，这是执行文件的边界。在边界里大量的形容词是执行的空间，动词都是一种强调的方式，名词则是主（发出方，如发文的司局）和客（被动接受方，如各个省对口的管理部门）。下级在文件发出之前可以发表自己的意见；一旦文件下发，下级就必须执行。这种自上而下的发文方式，保障了上级的权威性；但文件之中如果有考虑不周全的地方，需要再次修改就相当困难了。这也许就是文件永远都落后于现实的原因吧。

从打扫卫生到撰写纪要，再到参与行业规划的制定，我了解了部机关的运行规则，学习了专业司局监管的内在逻辑。按时间的维度，通过长远规划的制定，确立未来几年产业发展的目标、发展的路径、重大工程和需要配给的资源。这非常类似于企业的战略，只是专业司局的规划是政府制定的，带有一定的强制性，整个系统都要无条件执行。中期来说，年底或年初的全行业总结大会，则是要明确在长期规划之中当年的重点任务。在具体工作之中，既要瞄准全年的工作，还要完成上级领导临时交办的任务。领导的批示都是重要且紧急的工作，很多需要加班加点完成的都是这类任务。从空间角度来看，一个专业的产业，在改革开放这样大的背景下，都会把这个产业放在全球产业发展格局之中。

主要司局领导大多去过发达国家，对全球前沿产业走势了如指掌，这是考虑行业发展的第一个空间视角。立足本国实际则是第二个空间视角。这或许是这么多年，国内在产业发展中不断进步又不脱离实际的原因。在"一切从实际出发，理论联系实际，实事求是，在实践中检验真理和发展真理"的思想路线指导下，没有照搬照抄发达国家经验，避免了走弯路。从地理空间看，第三个视角是因地制宜。我国是一个幅员辽阔、地域差别非常大的国度，各地的气候、水文、地质、人文传统、消费习惯都各不相同。虽然主张一份文件管全国，但要允许地方在划定的边界内进行大胆的探索，否则就不可能"实事求是"。在时空交织的监管体系里，可能会因为监管过度而丧失部分活力，但不会出现混乱无序的监管情况。这在一定程度上构成了中国特色的监管体系。

人与人

如果说以文件和会议的形式开展部委工作是一条显线，那么复杂的人际关系就是一条部委的隐线。如果要把部委与生产企业比较，文件就是产品，会议就是生产方式，调研就是获取市场信息，上级的支持就是生产资料，而政策的受众者就是消费者。在这样一个场景里，每个司局就是一个生产单元，只是分工不同；大致可以分为作为专业司局、直接监管行业的职能部门，还有人事、办公厅、直属机关党委等为部领导、专业司局乃至全国服务的间接部门（一般称为综合司局），当然还有为专业司局或专业条线服务的事业单位。这三类部门共同构成部委内部的生态，分别扮演行业监管者、综合服务者和专业服务者三个不同的角色。

专业司局监管行业；综合司局横向联系各个司局，并服务部领导；事业单位是执行部门，一般不能出台政策性文件，而是通过为专业司局提供服务的方式，或者直接面向行业提供服务，来体现自己的功能。

部委形成一个波纹式的权责结构。部委向国务院负责，内部以部长为核心，向外是综合司局、专业司局和事业单位的权力安排。从职位的角度，副部长对部长负责；无论专业司局还是综合司局领导都向分管的副部长负责，各副司长向各司长负责，各处长向分管的副司长负责，各副处长向各处长负责，各科员再向各副处长负责。这样构成一个权责金字塔，每个人都清楚知道自己在这个塔里的位置，也非常清楚职务升迁是对自己工作成果的奖赏。但是，职务升迁受到自身能力、领导认可、升迁机会等多重因素的影响。因此，在升迁这条独木桥上，永远都挤满了人，谁会走过去存在非常多的不确定因素。

在机关里，自身能力是很难度量的指标。一定要把这种能力进行拆解的话，表现为三个维度的能力。一是写作能力。因为文件是机关的产品，写作能力强意味着生产能力强。任何一个部门都有发不完的文件、写不完的领导讲话。文件是政策的载体，讲话是领导思想的载体。写作能力是构建这两个载体时不可或缺的，因而容易被领导发现。二是观察能力。在一个精英高度集中的群体里，对事物能够透过现象看到本质，对人能通过语言和行为了解秉性，是极其重要的能力。观察能力越强，越是知道在什么场景讲什么话。在一个会意文字的国度，常用字就两千多个；要把复杂的事情和情感表达出来，实在是一个功夫活。高明的领导，最重要的表现就是在恰当的时候讲出恰到好处的话来。无数个看破但不说破的场景，还有无数个不可言说只可意会，需要多年的修炼。新手只要一开口，周围"老练"的同事就知道你是处在什么段位。三是沉默的能力，言多必失在机关里是一定存在的。在不明白前因后果的情况下不能说，在不适合的场合不能说，在同事面前对其他同事的批评性评价不能说。凡此种种，不说意味着无害；但说了不该说的，祸从口出就是必然。

至于领导的认可，就更加主观了。领导均是很有才华的人。他可能欣赏同类，你刚好就是他欣赏的人，那就是你的幸运。但是赶上领导有才华，但他不希望你的才华让他的才华失色，那么你的才华就是一个累赘。获得领导认可的"底层逻辑"就是：领导也是人。是人就有人性的特点，他的判断也就未必客观；谁能有机会多了解，谁就可能更多得到领导的认可。在政府机关，无处不在的权责金字塔里，一样有管理学里所说的非正式组织。将信将疑的信息分享，半真半假的彼此信任，醉酒前后的"真情流露"，如雾里看花。

几个月后，还没有达到借调的期限，办公室的领导就专程去一趟学校，希望正式将我调入部委。据说这次无论是我所在的单位还是人事主管部门都非常痛快答应，并表示坚决支持。随着对业务的熟悉和人际的了解，我工作更加得心应手，不时有"小伙子不错"

的评价传到自己耳朵里。某周五下班的时候，办公室领导告诉我，下周一陪司长去广东出差，同行的还有一位处长。同行的同事知道我第一次乘飞机之后，特意把靠窗的位置留给我。当飞机伴随巨大的轰鸣飞向蓝天的时候，我没有一点的恐惧，而是无比的兴奋和喜悦。从小看见天空飞过飞机，就无比好奇，这么一个庞然大物为何没有掉下来；那一刻的梦想就是搭乘飞机，飞上蓝天。上大学的时候就坚信，乘飞机只是早晚的事，但未曾想到会来得这么快。如同自己第一次搭乘火车来北京上学一样，旅途的疲劳被好奇与兴奋所掩盖。走出机场大厅时，得到省里行业主管部门热情的接待，看得出来省里非常重视。

当我和同事从酒店下楼，刚才到机场接我们的一行领导已在大堂等候。我们跟随他们穿过一个走廊，再次乘电梯，到达一个配楼。电梯出来，展现眼前的是金碧辉煌的大厅，比起酒店大堂来，显得格外华贵。当我们进入一个精致的包间，一位长相富态的人从沙发上站起来，行业主管领导赶紧凑过来介绍说，这就是主管相关业务的副省长。省领导与我们三位一一握手，表示热烈的欢迎。这时我才留意周遭的环境，一张可坐十多人的圆桌安放中间，面对门的墙上是一幅鲜艳的油画，屋里是温暖的黄光，每套餐具之前都有一个写着名字的桌牌。在省领导的张罗下，找到写着自己名字的桌牌位置落座。正对大门的座位是主座，副省长领头自己坐主座，主座的右手边是作为主宾的司长，左边是作为副主宾的随行同事，我就紧靠副主宾的同事，省专业局的领导依次排开。大家落座之后，副省长操着慢条斯理的普通话，表达着欢迎、感谢和祝福之情，大家也都随着司长的带领一起站立起来；每个人就像高低不同的木板，把整个圆桌围成一个水桶。

每人一碗开胃汤，早已摆在每个人面前，调羹与碗碰撞发出没有节奏的清脆声音。在大家夹了几筷子菜之后，坐在副省长正对面的省局负责人站起来，并请大家不用起身。他以感激的口气向副省长汇报司里对本省行业的支持，多次感谢司局对本省工作的重视。在司长举杯致辞之后，大家就各自起身找自己想要敬酒的对象，酒席也就热闹起来。在紧张和不安中，熬到酒席的尾声，回到房间脑袋感觉要爆炸，一天的无数个第一次像电影一样在眼前浮现。

第二天按照事先安排的行程，走进市场经济的前沿，到处都是繁忙的人群，热火朝天的工地，在城市显著的位置都能看见"时间就是生命，效率就是金钱"的标语。用司长的话说，这次为期半个月的调研考察，就是要感受改革开放的春风。只是作为菜鸟的自己，除了感受新奇之外，并没有留下太多的印象。

虚与实

我在部委的第二站是"务虚"的部门——直属机关党委。直属相关党委专门负责几十个在京机关和事业单位的党建工作。与前面专业司局比较起来，这里的工作范围不会延伸到地方省份，但是一个可以联系所有在京单位的"横向"部门。虽然主管的内容是"务虚"的党建工作，但有很强的渗透性，毕竟每个部门都有党建工作。

直属机关党委的内部设置与党建工作相匹配，拥有组织、宣传、纪委、团委和综合办公室。因为"能写"，我就进入对应的统筹部门。第一天报到，一把手领导就问我与曾经的同姓常委什么关系。我知道领导是在开玩笑，就回答说是他哥。一方面，从辈分来讲是对的；另一方面，我年纪轻，作为他哥是错的。这一对一错，给领导留下了印象。领导在各办公室"转悠"的时候，一出现在统筹部办公室，总是开玩笑地称呼我为"他哥"，办公室气氛顿时也活跃起来。

统筹部连同我在内也就三人。一位部长是师兄，也曾留校做过团委领导，调入部里为部团委领导。领导身材修长，一头卷发，时常挂在脸上的笑容，有天然的亲近感。圆融的为人处世，极佳的口才，加之团委负责人的身份和年轻干部的代表，领导可以说是部里的干部明星，也是我学习的榜样。部门另一位同事则是与我年龄相仿但比我更早进部委的小伙子，为人憨厚；在他大大咧咧的行为里，常常感觉有一些木讷。我很喜欢他有话直说的性格。没过多久，我们的关系就密切起来。我们忙起来，加班是常事，给对方打饭也成为常事，彼此交流的话题也越来越广泛。

在部委，如果说权责的架构是以部领导为中心的水波纹，那么信息的传递也是从波纹中心向外扩散的，越是中心越是了解更深层的信息；距离波纹的中心过远，可获得的信息衰减到只有官方的信息。那些诸如上层的变动，谁跟谁的关系，重大而未公开的项目凡此种种，是判断你是置身事内还是置身事外的标准。上层的准确信息决定了你的立场，你没有获得这些准确信息，你在会上的发言就可能犯"正确的错误"，即就官方信息而言你是正确的，但就深层的信息而言，你的"正确"就是你最大的错误。最严重的情况是"众人皆醒唯你独醉"，你便成为聊天时的笑话。身处波纹边沿的个体，可获取信息的内容层级与权责延伸的路径刚好相反。前者是由近及远，也就是最先获取的信息是一个处级单位里的信息，再是一个司局单位的信息，之后是其他司局的信息，最后才是更全面的信息；当然处在权责结构核心位置的领导还会获取其他部委和更高层的信息。在部委，可获取信息的密级程度在一定程度上反映了你所处的位置。

憨厚的同事早几年进部委，当然有更多的信息渠道。在交往里，与我分享了大量非正式组织的信息，令我避免了无知的错误。写作能力在部委是硬实力，我看过同事写的材料，无论是结构还是语言都有很大的提升空间。自己被委派几个文件起草之后，部门的领导认为他当年招我进来是完全正确的决定。更让我开心的是，当部门领导当着同事的面表扬我的文件起草质量的时候，同事表现出一种由衷的赞扬。

某届党的代表大会召开之后，党委分管副书记越过部门领导交派自己写一篇辅导报告。这的确是一篇"大部头"的报告，要准确传达代表大会的政治报告精神，还要结合部委实际情况，当然还要符合作为宣讲人的发言习惯。我向领导申请两天在家写作的"假期"。仗着年轻，几乎熬了一个通宵，第二天下午就在请示部门领导之后直接报给副书记审阅；获得超出预期的夸赞，只是对全文略作修改便完稿。一种难得的成就感油然而生。副书记宣讲之后，获得一些单位领导的赞扬。副书记的开心是发自内心的，对我的肯定虽然没有直白表达出来；但从后面他的讲话都安排我来写，就知道对上次撰写报告是赞赏的。

转眼到了第二年的五月，曾经的司局领导已经升任部长了。一天，我突然接到通知要我参加部妇委会年度会议部长报告的起草会。讨论报告的会议就安排在部长的办公室。办公室是一个套间的结构；套间外面靠窗的位置安放了一张较小的桌子，是部长秘书的专座；靠墙的两面都是沙发。当我尾随部门领导进入套间外屋的时候，里面已坐满了人，留下两个靠门的位置。部长主动跟我打招呼说："小胡当年陪我去了广东呢。"我应和道："是第一次陪部长乘飞机。"

部长分管全部的妇女工作，需要每年组织召开一次妇女代表大会；去年开始起草的部长讲话报告迟迟未能定稿，以至于妇女代表大会一再推迟。部长看起来很和蔼，说到会议推迟的时候并没有不快的表情，只是强调说要加快报告的起草进度。接下来就是对已经成形的初稿进行讨论。报告起草召集人是一位女司长，据说兼任妇委会副主任。主任就是部长本人。一位略显年长的报告起草人逐篇讲解报告的内容，之后是参会者逐个发言。我是跟随部门领导参会的随从人员，只是在笔记本上记录着大家的发言，猜想也轮不到自己发言。但在其余众人发言之后，部长说："小胡是个'笔杆子'，今天请你来就是修改报告，你也说说修改意见。"这突如其来的点名让自己手足无措。赶紧学着前面几位发言的格式，先是表达对稿件的肯定，再说自己的意见，最好还不忘记自谦几句。最后，部长总结讲话。他没有对当下讨论初稿表达肯定，而是直接说出稿件的问题；之后以提要求的口吻，说出自己想要表达的观点；最后提出了时间要求；并再次提及我是个"笔杆子"，也是个新人，所以让我来修改。此时我才明白，是部长亲自点名让自己参加这个报告讨论会，并负责报告修改工作。

在两天的修改时间里，我仔细研读了原稿，反复阅读前几年其他部长在妇女代表大会上的讲话，翻看部长对讲话的要求，综合考虑之后拟定一份提纲。这是部长分管妇女工作的第一年，也是部长

第一次讲话。他虽然没有明确说出来，但内心期望在部委妇女工作中打开新的局面。于是，我在确定主题的时候，抛弃了原稿的常规表述，明确开创妇女工作新局面的主题；在回顾并肯定往年工作的同时，重点阐述如何开创新局面的内容，同时提供一些定性和定量的落实措施。

第三天，一上班我就把稿子交给了部门领导。他看过稿子之后没有表态，拿着稿子离开了办公室。十多分钟之后，我桌上的电话响起，是他打来的，让我赶快到部长的办公室。部长见到我就说："小胡不愧为'笔杆子'，报告起草非常不错。"我立刻注意到部长是说的"起草"而不是之前的"修改"报告，或许是对自己几乎重写报告的一种肯定。起草领导的报告，如同造鞋，虽不能直接测量穿鞋人的尺码，也要让穿鞋人觉得妥帖。从部长的肯定之中知道，这份报告的大方向看来是对的；尤其是开拓新局面的提法，不仅符合当时国内的大气候，也符合了部里妇女工作的小气候，当然还有不可言说的领导内心的想法。多年以后，自己意识到，要做成一件事，就需要从大中小不同的角度出发，找到相互重叠的区域。后续在工作中遇到让自己意外的事，某些领导的态度从开始的热情到后面的冷淡再到超出了最初的热情。面对复杂的人际关系和这种忽上忽下的态度，我感觉无所适从，不知道自己错在哪里，找不到自己改进的方向。困惑中，脑子里不时闪现一个念头："是去，还是留？"

第五章 亲历稽察

　　几年前，参加清华校友会的年度活动，跟随众多校友参观凤阳县小岗村的大包干纪念馆。站在那张满是红手印的契约前，我的内心波涛汹涌，久久不能平静。那一张按满红手印的契约，仿佛是一张改变自己命运的秘籍。无数个如我一样平凡的生命，无数个平凡的家庭，无数个偏远的乡村，都跟这张纸产生了关联。一种悲壮的情怀油然而生。要不是因为同学的催促，当时眼泪就掉下来了。

　　历史就是这样，一个不经意的瞬间，会成为历史长河中永恒的分界线。小岗村十八位村民永远也想不到，他们悲壮的契约会拉开农村波澜壮阔的改革序幕。或许也没想到，家庭联产承包责任制在全国铺开之后，无数从土地上解放出来的农民有机会离开家乡，外出务工。或许更没想到，离土不离乡的农民和附近城镇的居民会创造出来一种特殊的企业——乡镇企业。随着家庭联产承包责任制的深入，从农村的承包户到依托农村的乡镇企业，从乡镇的个体工商户到城镇的小微型企业，从分布在国民经济各个领域的大中型企业到事关国计民生的国家直接管理的国有企业，共同在中国的经济版图上形成了一个深入渗透每个角落的经济生态。

包产到户使过去集体监工要农民干，转变到农民为了自己多打粮食而努力干。从小岗村开始的农村改革的巨大成功，让大家深刻认识到，外在的压力再大都是外在的力量，而内在迸发出来的力量才是恒久不可阻挡的力量。这种力量延伸到经济的各个领域，激发了各经营主体为"多打粮食"努力拼搏。中国经济进入一个良性的循环，创造了出乎意料的经济奇迹。与包产到户类似，凡是能够划清责任边界的各种类型的经济组织，都在改革开放的洪流中明晰边界，落实了经营的责任，基本实现了"要我干"到"我要干"的转变。国有企业是一个庞大的群体，按隶属关系分为地方国有企业和中央国有企业。如何管理好这部分企业，是一个难题。这个难题落在国家的肩上。

稽察总署应运而生

为了激发国有企业的活力，我国曾推行下岗分流、减员增效的国企改革。一批负担沉重、效率低下的国有企业在改革中焕发出新的活力。当时，有的国企负责人借改革之名，大肆侵吞国有资产，甚至贪污腐败。如何在确保持续深化国有企业改革的同时，强化对国企尤其是中央企业的监督。这一问题就被提上了议事日程。

一个专门实施监督的机构——稽察特派员总署应运而生。名称上叫"总署"，似乎与新闻出版署等"总署"部级单位类似，是一个独立行使国家监管权力的政府部门；其实质是一个挂靠在国家人事部，直接归属国务院管理的临时特设机构。这个机构只有一项职能，就是监管归属国家管理的两百多家国有企业（即中央企业，简称央企）。

部长调任稽察特派员后，在寻找助手（秘书）时想到了我。秘书就是既要协助特派员工作，还要适当做生活服务的人；是距离特派员最近的助理。特派员的工作进展、行程安排，甚至与家人联络都是秘书的工作内容。因此，秘书也是特派员最信任的人。

按照国务院总理令 246 号《国务院稽察特派员条例》的规定，稽察特派员是以财务监督为核心，评价被监督的国有重点大型企业主要负责人员的经营管理业绩，维护国家作为所有者的权益，进而提出对企业主要负责人的奖惩和任免建议。这是全新的监督制度创新，也是搞好国有企业监督的大胆探索。

人们在惊叹于国务院搞好央企的决心时，也在怀疑这种制度实施的实际效果。甚至不少人预判，这不过是一次流于形式的"监督风暴"；一旦这阵风刮过之后，一切又会回归往常。在各种谈论中，首批二十一位部级特派员及其助理相继到场。在稽察特派员办公室的统一组织协调下，围绕特派员成立了二十一个特派员办事处（简称办事处）。每个办事处原则上三年稽查不超过五家企业，一年一般稽查两家企业；这样可以保证三年内，每家企业都可以被稽查一轮。

真正进入企业稽查是在队伍组建之后的第三个月。以财务为核心的稽查是一项专业性很强的工作。新组建办事处的人员来自不同部委，大多没有企业管理经验，甚至许多没有财务基础知识。面对数万人的央企，监督什么？怎样监督？大家都只能摸着石头过河，在试错中积累经验，在探索中总结教训。因此，集中学习就变得非常必要。

稽查培训在清华

一九九八年四月二十八日，国务院稽察特派员及助理培训班在清华大学经济管理学院正式开班，九十四家国有重点大型企业总会计师培训班同时举行。四月的清华大学安静而灵动，朱自清走过的荷塘南面的工字厅就是校长书记办公的地方。这是一个三进的平房大院，书记校长会见来宾、办公都在这里。一条常年流动的小渠环绕着工字厅，门口是茂密的树林。由于建校的年头久远，无论是白杨树还是松树、柏树都长得很高，整个工字厅都淹没在绿树丛中。早起的小鸟在高耸的树间翻飞，发出欢快的叫声。工字厅门口两只威严的石狮与身旁两棵高大的银杏树像两个门神手握两根大棍，在威严之中透出一种和谐。

树林的南端就是一个叫作"甲所"的招待所。由于被高大的树木合围，这里出奇的安静。二十多位特派员就被安顿在这里。助理和秘书被安顿在距离甲所不远的畅春园。畅春园的门口就是有湖心岛的荷塘。畅春园的南面被一大片树林簇拥着，树木虽没有甲所周围的树那么高大，但密度很大、品种更多。春天正是桃花盛开的季节，蜜蜂给安静的林子增添不少生机与活力。

上课的经济管理学院靠近学校主楼，在学校东面。所以，我们上课差不多要穿过半个清华。在经过畅春园旁浓密树林之后，就到游人常打卡的清华标志物——二校门。二校门矗立在标志性建筑——清华大礼堂的南面。洁白的大理石搭建了二校门中间的大门，紧靠大门的是两道小门。在二校门正中是被毛泽东主席誉为"红军书法家，党内一支笔"、中国书法家协会首任会长的舒同撰写的"清华大学"，字体饱满而敦厚，与清华大学"厚德载物、自强不息"的校训有精神上契合。

除了一九九八年与清华的缘分，二〇〇三年为孩子在北大附小上小学方便，再次租住进了清华。那是一个带后院的一层，两棵柿子树和一棵枣树安静地矗立在后院。枣树已高过只有五层的房顶，夏天的树荫将整个后院覆盖起来。偌大的清华就似一座安静的花园。茂密的树木，清幽的小渠，还有不远处的食堂、医院、银行、游泳池，没有比在这生活更方便的了，也没有比这生活更惬意的了。当时，正好与北大经济学家汪丁丁结缘。在纷纷扰扰的世界里，找到一个安静的处所，与一位偏重数学和逻辑的经济学家对话，如同炎热夏天时恰逢一汪清泉。

二〇〇九年，我再次踏入清华，成为清华 EMBA 的学员。为期两年的学习，六十位来自四面八方的同学，在清华体会升华的快乐。一群国内顶尖的经济学教授，在我们学生仰慕的目光里，讲授着刚刚从国外带回的西方经济理论。同学们在各自的行业小有成就，"百战归来再读书"，书写属于自己的人生。

同样是二〇〇九年，从清华院内搬到只有一路之隔的小区居住。想起自己在北京居住的绝大多数时间都是在清华校园里或周边，便觉得与清华这种不解之缘仿佛是命中注定的。每次回到清华，内心就有一种别样的安静与从容。除了故乡之外，只有回到清华才有一种回家的感觉。虽在部委分的福利房居住了五年，但始终觉得陌生。自己从城市中心高楼大厦的地库开车出来，常常辨不清方向，有时一直到家都不能把方向调整过来。家应是一个不用动脑子就能找到的地方，清华对于我就是这样一个地方。

　　春天的清华像个妩媚的少女，在浓密低垂的杨柳里，偶尔隐现安坐其间的闻一多、圣约翰等历史坐标人物；夏天高大的树冠笼罩着整个校园，在与校园外界低几度的体感之中，能感受到不一样的氛围；秋天的清华是一个成熟的所在，金黄的树叶错落有致，掩映其间低矮的亭子、鹅黄的草坪、弯曲的小道、低飞的喜鹊，共同构成一幅唯美的图画；冬天的清华没有肃杀的寒冷，是一种可以多待一会也不会感到太冷，回到屋里就很快恢复过来的冷。家几十米外的池塘，没有规则的边缘，合围一个不算大的小岛。或许池塘水渗透了小岛的角角落落，但凡长在小岛之上的树，不管是什么品种，都比小岛之外的树木高出许多，让人想到"出淤泥而高大"的句子。岛上有一家咖啡馆，咖啡馆旁边还养着贵州校友送来的孔雀。傍晚时分，夕阳斜照，树影斑驳，点上一杯咖啡。在微风里先闻咖啡其香，再饮咖啡其味，一种舒滑的感觉溢满全身，渐渐融入清华的场域中。

　　再漫步到紫荆公寓前面宽阔的操场，同学轻盈的跑步节奏将你从小岛咖啡馆缓慢的节奏中带出来；再与操场周边篮球场、网球场、羽毛球场各种跳跃的节奏相互呼应，仿佛把自己的身体放置在一把拉满弦的弓箭之上。在不知不觉之中，被带入一种生命的张力里，这或许就是大学的氛围吧。感染每一个学子，点燃每一个细胞，激发置身其中的每一个人；使大家去触摸自己生命的天花板，打开一片梦想的天空。

　　原谅我的"跑题"。着墨在清华的叙述上，不仅因为对清华环境的喜爱，更是因为与清华有不解之缘。只要还在现在的家居住，这种缘分就还要继续下去，这个时间已经超过在故乡的时间。

回归正题，培训是从国务院领导讲话开始的。国务院领导在刚刚上任的首场记者招待会上"不管前面是地雷阵，还是万丈深渊，我都勇往直前，鞠躬尽瘁、死而后已"的铿锵表态，使包括我在内的特派员秘书和助理都万分期待了解他亲自倡导并推行的特派员制度在他眼中是一个什么样子。这一天终于来到，领导健步登上主席台，开始气势磅礴的讲话。抑扬顿挫的讲述，肯定的话语，自信的神情，坚定的手势，传递领导坚定的支持。在我们过去的记忆里，从来没有一位这个级别的领导会如此风格鲜明的讲话。他的话似乎有一种魔力，让你从心底里信服他、尊重他、相信他。多年后回忆起来，这次讲话还是历历在目。

清华大学和经管学院都极其重视本次培训，优选最好的老师，准备翔实的课件，从稽查工作的要求出发，做最佳的课程布局。当三个月课程学习结束的时候，受训人员都掌握了基本的财务知识和稽查企业的基本方法。三个月的学习是短暂的，是愉快的，甚至是幸福的。

稽查四条线

正式进驻企业开始稽查是从一九九八年八月开始的。由于央企总会计师培训与特派员和助理培训同步进行，央企总会计师作为被稽查企业的联络人，已经与稽察特派员建立起了联系，并按照稽察总署的统一要求准备了稽查材料。材料包括企业历史沿革、组织架构、所有经营主体的经营状况、存在问题与治理情况、历史上的处罚情况等，如同为被稽查企业拍了一张透视的 X 光片。一些大型企业，如中石油、中石化、国家电力等，无数分支机构遍布在世界各地，俨然是一个商业帝国。要把如此复杂的企业集团相关材料准备好，是一件极其浩繁的工作。稽查企业规模越大、人数越多、时间跨度越大，准备材料难度就越大，相应的稽查难度就越大。

我所在的办事处被暂时安排稽查三家企业，包含电子、电力和汽车行业。由于三家企业的总部都在外地，使得出差较多。为积累稽查经验，先从一家规模相对小的电子企业开始。这家企业总部地处西部，是国内著名的上市电子企业，对属地和其主管部委有举足轻重的影响力。

企业稽查工作先从熟悉材料开始，把重达数百公斤的材料从头读完，就耗时一个礼拜。根据其他办事处总结的经验，包括自己在内的五位助理要分工协作；根据每个成员的优势，分工各自有所侧重。例如，擅长财务的组员就只是阅读财务资料，其他资料暂时不用阅读，这样大大减少阅读材料的时间。要在浩如烟海的材料里梳理出集团企业的基本面貌、商业逻辑、股权关系和资产关系；如同大山的测量队，既要登上高山，还要将大山的整体轮廓和每一个小山头都丈量到，并绘制在一张图之中。这实在是极其复杂的系统工程。最难的还不在于把情况弄清楚，而是要发现企业管理的问题。最了解企业的当然是企业管理者，包括参加培训的总会计师。但没有一个管理者愿意把企业的复杂问题简单暴露在稽察特派员面前，尤其是当这些问题牵涉管理团队的某些领导。哪怕这些领导已经离开领导岗位，在任的管理者出于不翻前任领导旧账的原则，也不愿意去触碰历史遗留问题，或许更愿意替前任领导掩盖问题。若涉及现任班子成员，更是想尽一切办法粉饰报表或是掩盖事实。稽查人员与被稽查企业本身就是矛与盾的关系。对于稽察特派员来说，没有发现问题，在一定程度上是失职。对于被稽查企业来说，被发现了重大问题，表示"水平"不够。没有不存在问题的企业，只是问题的大小不同而已。在这矛与盾相互博弈中，彼此攻防，上演一个又一个精彩的话剧。

上演的第一出话剧是"东方锅炉"案件。前任董事长、现任董事长和现任总经理及副董事长共四人，将一百三十二万元股票私分出售后，再交股本认购金，以获取巨额差价。这是稽察特派员总署设立之后发现的第一起重大案件，在二十一位特派员里产生了不小的震动。在他们看来，这是一次"胆大包天"的犯罪，案件的事实非常清楚、证据确凿。据说特派员到达"东方锅炉"之后，很快收到了内部举报；按照举报的线索，迅速发现了问题。特派员以专项报告的形式上报国务院，很快获得批示。案件被媒体曝光之后，引起社会各界的强烈反响。各办事处也加快了稽查节奏，期望实现稽察特派员制度设立的初衷；在发现问题的同时，震慑一些企业的不法分子，同时鼓励优秀经营者。

这样的气氛在各个特派员办事处之间传递，当然也包括我所在的办事处。我们办事处稽查的电子企业成立于二十世纪六十年代，是我国"六五"期间为实现成套技术而设立的国有独资企业。八十年代建成投产，九十年代后期已经发展成为中国生产规模最大、配套能力最强的电子企业。企业员工近三万人，旗下原有一家境内上市公司，又于二〇〇四年在香港上市一家公司，主营业务持续拓展。

或许因为经历过苏联撤资的阵痛，在相当长一段时间，在工业生产中，我国力图使自己的供应链及相应发展起来的产业链自主可控。这也导致我国形成了三十九个工业大类、一百九十一个中类和五百二十五个小类，是全世界唯一拥有联合国产业分类中全部工业门类的国家，从而形成了举世无双、行业齐全的工业体系，成为世界唯一的全产业链国家。该电子企业也是在这样的指导思想下开始构建完整电子产品生产体系，相应地派生出无数个配套的零配件生产企业，形成了以西部省为中心、覆盖全国的直属生产和供应体系。

如何厘清拥有一个总装配厂、无数个配套企业的链主企业，是摆在我们面前的难题。虽然，我们办事处的其余四位助理不见得完全具备稽查需要的财务技能，但在产业链识别、管理能力诊断、治理体系梳理等方面都有显著的优势。在熟悉相关情况之后，我们按照相应的稽查逻辑进行梳理，在发力点上从总厂到分厂，在时间节点上从过去五年到现在，在业务上则从财务到经营业务。

股权关系是国有企业集团重要的连接关系，也是稽查工作第一条线。围绕主产业链派生出若干配套产业，而配套产业也需要相配套的产业，进而构成了一级套一级的产业生态。置身其中的各级企业相互参股，彼此关联。股权关系是管理关系的基础，抓住股权关系就抓住了各个企业关系的牛鼻子。于是，我们在熟悉相关材料后，画出集团的股权图，迅速厘清各个企业之间的从属关系，以便于弄清楚集团的权力架构和治理基础。

集团内部的产业链布局则是第二条稽查线。集团的终极产品是电子产品，上游包括生产玻璃屏幕的企业、生产电子器件的企业，还有一部分外部供应商企业；下游是与终端用户对接的销售企业。一个电子产品有数百个元器件，不可能所有元器件都是自己生产，因此外购非关键元器件就是必然选择。与今天产业体系非常完备的电子产业链比较起来，几十年前的电子产业链存在断链的情况。一些发达国家在产业链的关键环节"打桩"，构成专利壁垒，以收取高额的专利费，或是高价售卖关键元器件。通过了解集团的产业链布局，我们更加坚信"核心技术是买不来的"这句话的真实境况。生产电子器件的企业为了不在关键技术上被"卡脖子"，采取国内科研院所协同攻关的方式来攻克一个个技术难关，取得了良好效果。因此，作为行业主管部门对该企业抱有很大期望，给予了大量科研经费上的支持。通过这种梳理，可以看清产业发展的历程和产业链上下游构成的产业生态。这在一定程度上反映了一个国家中一个产业的发展历程。

电子产品需求呈井喷式增长，作为一种市场拉力，催生上游电子产品企业的繁荣，使该企业生产的产品供不应求。提货的大车在厂区外围排起长龙，刚刚检验合格、带着生产余温的产品，不等入库就搬运至长途货车。供销两旺的景象持续了几年。在一定程度上，眼前的繁荣会掩盖生产、创新和管理上的问题。事实上，在我们开始梳理第三条稽查线的时候就反映出来了。

第三条稽查线是财务线，就是沿着企业的价值流动，从原材料的采购到企业的生产，再到销售的全过程的财务记录。这条线的梳理是一件非常浩繁的工作，因为产品生产是连续的、多批次的。制造企业会产生原材料、包装物、水电气、人工、检验费用、制造费用等成本，每项成本都与产量相关。如何把成本这个函数梳理清楚，即使对于企业的成本会计都不是一件容易的事。好在我们办事处有来自财政部的财务专家，沿着企业的产品生产链条，很快拼凑出企业价值链条，以此梳理出了企业的成本构成和变化规律，进而甄别出企业成本管理中存在的问题。这是稽查专业能力的具体体现。对被监督的企业来说，从他们没有发现的视角，找出成本管理的问题，能使他们对稽察办事处高看一眼。

当然成本稽查只是其中的一项，三项费用的稽查也是发现管理问题的重要抓手。企业的经营行为都要由财务、管理和营销三种费用来支撑。从三项费用入手，就可以诊断管理行为的合理性。比如，数亿元的营销费用，表现为差旅费、招待费、客户服务费等形态。先从费用构成入手，再到一级科目，再类推到二级科目，直到原始凭证。仅通过抽样的方式，就可以发现一些违规的财务问题；再透过费用，就能判断经营活动的决策合理性。成本变动是价值转移，费用发生是管理行为实现。前者反映企业产品增值过程，后者反映为实现产品增值付出的代价。因此，稽查工作就是从第三方的视角出发，对成本和费用合理性做出判断。这就涉及判断的标准、判断标的和判断的尺度问题，上升至国家审计的工作级别，办事处的财务专业能力和人员规模都无法支撑。因此，只有抓住重点、把握关键，通过把生产环节中主要价值链条梳理清楚，再兼顾其他非主流的价值链。对管理费用的稽查也是如此。稽查的重点是关注高管人员的费用合理性，并对研发费用、重要的营销费用支出做出判断，以大致厘清企业的费用管理的状况。

稽查的第四条线是对企业的治理能力的判断。重点关注的是企业的"三重一大"，即重大事项决策、重要干部任免、重大项目投资、大额资金使用的决策制度和流程。首先，判断是否健全。初步审视企业在关键环节的决策上是否有制度可以遵循，有流程可以依归。其次，看制度和流程在被执行过程中是否被遵守及被遵守的程度。但凡有管理经验的人都知道，企业要面对千变万化的市场，需要根据变化的市场做出调整；而企业的制度和流程是内在的规范，不仅滞后，而且在变化的市场面前表现得坚硬而生冷。但对国企来说，在响应市场的同时，还要符合企业内部和外部的规范。事前经营和事后监管本身也是有时间和场景上的变化。在过去的经营环境中是合理的，放在当下的经营环境中可能就是不合理的，甚至可能是错误的。如何把握好稽查的分寸，的确是一门学问。我们的特派员曾经在部委担任过中纪委派驻部委的纪检负责人。他理解经营环境的复杂性，反复强调我们不能"站着说话腰不疼"，不能脱离经营实际、照搬企业的制度；而是要还原当时的经营场景，既要站在经营者的角度想问题，也要站在监督者的角度想问题；要面对监管环境和经营场景的实际，找到两者的结合点。

稽查本身不是目的，搞好企业才是目的。在这样的指导思想下，我们的稽查工作进展很顺利。就在我们按照以上四条稽查工作线整理稽查报告、准备撤离该企业的时候，一封专门针对企业主要管理者的举报信把我们拉回了稽查场景。

联合办案

这封不署名的举报信指向很清楚，就是当任的企业负责人。举报该负责人在未履行"大额资金使用"的内部决策流程的前提下，将一亿元的巨额资金转移到深圳一个临时账户；将该笔资金作为注册资金，与另一家号称"商掩"的企业联合注册一家新企业。新注册企业的主营业务是石油贸易。

我们对这封举报信进行了紧急研判。首先，确认举报内容的真实性。紧急联系企业财务人员，确认是否有大额资金转移的记录。

在得到肯定答复之后，第一时间要求企业财务盯住这笔大额资金；在未获得特派员办事处允许的情况下，不得再次转移此笔资金，避免造成国家财产损失。其次，与企业负责人见面，让他解释该笔资金使用的决策流程和资金用途。让我们意外的是，该负责人仅表达了对自己内部决策被举报的愤怒，但拒绝透露资金的用途。他的理由是国家安全需要，不能对外说明；之所以违背了企业关于大额资金的使用规定，也是因为这样的原因。

这对办事处来说是一个棘手的问题，其他特派员或许没有遇到这种"无法再往下追查"的案子，只有以专项报告的形式上报相关领导。领导的态度是非常明确的，不管涉及谁都要一查到底。有了这样的"尚方宝剑"，在总署指导下，迅速成立了由公安部、人民银行、部队、工商局等八个部门组成的联合调查组。首先，理清资金去向。经查发现，接受资金的一方是刚刚成立的资源发展公司。在七月至八月，负责人王某多次约见企业负责人，说该公司缺少资金，要求将一亿元资金转给他做银行抵押贷款。该负责人在未经内部审批程序的情况下，擅自于同年十一月将一亿元资金转到资源发展公司的账户上。迫于调查组的压力，该负责人在十二月份督促王某将一亿元资金转回了企业的账上。

在确实资金安全之后，再梳理资金调出的决策程序，以及资金的来源和资金的实际走向；确认是该负责人的个人行为，违反公司内部的有关规定，至于是否违法则由公安机关侦查。原本以为就到此为止了，不承想调查过程中，又发现存在另外八千五百万元资金的使用是没有经过决策程序，且该负责人还收受了十万元的好处费。在公安系统和检察院系统侦办之后，确认该负责人利用职务之便，通过将企业公款借给他人进行营利活动，涉案金额达一亿八千五百万元，且有受贿情节，数罪并罚，被判处十七年有期徒刑。服刑期间，因其他案子，再次牵出新案情，再次追加刑期到二十年。资源发展公司王某也因为参与共谋使用公款，系挪用公款的共犯，被判处有期徒刑三年。若干年后，办事处内部一位干将，因为在参与该案件过程中通风报信，获取了对方的好处而被查处。从案子到案子，一出戏剧反复在社会这个大舞台上演。

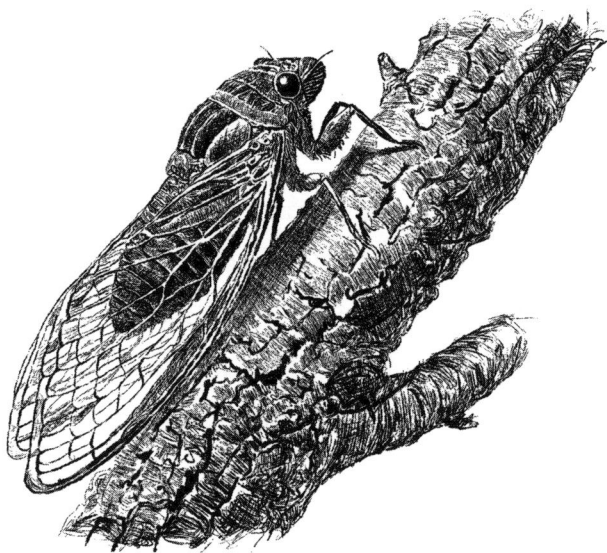

第六章　进出县城

一九九二年注定是不平凡的一年。在涌动的春潮里，每个人都像刚刚参加了一场开心的舞会，从里到外透出一种莫名的兴奋和喜悦。尽管这种喜悦可能会随着面对的现实而消失，但毕竟是一种开心和快乐的体验。那些嗅觉敏感的人，已在打点行装奔赴开放的前沿——深圳。

资本逐利，总是跟随大的政策趋势。一旦香港这个资本汇集之地与对岸深圳的"篱笆"被拆除，资本就像洪水一样涌入了这块"洼地"。说它是资本"洼地"有两层意思。一层指劳动力的洼地。与香港高昂的劳动力比较起来，深圳的人员工资几乎可以忽略不计。为了最大化获取利益的资本，资本必然为节省人工将目光投在这里。当大量的资本汇集在这里的时候，当地的劳动力供应状况迅速变为短缺。内地有"取之不尽，用之不竭"的廉价劳动力。在解除土地锁链获得外出打工机会的时候，这股庞大的劳动大军挥师南下，为深圳提供源源不断的劳动力资源。另一层指广阔的市场洼地。庞大的人口可以提供庞大的市场需求。要么因为收入低没有购买能力，要么有购买能力而没有可以购买的商品，巨大的市场如同被蒙上一层厚厚的岩石的火山，即使有无穷的能量也不能释放。改革开放逐步移除了覆盖火山上的岩石。当资本的火柴遇上释放的能量，市场的爆发就是一种必然。

改革开放不仅释放了市场的能量，每个内心充满渴望的个体也顺应着开放的新氛围。微观的个体与宏观的潮流交汇在一起，就变成为磅礴的力量，浇灌着这个曾多灾多难的土地，万物复苏，百废待兴。无穷的希望、无穷的可能性、无穷的诱惑让置身其中的个体，置身亢奋、愉悦和期待之中。那真是一个黄金岁月。

这股力量也席卷到部委。当时，部委的专业司局几乎都开办了自己行业的企业，唯独我所在的行业没有自己的集团公司。但机会总是给有准备的司局，希腊船王奥纳西斯向部委捐助一千万美元，用于发展相关产业。把这笔钱拿出一部分用于开办公司发展行业的工程产业不仅符合当时的政策，而且与当时的大气候非常吻合。在获得部委批准开办企业之后，我被调入企业筹备组。因为自己在司局工作时间很短，原本我想继续在司局干下去。机缘巧合的是，作为筹备组长的副司长跟我是校友，且也曾在校广播台干过。他第一时间就想到让我参与筹备组。在组织决定面前，作为一个刚刚来司局工作的年轻人，必是坚决拥护。更何况在当时的场景里，筹备组或者说未来成立的企业就是专业司局的一种延伸，两边的干部可以根据工作需要自由转换；唯独不同的是专业司局是政府机关，而企业是一个没有行政职能的机关而已。

最初的筹备组只有四位成员。除了副司长之外，还有两位接近退休年龄的处长，我是唯一跑腿的年轻人。他们三位都是领导，每位领导都可以从自己角度发号施令。最初的筹备地点就在司办公室。一个月之后，筹备进入实质阶段，大量的工作就需要更多的人手来开展。于是，在报社隔壁的职业学院租借了几间办公室。之所以选择这里，是因为距离部委只有半个小时步行的距离，以便筹备组与部相关司局的沟通。

筹备从起草可行性报告开始，这个任务当然落在我的头上。虽然从未起草过这样"务实"的可行性报告，但有前期的对产业的认识及写报告的经验，很快构建了报告提纲。在提纲获得筹备组三位领导的认可之后就正式起草报告。与部委的报告比较起来，要求降低了很多，大家似乎并不在意报告的具体内容，只是在乎报告的结构。即在报告里阐述清楚三个问题：为什么要开办公司？开办一家什么样的公司？未来公司打算怎样运行？上报后没有遇到什么阻力，提交给部相关司局审批的时候一路绿灯，不到半个月的时间就走完了部内审批流程。之后就是上报国家工商局审批经营范围和名称核准。按照当时的规定，凡是带有"中国"字样的企业名称，必须经过国家工商局的审批。在多次补充材料之后，企业的名称审核获批，这标志着在这个领域的国家队正式诞生。这种带有"中国"字样的企业从名称上就带有排他性，在中国境内、在该领域不能再有这样的名称。这是由国家部委的位势决定的。不管今后经营如何，从诞生那一天起，企业经营范围就可以面向全国，就是这个行业的龙头。获准注册成立后，余下就是走注资、正式租赁办公场所、招兵买马等一系列的程序性事项。

副司长如愿成为该总公司的首任总裁兼法人。按照当时规定，这家企业被批准为正局级企业。副司长也当然升迁一级，从原来的副司长升级为正司级干部。总裁性情平和，为人善良，待人真诚，文笔出众，三十多岁的年龄就被提拔为副司级干部。或许因为"当官"太早的缘故，总有一种涉世不深的理想感。在副司长被确定为总裁之后，筹备组的两位处长紧随其加盟企业，分别担任部门的领导。总公司的架构也就开始搭建。除了工程部和贸易部两个业务部门之外，办公室和财务部也随即组建，二十多位同事大多为与部委有直接或间接关系的人。我是为数不多没有亲属关系且来自司局单位的年轻人。受大环境感染，个别期望在企业大展宏图的年轻人也加盟其中，但是没有人知道企业该如何挣钱，以及企业管理与机关管理有何不同。

当然企业的主业还是清楚的，那就是本行业"工程开发"；但具体的内涵是什么，主业到底该干什么或者说不该干什么，大家都是在摸着石头过河。从归口管理来说，当然要开展与行业相关的业务，要么从事生产，要么从事贸易。还有一种声音主张，要按照国家工商局批准的经营范围，名副其实地进行工程开发，只是不知道行业相关的工程开发包含哪些内容。正在大家发愁的时候，总裁曾经工作的外经办传来消息，世界银行的贷款正用于支持某县级市开展盐碱中低产田的改造项目。当地有一家像样的工程开发公司愿意与挂着"中国"字头的总公司合作。"此乃天助"，这几乎是二十多位同事同时发出的感叹。

初入县城

第一次去县城接洽的时候，我已经被明确在工程部门工作，且是部门内唯一的员工。因为县城的项目已被确定为工程类项目，我自然被选为第一批参与考察的人员。这是一个庞大的队伍，企业当时仅有的四个部门都跟随总裁去了县城。从北京出发，乘车大约三个小时就到达县城车站。车站内，三条铁轨平行排列在站台一侧，站台是一个略显破旧的铁皮棚子。站台位于相对较高的地势，站在其上，几乎将整个县城尽收眼底。远处不算高的楼房使近处低矮的平房显得更加灰旧，稀疏的小树散落在并不宽敞的大街上。

我们一行人从车厢出来时，县里接待的人已在门口等候。站在最前面的是一位略胖且长着一张圆脸的中年男士，他对面则是一位手捧鲜花的妙龄女郎。一位自称是县政府办公室主任的人快步走过来介绍，中年男士是县城分管农业的副市长（当然在介绍的时候，会去掉一个"副"字，因县级市的缘故也将县长改为市长）。紧随其后的是县农业局、外经办、政府办公室一行人员，以及主办行业工程开发的伽经理一行。接受了夹道欢迎之后，一行人从火车站鱼贯而出，在政府办公室安排下，分别按事先安排的搭乘计划，各自被领进接送的车辆中。

当晚在县城宾馆吃了一顿欢迎宴。一把手市长也亲自参加了当晚的晚宴。当市长操着浓重的山东口音介绍县城县情的时候，我才知道，在世界银行持续给予贷款的支持下，该县的盐碱地改造已成为全国学习的榜样，并摸索出了"鱼塘-台田"改造模式。

随后的讲话不外乎是欢迎、感谢之类的"套路"。唯有开发公司的伽经理给人留下深刻印象，他个子不高、从容淡定，讲话时中气十足。他没有走前面几位的"套路"，直奔主题介绍开发公司正进行的工作及已取得的成效，让人能感受到工程开发前景广阔、意义深远。在单独交流的环节里，我第一个找到这位伽经理。自我介绍的时候，他并没有与我目光交流，而是在寻找当晚的主宾，也就是我们的总裁。他似乎也没听清我说什么，更没有兴趣给我介绍所谓行业工程开发。我知趣地收住话题，心想这也不是谈工作的地方，自己脑子里除了工作似乎就没有别的。

第二天，正式交流会安排在市政府的会议室。副市长介绍，县城的行业工程开发重点集中在对盐碱地（亦称中低产田）改造，之所以在县城取得积极进展得益于三方面原因。一是获得了部委管理的世界银行专项贷款的支持，有钱就可以办成更多事；二是该县地处黄河冲积平原，河滩地、河间浅平洼地和缓平坡地相互交错，平均海拔在二十米，盐碱地占全县耕地面积的三分之一，为中低产田改造提供了"材料"；三是政府重视，作为一个拥有九百九十平方公里的农业大县，盐碱地成为农业发展的主要桎梏，政府抓好盐碱地改造就抓住了农业工作的牛鼻子。

最重要的是，经过几年的行业工程开发实践，摸索出一套"鱼塘-台田"的改造模式；也就是通过土地挖掘，把被盐水浸泡的土地挖掘出来，垒在附近的高地，通过自然降雨把高处的土壤盐分降下来，而取走盐碱土壤的低洼地成为汇集地下水和自然降水的池塘。盐分降低之后的高地就可以成为种植的台田，而低洼的池塘就成为养鱼的鱼塘，故称"鱼塘-台田"模式。

实施这个项目的公司当然就是县里唯一的行业工程开发公司，领头人就是昨天到火车站迎接的伽经理。这个公司刚成立三年，在县城项目只有这一个。

当时，我们北京一行人，都不太知道啥是行业工程开发。而在这里我们模糊地觉得行业工程开发就是利用工程机械改造农田，让原本"虚幻"的行业工程开发变得具体起来。其实这种理解把行业工程开发锁定在一个非常窄的赛道。关键是这个赛道无须太多科技含量，且已挤满了当时的工程公司，对于一个顶着国家字样的企业，与这样的企业竞争依旧全是劣势。只是当时随行的人员包括自己，都没有这样的认知；判断力已经被"工程开发的广阔天地"和热情似火的招商接待所淹没。多年后，自己总结"接待也是一种生产力"，起源就是这里。

合作之路

而后，与该县工程公司战略合作的全部内容概括起来就两个字——给钱。购买国外进口的挖掘机并交给这家企业使用，收一点可怜的租金就是具体落地的内容。对当地政府来说，是一次成功的招商引资；工程公司成为最大的受益者，不缺项目资源，世界银行的贷款源源不断地供给；只是我们企业实质上成为设备租赁公司。当然，在没有经营人才的前提下，发挥资金优势进行设备租赁业务，也不失为一种安全的投资。

经过慎重考虑，总公司认为不能只给钱不参与管理。我任职于工程部，又是学习水利专业。当县城工程公司成为总公司的分公司后，我被派往县城，任职分公司的副经理。

本着"为官一任，造福一方"的朴素想法，一到县城就从两条线展开自己的工作：一是参与分公司的管理，二是协助分管行业的副市长工作。在办公的平房后面是一排公司中层的宿舍，我的宿舍是办公室主任腾挪出来的。要放在今天我恐怕不会同意这种安排，当时却认为这是一种表达对自己重视的方式，就接受了这样的安排。

按照管理的"逻辑",我要先熟悉情况。于是,我找到搬迁到我宿舍隔壁的封主任索要公司的材料,包括经营情况说明、管理文件、财务资料。他都说要跟伽经理商量,之后就杳无音讯。随着时间推移,彼此熟悉时,我直截了当问他,为何不给材料,是公司没有相关材料,还是有材料但不愿给我。他没有正面回答我,只是说需要伽经理同意。我猜测不是没有材料,是伽经理不想给这些材料。我心想,除了财务资料之外,没有什么敏感的资料,为何不给呢?百思不得其解。

伽经理是一个地道的当地人,个子不高,身体略胖,最能吸引他人目光的是他宽阔的脸盘和脸盘下脖子上两个汗圈;一双精明的眼睛时常处于半开半合的状态,平素寡言少语。他家就在企业院子的四合院里,几乎每天都有招待聚会,每顿饭离不开当地的白酒。我也不断被邀请参加所谓"家宴"的聚会,县里的各个局领导在这都能碰到。有的局领导是亲戚,有的是老乡,有的是同事,有的是商业伙伴,有的是……

他一旦举杯就精神抖擞,讲话抑扬顿挫,神采飞扬,插科打诨,精彩纷呈。一套敬酒流程下来,气氛渐渐活跃起来。表达不尽的感情、说不完的道理、开不尽的玩笑、停不下的笑声,一浪高过一浪,一浪比一浪精彩。如同每一次宴请都有一个主宾,每次宴请便也都有一个主题。只是一旦坐定位置便已明晰主宾,宴请的主题大多在宴请结束时才可体会出来。当天宴请的主题如果是生日、上学、升官等喜事会在宴请之前就确定下来,并被反复提及;如果是求人办事这样的主题,可能是一语带过;而一些化解矛盾的主题,可能是心领神会。酒席就是一场戏,每个人都在扮演自己的角色,找准自己的角色其实是很难的。就拿我来说,当一起工作的年轻人偶尔小聚时，我作为"京城来人"自然成为主宾；但在伽经理的宴席上，自己只是一个配角，要看他"主张"什么、"反对"什么，配合他的节奏进行附和。也有例外，有政府官员在场的时候，自己作为企业的副经理、组织任命的县干部、京城里的人，他们知道本质上就是一个摆设，会按礼仪之邦的规矩摆在合适的位置。那时实在年轻，扮演不来只可意会不可言传的酒场角色，始终找不到感觉，说些生涩的话，在不该起身的时候起身讲话，在不该喝酒的时候大口闷掉，每每在紧张和不安中期盼早日结束难熬的酒席。

在这个不大的院子里，伽经理就是这里的绝对主人，大家都看他眼色行事。他的工作主要就是争取资源，建立社会关系，企业的经营管理都被化在酒里。我当面跟他要过需要的材料。他说，这个企业小，没有材料，直接去了解就行了。我心想，至少要有个财务账吧；企业有不少部门、办公人员，以及一年至少几千万元的建设工程收入。

我所谓分公司副经理的工作就以了解情况开始，并以了解情况结束了。我明确了他给自己的定位。虽然嘴上说非常欢迎来公司任职，但他始终是把我当成一位监督者；因此，他将我供起来，不让我参与任何企业经营。甚至连盘算一台挖掘机全年的出勤天数、每天的成本这样的事，他都非常敏感，对提供数据的挖掘机手给予了严肃批评。而后，私下交代，如果谁再给我提供经营材料就开除谁。有了这样的戒令，除了办公室主任和司机必须跟我打交道之外，其他员工都避之不及。

当企业在深圳获得高速公路土石方合同的时候，我就主动请缨前去深圳指挥工程施工队伍。预料之中，院子的主人爽快地答应了我的请求。我到深圳的时候，第一批挖掘机和运输车已经先期抵达，租住在八卦岭的厂房里。只有一层的厂房被三合板隔成一个个房间，五十多位来自县城的小伙子就安住在这里，而我一个二十多岁的毛头小伙就成为他们的"头头"。

在部委养成的结构化思考能力，帮助自己在施工杂乱的场景里寻找工作的头绪。第一要务是与业主建立良好的沟通，企业承担的是十公里高速公路土石方的转包工程。当以项目负责人的身份与甲方见面的时候，对方表现出非常吃惊的神色，我猜想可能是自己太年轻且还是一个刚刚从部委出来的大学生。当我带着几台挖掘机和十几辆运输车的队伍完成了施工，并处理完双方进度确认、事故处理、谈结款等事项之后，我的表现或许远超自己年龄给人的感觉，他们对我的态度变得更加端正。我还察觉到，当告诉他们是部委的直属企业时，他们心生敬畏。这一招牌还是很灵的，在其他项目都被拖欠工程款的情况下，我们的项目几乎没有出现过拖欠。

在与业主理顺工程情况，确保可以拿到工程款之后，开始施工。我建立了轮班制度，只要天气允许，按照"歇人不歇车"的原则，三班倒。这提高了设备使用效率，加快了工程进度；最重要还在于，大家一旦忙起来就少了很多是非。

施工安全是重中之重，我将施工安全与卡车司机和挖掘机司机收入挂上钩，把安全问题分为五级，不同的级别对应扣除的工资和奖金不同。没过多久，一台处在斜坡上的挖掘机因为抓土太重翻了车。把十几吨的吊车开进土质疏松的工地，再把侧翻的挖掘机恢复到正常状态，程序极其繁琐，为此耽误了一天的工期。按事先制定的安全生产奖惩办法进行了处罚，出事故的挖掘机手心悦诚服地接受了。从那一刻起，我知道了在企业管理中规矩的力量。

这项工作没有任何前辈带领自己，都是在现场见招拆招。几个月的施工非常顺利，施工进度甚至超过了业主要求。成就感慢慢积累，同事之间的信任也逐渐建立起来。有一天，挖掘机小组的组长告诉我一个秘密，邀请我去看免费的小电影。

当我被簇拥着走进黑黢黢的放映厅的时候，门口的守卫确实完全没有要收门票的意思。我询问同行的司机，他们告诉我说，已经看了很长一段时间的"免费"电影了；之所以获得免费机会，是因为这些彪形大汉身强体壮，放映厅便不敢收他们门票了。我第一次体会到社会运行不完全是按照理性的客观逻辑，其中有某些约定俗成的"江湖规矩"。雨后打牌是另一种娱乐，起初我是不参加的，后来也被"拉下水"了。自己是一个打牌的"笨鸟"，在这一群思维活跃的牌场老手面前，只有甘拜下风。当自己围观的时候，发现有的司机记忆惊人、心算超强，几乎完全能猜到对方手里的牌。当时就想，这些小伙子真的比自己聪明，只是没有机会学习，失去了进一步发展的机会。多年以后，从事管理工作，对一线的员工总是心存敬意，不仅因为他们朴实的劳动，还因为他们之中有很多高手。所谓"高手在民间"并不是一句空谈。

平生第一次以管理者的身份在一线施工。居住在废旧厂房里，吃的是大锅饭，跟大家一起打一种名为"勾鸡"的扑克，看"歪录像"。闷热的深圳就像一口冒着热气的大锅，只要在阳光下，热气就顺着裤管往上爬。于是吩咐随行的食堂师傅给大家熬上绿豆汤，放置在工地现场一个保温的大桶里。食堂的饭菜都是山东口味，顶饿的鱼肉每顿都足量保障。在督促业主及时结清工程款的同时，每月按时发放基本工资和出勤奖金。

原本是搞计件工资，也就是每拉一车或者挖上一斗就提成多少钱。但拉土石方需要挖掘机与翻斗车相互配合。如果运输距离较近，翻斗车来回耗时较短，就会出现翻斗车排队等挖掘机的情况；反之运输距离较远，就会出现挖掘机等翻斗车的情况。计件工资容易使相互间生出嫌隙。当坐上翻斗车的副驾驶位置感受运输途中泥泞路的颠簸，或是坐在挖掘机驾驶室感受艰苦作业场景的时候，我想应该使他们的收入更为合理。许多司机都是上有老下有小，一家人的生活就靠他们挣的工资。几位司机告诉我："我们背井离乡到深圳来，就是要多挣点钱，谁都不会偷懒。"于是，在征得山东经理同意之后，我就把计件工资改为出勤工资，根据出勤当天整体完成的工作量核算当天出勤的挖掘机和翻斗车的收入。这看上去是由责任制退回到"大锅饭"，但符合当时的实际。

三个月之后，生活上的关心、工作上的理解、情感上的同频，让自己得到了他们的接纳和尊重。我是自己住了一个小房间，起初是自己打扫，某天开始发现房间总被打扫得干干净净。如果自己没早起，一碗稀饭和馒头会被放在门口。晚上洗脚，他们会试图将热水端到房间，但被我制止了。在我的记忆里，只有晚辈才给长辈端洗脚水。被人接纳和尊重是一种幸福的感觉，这种感觉让你愿意为他们做更多。土石方工程进展很顺利。半年之后工程接近尾声，我与随行的会计一起核算实际的收益，挣了二百多万元。这是一个令人非常满意的结果。第一次离开县城到外地施工，也是自己第一次带队伍，其中的收获终身受益。这个工程完工也增强了总公司和分公司的信心，回到北京后获得肯定。其后，出于对长期在外施工的犒劳，以及公司拓展业务的一种尝试，领导亲自交代我带上二百万元现金支票去满洲里抢购卡玛斯车。

温暖与欺骗

　　满洲里是地处内蒙古与俄罗斯接壤处的小城。如果不是因为开放口岸，这里就是一个无人问津的偏僻小城。但改革开放春风吹拂了祖国大地，全国仿佛一夜之间成为一个巨大的工地，无数个嗷待开工的工地急需运输车辆，国内大型运输车供不应求。卡玛斯车载重可达二十吨，还可以自动翻转车斗卸载，获得国内广泛认可。蜂拥而至的购车人，挤满当地唯一像样的满洲里宾馆。宾馆楼下的一部电话和邮局的另一部电话，成为满洲里和外地联系的两个通道。

　　我入住在五层的一个房间。房间不大，放置两张单人床，另一张上已躺着一个客人。看我进房间，另一个客人立即坐了起来；在热情欢迎我之后介绍说，自己姓杜，是某县钢铁厂的采购，为进口俄罗斯铁矿砂已在这住了十多天。这是自己第一次与一个陌生人住在同一个房间，在警觉之余，也自我介绍是来买运输车的。他说，这个宾馆里一半的客人都是来买运输车的。我将信将疑地听着，心想难道你统计过这里的客人。从北京飞往哈尔滨，再转乘螺旋桨飞机飞到满洲里，一路折腾，早已疲惫不堪，在客人热情的聊天里我酣然入睡。半夜突然惊醒，看他还睡着，悄悄起身翻看一下藏在自己一堆衣服里的现金支票。确认还在之后，仍是睡不踏实，总是担心自己的支票不翼而飞。甚至有些埋怨总公司领导，感觉现金支票仿佛是一个炸药包。

　　随后的几天先是摸清购买进口车的流程，除了报关等必须的手续之外，还要经过海关质量部门的验证，最后才是与经销商在当地银行办理转账手续。与同屋的杜大哥，除了每天在交易市场打听各种进口的消息，就没有其他事可干。我们几乎是一起去吃饭，一起买生活日用品。后来熟悉了，他常陪我去运输车的交易市场。市场里停放的车辆几乎都"名花有主"，而在进口途中的车一天一个价，半个月的等待一无所获。一天夜里，我突然拉起肚子来，杜大哥立即起床去很远的药店为我买药。我平素很少吃药，或许药对症了，药一下肚，腹泻真的停了。

第二天为感谢大哥在自己困难时候的帮助，我请他"搓一顿"。其实，在之前我们一起吃饭就已经是"今天这一顿你付账、下一顿我付账"的共餐模式了。这一次，我们没有吃路边摊，而是去了一家俄罗斯餐厅，大吃一顿。我们彼此的信任进一步加深了，开始聊起个人情况。随着了解的增进，明显感觉感情更深了，彼此更加相信对方。这对涉世未深的我来说，是在突破对一个陌生人的戒心。

一天，在交易市场看到新到一批卡玛斯汽车，前去询问的时候，一对夫妻主动过来搭讪，问我是不是要买车。在得到肯定回答后，他们拿出自己手里的报关手续和车辆检验合格证，并告诉我说这是他们帮内地一家企业进口的汽车，所有手续都已齐备；但对方宁愿损失百分之十的定金，也拒绝履行合同。我心想这真是天助我呀，焦虑一扫而空，表示愿意比当时车辆的市场价贵出两千元进行购买。但转念一想，五辆车价值百万，还是要慎重一些。于是，提出把报关手续等材料复印一份，我去验证一下。他们犹豫不决，理由是这些手续都是用原件办理的。无论我怎样游说他们就是不肯，加深了我对这些材料的怀疑。于是，我建议一起去报关的地方验证，他们勉强同意了我的建议。我们步行去报关大厅，那位女士没有跟随；快到报关大厅的时候，男士也不见了踪影。这是一场让自己后怕的骗局。

躲过这个骗局之后，自己也摸出买车的套路。在车辆奇缺的时候，购买手续齐备的现车几乎是不可能的。只有找到当地大型的代理商，跟他们签订没有定金的意向合同，并跟踪每批车的进口进展；一旦车辆进入海关监管的停车场，就与进口商一起办理进口手续。这不仅保证车辆进口的真实性，还可以获得相对优惠的价格。我这种已在此驻扎近二十天的客户，一定是诚心买车的。虽然，我没有告诉他们自己带着随时可以付款的现金支票，但给他们介绍公司是国字号的企业；表示只要车辆到岸，财务可以马上付款。在到满洲里第二十一天的时候，锁定了七辆崭新的卡玛斯车。即使与最初的目标差了三辆，在一个"抢车"的市场，已经是非常不错的战绩。当车队出发返回的时候，自己掉下了眼泪；说不清是差点被骗的后怕，还是终于成功的喜悦。

这次意外的收获是跟杜大哥成为了朋友。后来彼此经常联系，常互帮互助，彼此联络更加紧密。后来，他升为钢铁厂的副厂长；再后来，工厂倒闭了。退休之后，杜大哥常来北京看我。我买了新房子，他帮找设计师，并亲自监工装修。几年前，他得癌症去世前，我去外地看望他，还回忆起当年满洲里的经历。看他脸上露出的笑容，我知道那是我们温暖的回忆。

现场会

深圳项目和购买卡玛斯车工作都取得成功，我获得了总公司和分公司的认可。当再次返回县城的时候，伽经理对我的称呼由过去的小胡变成了启毅。经过这近一年的"折腾"，他或许也认识到我是真心实意在帮助他。过去与几位副职商量企业业务的时候，他都回避我，现在主动邀我参加。我很少发言，有时保持沉默比说出来更好。

我的表现或许也传到分管的副市长耳朵里。在一次聚餐时，副市长主动提及我都已经忘记的上级组织部门对自己的任命。在部委这样的大机关干过，自己知道这张任命纸就是让自己方便在县里工作的标签而已，不必当真。但现在或许不一样，它会是自己进入县级政府机关的合法通行证。

该县城是一个县级市，在近千平方公里的土地上生活着四十多万人，下辖十多个乡镇，没有像样的工业企业，农业也受困于三分之一的耕地盐碱。唯一的区位优势是往返大城市的火车会经过县城。政府对区位优势和资源短板了如指掌，明白唯有加大引进外来资金开发当地的劳动力或土地资源，才可能获得发展的机会。

县城在中国的治理版图中，是关键的一环。如果说以上三级都可以算领导单位，那么县级就是地地道道的执行单位。除了外交、国防，国家的其余部委都在县级政府设置了对应的部门。由于执行部门的定位，上级政策的千条线都要穿过县级这个针眼。既要坚持上面政策的原则，又要灵活落地执行，县级执政工作情况就表现得丰富多彩。

党的领导在县级的体现，就是县常委会是最高决策机构。县委书记就是这片土地的"父母官"，大事小情都要报告县委书记。各个常委一般都兼任一个部门的职务。重大人事任免、重大工程项目、重大县域规划等都由县常委会决策。县政府更多是执行部门，是抓经济发展的责任部门。除了常务副县长是常委兼任之外，主管各线的副县长就是负责落地执行的地方官。分管农业副县长的直接下属和办事机构往往包括农业局、林业局和水利局。在大家的认知里，农林水是一家，便于协调工作。县委书记是这个区域里的最后裁决者。用一个退休县委书记的话说，县委书记想干的事未必能干成，但是县委书记不想干的事一定干不成。

该县级市分管农业的副市长精明强干，是直接从重要乡镇的书记位置上提拔成副市长的，没有经过在市级相关局任职的经历。我就是协助他"管"农业，所谓协管其实就是跟他一起参加会议、做调研。相处一段时间后，我也摸出他工作的"套路"：一是抓住农林水这三个执行部门；二是直接抓乡镇，抽查三个职能部门在乡镇一级的落实情况；三是与市委书记乃至市长保持沟通，让他们两个一把手掌握自己所做的工作，并争取相应的资源；四是争取市以外的资源，我就是他想争取的书记以外资源之一。

他非常善于"解剖麻雀"。他深知我参与的行业工程可以做到政绩和经济效益双丰收，于是牢牢抓住不放。他期望能进一步扩大开发面积，但世界银行的贷款只够他设想面积的三分之一。于是，他想到通过我去争取部委的行业工程开发项目。在向总公司汇报之后，获得了正式回复：部委没有这方面的项目安排，但是可以获得农业发展银行的低息贷款。我们立即开车赴京，向农业发展银行专题汇报，并在后面一周迎来银行的考察人员。在分公司承担贷款、总公司担保的情况下，一个月就获得了一千万元的低息贷款支持。之后又向省政府申请农业开发项目，省发展和改革委员会确认第二年安排专项资金支持县城的盐碱地改造。该项目自然引起了市委书记的重视，于是召开专门常委会，提出明确要求，要举全市之力支持盐碱地改造项目，要力争成为全省乃至全国的典型。

一场声势浩大的行业工程开发正式展开，一夜之间每个乡镇都在争取成为盐碱地改造的单位。分公司的所有挖掘机和运输车全部投入工地，一些外地的工程机械也蜂拥而至。原来一方土两元的挖掘价格，迅速降到一元一方。副市长意识到这项工程的价值，于是开始谋划要召开面向全国的行业工程开发现场会，并得到市委书记的高度认同。按照专题会的规划，提前布局现场参观的路线，沿途的鱼塘和台田必须整齐划一，形成纵向一体、横向成行的"震撼"规模。

正如市委和市政府所设想的一样，当行业工程达到一定规模之后，示范效应就显现出来了。地区级的主管领导先后前来视察，再次确认要建成典范在全市推广。之后，省级领导也亲自前来查看，再次明确要建成全省的示范点，要在全省推广。再后来，省里向国家有关部门汇报，争取全国现场会在县城召开。没完没了的汇报材料是这期间的主要工作。虽然给每级领导汇报的内容大致相同，但站的角度不同，侧重点也就不同。如同炒菜，同样的原料，根据不同的口味会炒出不同的风味。

全国的现场会如期召开，会议代表是各地农业或财政部门的领导。县城作为典范，全面汇报中低产田也就是盐碱地的改造经验，不外乎就是如何组织、如何融资。当然，还有重要的内容就是项目取得的效果。这让自己认识到，汇报材料一定要好。从典型到一般，从宏观到微观，从上级到基层，多维度的总结和提炼是基层干部的基本功。

在会后召开的市委常委会上，市委书记大大表扬分管的副市长和县城分公司，明确年底全市评优时必须将这项纳入其中。副市长为此设家宴招待我和伽经理。看得出来，他从内心里感到高兴，对我的感谢也是发自内心的。我这种外来户，除了为他干活，也不会分享他的功劳。他专门给总公司去了表扬信，在信里还建议总公司延长我在县城挂职的任期。

经过初入县城的内心抗拒，再到深圳的带队施工，到满洲里的"千里走单骑"，之后参与市里行业工程开发，自己也慢慢认识到，这不是自己的久留之地。除了作为帮忙的角色，还能干什么呢？几年加起来，超过一半的时间都在外出差。辛苦不说，这个摊子就是县城公司的，虽然它被叫做某某分公司，但总公司实质就是一个给予他们资源的存在而已。我想，告别县城的时候到了。

第三部分　经商

意义和本质绝非隐藏在事物背后，
他们就在事物当中，在一切事物当中。

赫尔曼·黑塞

第七章　选择央企

　　二〇〇〇年年中，稽察特派员已到退休年龄。稽察办事处是以特派员为中心开展稽查工作的，特派员退休，意味着办事处要进行重组。我有两个选择，或者留在总署，加入其他办事处；或者回到部委继续作为公务员开展工作。按照一贯的传统，特派员秘书是办事处里最特殊的岗位，倒不是有什么特殊的待遇，而是因为秘书的角色，是特派员最信任的人；不仅是众多稽查报告的最后审阅人，还是特派员与上级、同级的联络员，也是办事处的信息发布人。这在一定程度上，秘书都被打上特派员的烙印。这就决定了，一般情况下，特派员不会选择做过其他特派员秘书的人。这似乎是一条心照不宣的约定。因此，我若继续留在总署，当然可以做一位办事处的助理，但不太可能再次成为另一位特派员的秘书。

　　在前几次人生重大决策的时候，自己已经养成一个习惯，总结起来，那就是"大胆假设，小心求证"。所谓"大胆假设"就是穷尽可能的选择，再根据个人兴趣、特长、资源、潜力等维度，对可能的选择进行排序，选出两到三个最大可能性的选项。若留在总署，优势是情况熟悉；不利因素在于，作为监督者可以发挥自己主观能动性的机会不多，更多是按照总署的规定办事。对于我这种有所谓"独立思考"能力的人来说，似乎是一种约束和痛苦。每次参与被稽查企业的业务讨论，总是会假想置身其中，自己如何做出决策和选择。面对各类的经营活动，迎接市场的挑战，每天都有新的内容、新的挑战；这与自己主张人生不在长度、而在宽度和深度的价值观比较吻合。

已经离开部委机关三年，无论是回到专业司局还是综合司局都需要重新适应。学习新的东西对我来说一点都不难，毕竟在总署这三年，不仅在清华大学进行了六个月的专题培训，而且面对不同企业的稽查工作，每天都在学习新知识、了解新政策。基于之前在部委的工作经验，我知道自己的专业能力只是对应部委工作的一个方面，真正要崭露头角，还要获得同事的接纳、领导的认可。一个赏识你的领导就是你事业起步的通行证，否则你的能力可能反而成为你发展的桎梏。找到这样的领导，是带有随机性的，这或许就是常说的运气。你的性格特点或行为方式、才华和能力，刚好是领导赏识的类型，你就是一个幸运儿。我如何才能找到这样的领导呢？其实可以选择的余地很小，要么回原来的专业司局，要么去原来的综合部门；或者求助于特派员，由他出面打招呼，去自己想去的专业司局或综合部门。如果特派员有这样的考虑，会主动询问你，是否需要他出面联系；如果他保持沉默，一般情况是表示他不愿意出面联系。几年秘书生涯，我们都知道，很多事看破也要说破，有的事是看破不说破。自己的工作就属于后者。特派员没有提起这事。在沉默的特派员面前主动提出自己工作的事，就是给特派员出难题，因此只能自己想办法。

正在这时，部委要进行住房改革；即将先前分配的房子，按照当时确定的价格售卖给大家，产权归自己所有。由于部委房改房与按市场价出售的住房之间存在一定价差，可以当成一次福利，当然都选择购买。我在北京分的住房，需要交纳不到十万元的房款。但我连首付房款都拿不出来，只能向亲戚朋友借钱。我伸手向大学的一位师弟借钱。他当时已经在事业上有所成就，几千块钱对他来说是不难的，但他拒绝了我。这对我来说是巨大的冲击。在感到为难的同时，觉得对于一个想要在北京正常生活的人来说，还是需要基本的经济保障。如果继续在部委工作，就要继续这种为钱所困的日子。于是想起第三条路：去企业。

通过三年的稽查经历，我以旁观者的身份对企业进行观察；发现企业是一个中间体，上游是遵照市场交易规则的供应企业，下游是购买的客户。倘若前往企业，我可深度参与国家的经济活动，与政府、同行或者科研院所产生千丝万缕的联系，更重要的是还可以挣到比政府机关多出几倍的工资。在政府机关，作为行业的监管者，通过制定行业规则来影响甚至约束行业的发展。在一定程度上，政府机关参与产业发展的方式决定了相应政府工作人员与产业的距离。如果说企业处在产业循环的中间，那么政府机关就处在产业循环的端点；这个端点可能是起点，也可能是终点。比如，政府要鼓励的产业，政府机关就可以出台支持政策、优惠政策，刺激社会资源向产业集聚，从而促进产业的发展；反之，政府出于宏观政策的考量，可能对某些过剩或者不鼓励的产业进行约束，出台抑制发展的政策，甚至禁止社会资源参与产业发展。政府工作人员只能以宏观政策调节的方式参与产业发展。自己的兴趣在于深度参与产业，体会社会的方方面面，丰富和充盈的生活是自己的追求。企业的工作正好符合这样的特点。

一九九九年底，我和另外一位同是部委副部长秘书、同时到达总署、同时担任特派员又同时赶上特派员退休的同事商议，不回部委，而是选择去部委的下属企业。当时国资委还没有成立，各个部委仍直接管理企业。部委下属企业从事的经营活动，都是我们熟悉的领域。我们从主管部门到下属企业也算名正言顺，毕竟下属企业的产业监管、政策争取等还需要与行业主管部门打交道。在获得同事赞同之后，第一时间找到企业的负责人，没承想到他立即表示欢迎我们。在两位特派员与负责人通话分别介绍我们情况之后，去畜牧集团的事就这样确定下来。

报道的日子选在元旦之后，天气有些寒冷。人们裹紧大衣，在城市的大街小巷移动。与部委一切都是有序和等级不同，人们赶着路，买着早餐，搭着公交。看似"无序"的行走个体，构成一幅生动的生活场景。

早前因为拜见负责人，去过畜牧集团所在地。集团地处北京繁华的中央地带——国贸中心。据说最初兴建这个中心就是因为许多外企需要办公写字楼。所在地的政府积极推动，建立了主要供各外资企业办公的商务写字楼，随后又建了号称"最豪华酒店"的中国大饭店。酒店和写字楼的建立，把原本分散在各区域的外资企业聚集在一起，形成了相对"新潮"的所在。围绕外商生活的住宅公寓、休闲娱乐的三里屯、更多的写字楼，与使馆区的公寓、餐馆和大使馆，共同形成了朝阳区"洋派"的文化底色。秀水街的购物和后海星罗棋布的各国美食，进一步深化着这个区域的外来文化。在与本土文化的交融之中，形成喧哗而不吵闹、洋派而不媚俗、新潮而不张扬的特色。与上海的海派文化比较起来，虽然多了一份严肃和快捷，但也不失一种独特的恢宏与内敛。

顾名思义，中服大厦与服装相关。这是一座楼顶带个圆锥体的玻璃大楼，因紧邻国贸桥和其独特的造型，在那个年代远近闻名。楼层并不算宽，每层只有近两千平米；但四周的玻璃墙，让大厦里的人视野非常开阔。大楼的西面就是知名的国贸大厦和中国大饭店。中国大饭店是一座咖啡色的弧形建筑，以优美的曲线勾勒出整个建筑的现代感。在庄重与现代的格调里，彰显着这里是一个现代的城市中心。

我的工位被安置在属于总裁办公室的公共办公区域，一台早已配好的电脑安放在不算大的工位上。一位说话爽朗的女士主动与我和另一位同事打招呼，并把我们叫到一个宽敞的办公室，给我们交代了作息时间、午餐地点及办公规定等事项。后来知道，这是一位来自藏区的藏族"官二代"，目前任办公室副主任，主管集团的吃喝拉撒等行政事务，是集团中层与高管团队尤其是总裁的联络员。她的热情让我们顿时产生一种亲切感，消除了到新单位的陌生感。多年后自己当了一把手，越发强烈地感受到，最吸引员工的不是集团所谓宏大的目标，而是同事之间那种感受得到的温暖氛围。

午饭的大厦餐厅，虽说不上富丽堂皇，但干净整洁；尤其餐厅选用温暖的橘色灯光，不像一般餐厅的白炽灯，带给人温暖与平和。集团总部都在这一层楼，北面一个个分隔的房间是高管的办公室；办公室前面是一个弯曲的走廊，靠墙的一侧墙上悬挂着集团历任主要领导的照片；走廊向东的拐弯处就是一个宽敞的会议室；南面靠近玻璃窗的区域被隔成一个个小房间，据说这是部门领导的办公室。楼层的中央区域就是开放的办公区，一个个隔开的挡板交叉处，放置了一些低垂的绿植。工位的地板铺上了地毯，连接工位的区域却是天然的岩石。整个办公区有一种略显高贵的氛围，与国贸的外部环境交相衬托。

经过一段时间的工作，我发现对一个企业集团来说，办公室的工作场景依然是熟悉材料，依然是参加会议，依然是陪同主要领导出差，慢慢厘清集团的管理架构、业务形态和人员构成。当年在稽察办事处梳理企业四条工作主线的方法在这里依然适用。当每一个方面的梳理都被整理在一个卷宗里，我已经基本掌握了集团运行的底层逻辑。相对于曾稽查过的两个巨无霸企业，畜牧集团无论是规模还是产业链条都要简单很多，唯独从事的产业形态很丰富，不仅涉及畜牧产业链条的各个环节，还参股一些与产业相关性不强的行业，导致集团的主业不够突出。这个问题也引起了集团管理层的重视。

在集团办公室工作的几个月，正好是从机关到企业的过渡期。由于身处办公室的原因，我有更多机会了解集团的资产状况、业务构成及人员状况。由于集团负责人的秘书要到国外留学，我又再次担任负责人的秘书。这份工作虽驾轻就熟，但工作场景和工作内容大不相同。然而，工作的本质依然是衔接各项事务和做好领导的日程管理工作，这与办公室当年负责我们衔接入职的副主任就有更多的交集。参加总裁办公会并撰写会议记录的任务再一次落到自己肩上。与部里专业司局的办公会比较起来，总裁办公会都需要做出"务实"的决策，如投资项目、贸易合同、进口业务等。

再从办公室开始

真正深度参与集团的业务，还是在担任秘书的半年时间里。作为一个畜牧集团，应该干什么？不干什么？是摆在集团高管面前的首要问题。一场战略研讨会在苏州举办。三月的苏州杨柳依依，"水光潋滟晴方好，山色空蒙雨亦奇"放在这里亦是恰到好处。在这样安静的地方讨论集团的发展战略，是一个理想的场所。除了战略部、办公室等部门领导参加之外，与会人员都是集团的高管。

会议在集团总裁的发言中拉开帷幕。他大致讲解了召开这次战略研讨会的背景、目的和召开方式，并赋予了这次会务虚的内涵；即班子成员围绕集团未来十年的发展战略，交流思想、发表观点，但不一定要得出一个板上钉钉的结论，只需获得一个相对开放的共识。

战略规划部按照 SWOT 战略分析框架，分析了集团战略的优势、劣势、威胁和机会。作为一家从事畜牧业的国有企业，要站在行业的高地，引领行业发展，打通制约行业发展的堵点。集团成立之初就确定了这样的定位，于是在全国主要省份以参股或控股的方式成立了几十家分公司、子公司。

畜牧业产业链条很长，上游包括优良品种的繁育和引进，中游包括生产、养殖及与其配套的动物疫苗、饲料和兽药制品的生产，下游包括屠宰和肉制品销售与加工，当然还有贯穿于各个环节的中间生产品和终端消费品的流通与贸易。国有畜牧企业拥有品牌、资金和人才的资源优势，但劣势也非常突出；与私有企业比较起来，机制灵活性不够，对市场的反应相对较慢。同时，国有畜牧企业缺乏一套吸引人才、留住人才的用人体制。二〇〇二年后，在终端对肉食品旺盛需求的拉动下，畜牧产业非常景气，所有的细分领域都获得快速发展，产业机会大量涌现。集团拥有已成立几十年的动物疫苗企业。该动物疫苗企业最早归属部委直接管理，之后便划归集团管理。动物疫苗企业是为畜牧业服务的医药企业，本质上是制药企业，门槛高、投入大。饲料企业则是典型的工业企业，以原料获取的能力和拥有的配方技术构成企业的竞争力。因为生物资产的活性，民间有"家财万贯带毛的不算"一说；养殖企业除了需要克服几年一次的行业周期价格波动之外，还要承担动物疫病的养殖风险。至于屠宰环节，技术本身不是门槛，门槛在于屠宰之后肉食品的及时销售；或者门槛是对新鲜肉食的深度加工，但那常归于食品工业了。

立足集团的产业现状，洞悉产业未来趋势，在畜牧产业链的细分领域选择未来的发力产业，就是这次战略研讨会期望获得的结果。每位分管老总都从自己掌握的信息或分管的工作出发，分析行业态势，解剖行业发展热点，提出自己的一些见解。集团总裁很少插话，一直在思考，并不时在自己笔记本上记录着什么。

会议第二天上午，集团总裁作总结发言。他首先分析了行业的大趋势。除了大家分享的信息之外，他特别提到在与部委主管部门和相关领导交往中，获得的未来产业规划的信息；同时，分享了他在国外获得的信息，以及与正大等一批外资企业交往中获得的一些关于产业发展的观点。之后，他提出了行业正快速发展的结论，但也提醒大家在产业链的各个环节发展的机遇是不均等的；并表示，因为这样的不均等才会出现结构性的机会。这种结构性机会需要一定技术能力、资金实力和人才队伍才能把握。

紧接着，他分析了国内几类企业的竞争态势。外资企业的优势在于技术和优渥的薪酬待遇；但是，暂时缺乏对国内文化的了解，在开拓市场上还需要时间。外资企业必然采取高举高打的策略，把客户聚焦在对产品质量要求高的大型企业上面，在站稳脚跟之后再逐步渗透市场。私有企业的机制灵活、贴近市场，在人情社会的中国具备客情方面的优势。但是，私有企业往往资源不足、起点较低，难以与外资或优秀的国资企业竞争。集团在资金、人才和品牌上有优势。回顾近二十年的发展历程，集团在市场机制建立、产业布局上没有明确的指导思想，在一段时期内是什么挣钱就干什么，没有取舍，当然也没有战略；但上一年集团对优质资源进行了重组，成功上市。这不仅进一步强化了品牌优势，还为获取直接融资打开了通道；只要战略方向清晰、有所为有所不为，就有机会使整个集团迈上一个新的发展台阶。

最后，他提出了自己的核心观点，那就是要把集团的产业定位在外资企业干不了、私有企业干不好而集团擅长的领域。为此要倾力发展动物疫苗和兽药产业，主攻发展饲料和添加剂产业，支持发展畜牧业生产资料国内外贸易产业；坚决不进入养殖行业，适时退出屠宰行业。这是一种有远见的战略选择。多年以后，集团的发展也没有超出这个发展的大框架。为了实现上述战略，集团成立了一个投资公司。通过打造一个投资平台，发挥集团和上市公司的资金优势，把优秀的行业企业纳入集团发展的版图，一旦成熟就注册为上市公司，这样可以快速整合行业资源、壮大集团。

多年以后，回忆起这次战略研讨会，还历历在目。那是在集团发展的关键时期召开的关键会议。会议作出的战略选择，至今还在影响这个集团的发展。让自己深刻认识到，所谓战略就是企业在关键时刻作出的关键选择，坚持做正确的事和正确地做事。

央企的战略选择

在作为秘书的半年里，集团的板块发展按照战略会的意图稳步推进。为了整合行业资源，按照集团的部署成立了投资公司，注册资本五千万元。企业的总经理采取任命制，由曾经担任集团办公室主任、后来担任上市公司副总兼董事会秘书的老总担任。企业的一位副总则采取公开竞聘的方式产生。当我看见这个公告之后，以试探的口气询问集团总裁是否可以报名的时候，他回答当然可以报名。笔试与面试，自己都名列前茅，如愿担任投资公司唯一的副总兼董事会秘书。离开工作一年的集团总部，到部委北部办公区的办公室上班，心里是有些失落的。毕竟集团总部在北京最繁华的地方，且人员众多、气氛活跃，在那里上班一种庄重感油然而生。除了总经理之外，投资公司仅有财务部、投资部和办公室三个部门，所有员工加在一起不过十位员工。我分管财务和办公室。因为在特派员总署的工作经历，对财务并不陌生；加之投资公司的账务要比实业公司简单得多；因此，财务实在没有啥可管的内容。对办公室的工作场景更加熟悉，不外乎是为高管服务，并联系集团和部委等。在摸索之中，我开始了作为副总的工作。

没过多久，投资公司召开了一次董事会议。所谓董事会，其实就由投资公司的老总、集团投资部经理和我三个人组成。我们三个人加上投资部的经理（后来知道是老总的同学），召开了董事会议。但自己作为董事会秘书在会前对董事会要讨论的议题一无所知，虽然这些议题都是投资部经理提前准备好的。于是，我询问这些议题是否上报过集团。集团投资部的经理作为集团委派的代表，明确表示已跟集团投资部沟通过。我虽然内心觉得很诧异，但也无话可说。我知道，投资公司的老总原来在部委主管部门工作，与集团负责人有很深的交情；或许自己想多了，他们俩早就沟通过了。

在董事会议上，快速表决通过了五个投资项目，加总的投资额已超过了注册资金。对此我提出疑义。老总胸有成竹地解释，投资公司不能都投自己的钱，一定要利用社会资源，开展外部融资。这一批项目这么好，不愁资金问题。同时，老总还信誓旦旦地表示，已有几家基金等着投资今天表决的项目，我们投资公司投入的资金只是一个引导资金。

董事会决议需要集团总裁签字。作为我上司的老总并没有亲自把议案送给集团总裁签字，而是告知我作为董事会秘书理应负责签字之类的工作。我拿着刚刚通过的五个投资议案找到集团总裁签字，以为就是正常履行程序。但我错了，总裁只是快速浏览一遍投资项目就暴跳如雷，把项目议案扔在地上，嘴里嘟囔着："让你去干嘛的，这样的项目也要投资。"在集团工作一年，我知道他脾气不好。大家都怕他，没事都躲着他。我跟他一起出差、一起开会，也曾多次看到他发脾气。但他从来没有向我发这么大的火。我心里觉得很委屈。董事会议前，我完全不知道这些项目。在董事会上，基于自以为集团投资部是代表集团领导的认知，认为集团投资部已审核通过，且集团总裁已知悉，在投资公司董事会议上就是走个程序而已。事后才知道，总裁的暴怒既是针对自己没有替他把好关，更是针对投资公司的老总；因为这些项目老总从来都没有与集团总裁沟通过。再往后，随着工作经验的积累，知道每一个投资项目收购早前投资的股权，本质就是当前期投资的接盘侠；而前期投资都与一些利益相关方，有着千丝万缕的联系。自己被上了一课，知道了投资是投人，更是投规则、投人性。在利益面前，人性的贪婪如同洪水猛兽，可以冲毁一切堤坝。心想这不是久留之地，不仅是因为公司没有投资的本钱，更是因为这样简单粗暴的投资方式不是自己喜欢的风格。对一个涉世不深的年轻人来说，选择与谁为伍是重大的人生选择。下一站，干什么呢？

重组

按照集团的战略，成立投资公司的目的就是要整合行业资源、突出发展主业。集团主业的关键产业就是动物疫苗产业。在原来四家老厂的基础上，集团并购一家疫苗工厂，还与外资企业合资开办了一家疫苗厂，实现了拥有国内厂家最多、技术实力最强的产业布局。如何进一步强化这种优势，继续拉开与其他疫苗企业的差距呢？能否利用已有的优势，与国内其他企业进行产业联合，各取所需、协同发展呢？

虽然投资公司已经无钱可投，但集团的品牌资源、资金资源还有技术资源都是其他畜牧企业无可比拟的。二〇〇三年五月十三日，一份建议报告以投资公司的名义被提交到集团。报告的主要内容就是以已有的两家疫苗工厂为载体，与国内拥有口蹄疫疫苗资质的疫苗厂和行业主管事业单位下属的企业联合重组，再把国内最优秀的农业高校纳入其中；五家股东联合发起成立股份公司，并赴香港上市。新的股份公司要解决两个问题：一是整合资源，把国内稀缺的口蹄疫疫苗的资质和疫苗研发资源纳入集团体系；二是解决国有企业发展的机制问题，在上市的时候就让员工持股，从根本上解决企业发展动力问题，实现从"让你干"到"我要干"的转变。

集团总裁很快同意了这个建议，并强调这才是他成立投资公司的初衷。以集团现有的资源为基础，整合国内畜牧产业链上的优质资源，进一步强化集团确定的三大战略板块。动物防疫是畜牧产业发展的关键环节。每年因为动物疫病造成的损失动辄几百亿元；若赶上禽流感、口蹄疫、非洲猪瘟等大流行，损失不可计数。一方面，集团作为畜牧产业里的国家队，具备技术、人才、资金的优势，以绝对的市场规模获得市场认可是非常不错的竞争策略。另一方面，国有企业存在用人机制上的掣肘，通过采取核心骨干以上人员持有股份的做法，可从根本上解决"恒产恒心"的问题。

按照香港联交所的上市规则，生物类企业只需要两年连续的经营记录、保持稳定管理层就可以上市。联交所关注企业的合规性和成长性。通常，合规性交给中介机构去把关，成长性则是依据企业自身的内在要求来判定。香港联交所本身就是一家在自己交易所上市的企业。当我前去香港联交所考察时，得知这一信息，深感吃惊。心想，自己的交易所上市自己的企业，谁来监督呢？联交所在热情接待我们的同时告知，香港也有证监会；监会的重要任务就是监督交易所制定的交易规则，以及监督交易所不能"监守自盗"。交易所作为上市公司交易的载体的同时，也作为上市企业，会更期望把交易所平台打造好，吸引更多优质企业在交易所的平台上市，以此促使交易所本身发展得更好。我感叹于这种制度安排的同时，坚信整合国内优质动物疫苗资源赴港上市是集团战略发展的重要举措，可以实现多赢的局面。

二〇〇二年年中，集团的一个专门从事重组整合资源的办事机构正式成立。我也从部委北办公区投资公司的办公地搬回到集团新的办公地。办事机构在集团新的办公楼里租用了一间不大的办公室，并有了专门的预算。集团主管投资的副总经理亲自担任组长，我作为副组长；在招聘两名办事人员之后，共同组成了专门的重组上市小组。

在香港联交所上市要求有五家股东。集团和上市公司作为两家股东，并且股份比例超过百分之五十，是重组的原则。也就是说，其他三家股东必须是生物制品或相关的技术研发企业，且加在一起的股份比例不得高于百分之五十。如何找到这样的企业是重组的关键一步。首先，我们把国内一百多家疫苗企业的基本情况，按照收入、产品、地域、团队和研发实力等维度列出表格；而后，与相关企业取得联系，采取电话或是登门拜访的方式说明重组上市的意图。

随着接触企业的增多，知道拟合作企业的一些共同想法。一方面，他们对畜牧集团的行业位势非常认可，期望加盟，以获得发展资源加快自己企业的发展；尤其当上市资格还是极度稀缺资源的时候，充满诱惑。另一方面，他们又担忧加盟后会失去灵活的市场机制。如果凡事都要上报审批，将会降低效率。同时，作为私有企业，一旦加盟国企平台，老板便失去自主决策的权限；这对长期自主决策的私企老板来说，是企业控制权的让渡，很难接受。即使我反复告诉他们，在香港上市就是要解决市场机制问题，并且参与发起的企业员工一样会持有上市公司的股份；这样不仅可能实现部分的财务自由，还可从根本上解决内部发展动力问题。但这是对未来的愿景，这些洽谈的企业还是将信将疑。

近半年，与几十家企业接触后，合作意向聚焦在三家单位：一家是唯一地处西南的口蹄疫疫苗生产企业，一家是兽药监督单位的下属疫苗企业，还有一家就是农业大学。这家口蹄疫疫苗生产企业是农业厅下属的事业单位。二十世纪五十年代，为了阻断东南亚的口蹄疫疫病传到国内，我国在与东南亚国家接壤的两千多公里的边界线上建立起一个十公里宽的免疫隔离带。事实证明，这是一个英明的决定，在东南亚国家流行的亚洲一型口蹄疫病，没有从边境传入国内。这个企业生产的是上一代的口蹄疫活疫苗，而国内其余四家口蹄疫疫苗企业都是灭活疫苗生产企业。不过，口蹄疫疫苗是由国家进行资质管理的，生产资质是最宝贵的稀缺资源，无数私有企业对这张资质牌照垂涎欲滴。如何与其他私有企业竞争，获取与其合作的机会，是成功的关键。

通过仔细分析，必须双管齐下。一方面，从管理者的角度出发。疫苗生产企业目前是事业单位，虽然收益不高，但每年是由农业厅拨款，旱涝保收；如果加入新的平台，若按照企业管理可能有经营压力，还可能因经营不善而失去稳定的收入。针对这种担忧，最好的办法就是"做增量，保存量"。因为无论改制与否，企业都要继续履行防止东南亚口蹄疫传入国内的社会责任，农业厅继续拨款名正言顺。我代表集团承诺：不下岗一位职工，不减少职工一分钱收入；每人可以按照新公司的工资体系和所在岗位新获得一份增量收益。此政策出台，从厂长到职工能够获得看得见的收益，从根本上消除了几十位职工的阻力，使其转而支持重组。另一方面，促使主管部门同意。我与主管的农业厅副厅长早就相识，沟通起来比较顺畅。我告诉他重组的三大好处：一是有利于目前事业单位的发展。该企业地处西南边陲，人才缺乏、技术落后，几十年就是依靠从农业厅获得的几百万元事业单位经费拨款。由于资源缺乏，科研等工作停滞不前。重组之后，可获得资金、技术和人才的支持，一定能迎来不同的发展局面。二是有利于减轻农业厅的负担。该单位的技术已经是口蹄疫疫苗生产的上一代技术，未来堪忧。参与重组，可彻底解决未来发展问题，是难得的机会。三是有利于事业单位员工的发展。在重组之后，无论是员工的收入和事业都能赢得完全不同的局面。以上实在的理由获得了农业厅主管领导的认可。但是动用农业厅所属事业单位的资产参与发起股份制企业，需要省财政厅的批复同意。也就是说，农业厅自己无权处置自己管辖的资产，财政厅才是国有资产的代理人；省内国有资产的投资、处置、变卖等都要归口省财政厅审核同意。农业厅多次与财政厅沟通，也让我们当面向财政厅相关处室汇报了情况。但时间过去半年后，还是杳无音讯。我们既焦急也很失望。后来，抱着试试看的心态，请某副省长给省委负责人写了一封信。信件的核心要义是表明这次加盟是央企对该省的投资，是好事，期望过问支持。省委负责人签批："重组之后只要把税收留在当地，我看这是一件好事。"从我做了几年特派员秘书的经验来看，这是一个难得的直接表明态度的批示；虽然也有前置条件，但"把税收留在当地"这个前置条件是当然成立的。获得批示后，省财政厅和农业厅迅速给予同意参与重组的正式回复，一座看似不可逾越的审批"高山"就这样艰难攀登过去了。

第二座高峰是对兽药监督单位下属疫苗企业的重组。该企业的性质是集体企业。在那个产权模糊的年代，集体企业意味着这个单位的所有员工都是股东。这个"所有员工"的界定范围就是一个不可逾越的"高峰"。因为这个单位成立几十年，历年的职工累计就在千人以上。即使能把在任的职工都找出来，但要把所有退休的职工一个不漏地找出来，几乎是一件不可能完成的任务。

怎么办？只有从根源上寻找解决问题的办法，那就是要让行业主管部门确认这家企业的性质。查阅大量档案之后，仅找到一份发起人协议。发起人是该单位的正式职工，发起成立公司是职务行为。发起的资金是几位发起人先向该单位借款，在公司获得经营利润之后偿还了上述注册资金。历史上，工商局把企业认定为集体企业。这涉及数千万资产的归属问题，谁也不敢轻易判定。与律师商议，需要上级主管部门而不是直接管理部门对企业性质是"集体"还是"国有"进行认定。于是，一份正式请示报告被呈送部委财务司。经过数轮沟通，财务司正式认定不是集体资产而是国有资产，并出具参与重组的正式函件。第二座高山才算正式登顶。

最后一个股东是农业大学，其以一个获得专利的技术入股。难处不是对专利的价值认定，只要按照正式无形资产的评估程序，就可以认定价值。难就难在，该专利是职务发明，资产管理单位无权处置该项资产，必须上报学校的上级单位——教育部的财务部门审批。有了前面两家的经验，在甄别审批流程的关键节点、起草报告等一系列的事务中，抓住关键，只用三个月的时间就获得了教育部的正式批复。

至此，"一桌五人的饭局"都同意出席，并确认了"礼单"，就可以开席了。一个起到关键主持作用的券商、一家内地和一家香港的律师事务所、一家审计机构和一家评估机构，应邀出席发起人大会。为这个"饭局"，历时两年、一百多场会议、一千多份文件、几十个审批流程，看似不可能的并购重组宣告完成。二○○四年七月一日，在正式拿到国家工商局批复的注册文件那一刻，连同自己在内的最初的三位伙伴，以及后面加入的几位重组成员都哭了。这

是心酸的泪水，也是喜悦的泪水。这使自己坚信，世上无难事，只
要肯登攀。

第八章 历练管理

　　二〇〇四年初，动物疫苗股份分公司的发起人会议正式召开，这意味着一个以禽用疫苗研发、生产和销售为核心的全新企业正式诞生。由于农业大学是股东，加之自己是大学校友，选择大学的写字楼作为办公地顺理成章；更何况在大学办公交通条件好、办公环境好，还能在北京市最好的高校食堂就餐。原本，我作为新公司的创办人，当然是出任总经理。但在发起人会议前一天的股东沟通会上，负责人提出他认识一位在国外知名药企做研发的人员，并安排其中一位股东代表当晚询问对方是否愿意回国出任老总。在得到肯定回答之后，我就成为常务副总，主管人事、财务和办公室，辅助企业的总经理。也许因为他出国时间比较长，也许因为研发人员转换成管理者需要很长时间，也可能因为其他原因，给予他一年的丰厚报酬，没有换回对等的业绩，甚至出现亏损和下滑。这在一定程度上打击了几位外部股东对企业未来的信心。一年之后，在董事会作出选择之后，我开始了作为老总的工作旅程。

管理从调研开始

　　一年常务副总的工作经历让自己认识到，企业活下去才是最根本的任务。"活下去"就需要有利润，而利润的来源离不开营销。若没有营销的引领，"酒好也怕巷子深"。虽然国企背景的企业，容易获得用户（养殖户）信任；但一个新成立的企业，没有品牌知名度，仍需要营销活动去抢占用户心智。但市场在哪里？客户在哪里？行业的业态怎么样？营销人员如何销售公司的产品？科研院所在开发哪些产品？行业监管的体系是怎样的？这一系列问题都需要回答。自己不是学习这个专业，不懂技术，不会管理，更不会营销；但直觉告诉自己，要走向市场、走向行业、走向友商，向他们学习。自己深信"现场有神灵""现场有答案"，市场就是最好的老师。

　　而后，是三个月的密集出差。营销从召开小范围的客户座谈会开始，告诉客户"我是谁"。为便于大家记忆，我把企业介绍总结为"五四三二一"，即五个股东、四家工厂、三类产品、二个市场和一个品牌。企业刚刚成立一年，大家几乎对品牌没有认知，但对大股东是耳熟能详的。无论什么客户，我都认真听取他们对企业产品的印象。对用过大股东产品的用户，收集他们对大股东产品的反映；对已经在使用公司产品的客户，详细询问产品的效果、物流的方便程度、包装的评价、服务的好坏等。站在用户的角度想问题，既要听取他们对公司的赞扬，也要挖掘对公司的抱怨和批评。在座谈会之初，无论是直接使用产品的用户，还是代理公司产品的代理商客户，一般都不直接提出来对公司的意见。直到获得我反复诚恳的提议，再试探性地提出一些问题，才获得一些负面反馈。我从这些反馈之中慢慢体会用户和代理商客户对企业意见和建议的不同，用户优先关注质量、服务，之后才是价格；而代理商更关心价格和新产品推出的速度。再深入一步，深度了解最终用户对疫苗企业真实的多维度需求后，我把多家用户共性的需求整理出来，按用户关注度进行排队：疫苗有效是基本要求，技术服务是中级要求，价格适中是高级要求，物流和包装等是附加要求。在此之前，没有学习过企业管理，不知道"为客户创造价值"；仅基于最朴素的认知认为，养殖户购买疫苗就是要把动物疫病防住，否则购买疫苗就没有意义。动物疫苗的价格在养殖的成本中微乎其微，所以客户对价格不是那么敏感，这就为疫苗企业提升品质留出了巨大利润空间。同样品种的进口疫苗价格是国内同款的若干倍，却依然有市场，就是一个有力旁证。

在了解客户真实需求之后，需要掌握国家的监管政策，因为政策决定着企业运营规则。为了有效控制全国疫情，国家财政安排了专项资金购买疫苗，防控禽流感和口蹄疫疫病。禽流感的传播往往意味着大量家禽死亡，家畜感染口蹄疫也会带给养殖户灭顶之灾。国家对生产这两类疫苗的企业实行资质管理。全国只有少数几家企业可以生产这两种疫苗，而新成立的企业刚好同时具备这两种疫苗的生产资质。如何发挥这个稀缺的资源优势是企业发展的重大战略问题。政策类产品有特有的属性。其购买资金来自中央和地方财政，采购方式是政府招标，推广方式是由政府专业部门免费发放。在有限的几家供应企业之间，各家企业通过发挥地域、服务、质量的优势展开竞争。取得竞争优势，争取更多的招标份额，是几家厂商竞争的主要目标。作为新成立的企业，如何获得政府招标部门的认可？进而扩大市场份额？如何调整内部架构以适应招标产品的要求？这些都是面对政府招标产品必须回答的问题。

　　动物疫病如同人类的流行病。疫病病毒为了在动物界生存，不断迭代进化。疫苗与疫病是一对矛与盾，疫苗之盾抵挡疫病之矛是一个动态的过程。这就决定了，总是先有疫病，疫苗厂商再根据变化之后的疫病开发新的有针对性的疫苗。疫苗的开发周期最短也要五年，个别长周期产品的开发需要十年时间。然而，耗时若干年开发的产品，可能已经不能针对再次变化了的新的疫病。在快速的疫病演变与疫苗开发滞后之间，需要找到企业恰当的研发策略；既要适当规避因选择不当品种而研发失败的风险，还要前瞻性判断未来的疫病演变趋势。在研发策略的选择上，就有内部研发，还是与外部单位合作研发；还有就是对研发品种的判断和选择。这两方面的决策都要基于对行业演变的洞察和行业研发信息的掌握。因此，走访科研院所成为最佳的选择。在与大量研发专家的交流中，判断国内研发的趋势；在与行业协会交流中，获取行业各个侧面的信息；在与国外同行企业的交流之中，了解国外企业已经走过的成功路径；在与人用药物企业交流中，找到动物疫苗企业可能的演变规律；在同行的交流里，获取友商的最新布局。企业的一把手如同船长，你不仅要熟悉船的属性，更要眼睛朝外，时刻紧盯海上的情况。

　　疫苗企业存在的全部原因只有一个：养殖户使用企业生产的疫苗把自己养殖的动物疫病防住了。无论是什么性质的企业，都是要为客户创造价值。不创造价值的企业本身就没有价值。上任之初的行业拜访、客户座谈会让自己认识到这个道理。因此，要对市场保持敬畏、对客户心怀感恩，是客户用辛苦挣来的钱购买企业的产品，才养活了企业。市场经济的奇妙之处还在于，有多家为养殖户提供疫苗的企业，要通过为养殖户提供更好的产品和服务来竞争，而在竞争之中企业本身也获得了发展。学习了管理大师德鲁克的理论后，我才从根本上明白了企业的价值实现是在企业外部的道理。企业家主持决策、分配资源、调动组织等一切行为的出发点都是为了让企业更好地创造价值，这个朴素的道理是在市场调查之后认识到的。从这里开始，我所谓的"内部管理"才有了正确的方向。

内部管理为提高效率

内部管理的目标应是让企业内部更好地服务于企业的外部客户，否则内部管理的动作越多、内耗越大。因为内部管理都是成本，给外部客户创造的价值才是价值。

内部管理先从认清自己企业的情况开始。两年的筹备、一年的陪伴，让自己认识到这是先有分公司后有总公司的企业，四家工厂的平均厂龄超过四十年；一千四百多位员工，平均年龄在四十岁；其中，有两家工厂过去都是在事业单位的体制里，市场观念相对淡薄。归结起来，这是一家"老人""老厂""老体制"的"三老"企业。如何让这样一家企业焕发生机，与其他具有灵活机制的私有企业竞争，是摆在管理层面前的第一个课题。

人是企业的组成元素。不管什么企业，人都是制胜的关键。在与私有企业的比较中发现，成功的私有企业具有一套能激发员工的管理机制，其中关键是薪酬和绩效体系。于是立即聘请国内最擅长人力资源咨询的管理咨询机构，按照统一的标准、统一的体系和统一的结构设计薪酬和绩效体系。首先，将过去干部晋升只能提拔职务的单一通道，改为管理、技术、营销和操作四个上升通道，且四个通道之间可以跳转；也就是说一千四百多名员工，每个人可以根据自己所在的岗位和上升方向，找到自己的上升通道。比如，原来是从事技术研发的人员加入了营销队伍，就可以根据原来所在的职级比照进入营销序列。其次，各个职级都实施"宽带薪酬"；每个职级之中设置几个档次，下一个职级的高档次与上一级的低档次，在薪酬上可以是一样的。这样设置是针对同一职级的员工，公司可以根据本人的能力和工作绩效给予不同档次的工资，从机制上改变"干好干坏一个样的局面"。如果说薪酬是员工市场价值的反映，那么绩效是对工作结果的奖惩。薪酬在考虑内部因素的同时，要考虑人才的市场价值。

既然绩效是针对员工工作结果而给出的奖惩，则绩效必须与工作结果挂钩。对于一个一千多人的企业，员工分布在不同的岗位，有从事人事、财务和行政等保障工作的员工，还有从事营销的员工，还有研发和生产方面的员工，如何评价每个员工的工作结果就是一件非常艰难的事。对于营销、生产等工作结果可以量化的岗位，工作结果一目了然。但是对于行政、人力和财会这些岗位，其工作结果不好量化。这些部门的绩效标准如何制定、谁测评、谁定标准等都是非常困难的事。好在有专业咨询机构的支持。我们按公司的条线，先把团队绩效做出来，也就是把公司当年的收入和利润目标与相关的三个团队挂钩。这三个团队是前台的营销、中台的生产和研发，以及后台支撑的人事、财务和行政。三个团队按照一定的系数分享利润。三个团队再根据各自员工的贡献，细分到每个人头上。其中，最难的是四家工厂的"蛋糕"如何切。我们先弄清工厂的职责和定位。工厂是制造疫苗的地方，要按照营销部门对工厂的供货需求，按时供货。因此，工厂要对产品的质量负责。除此之外，工厂必须控制生产成本，保障生产安全，不断改进生产工艺。为此，工厂要承担的任务就包括产量、质量、安全、成本等几个方面。从每个方面拆分具体的指标，形成一个清晰明了、方便操作的考核体系。

以薪酬和绩效为核心的企业内部管理，本质就是要把一个个分散的个体联合成一个整体，为企业的目标去奋斗。包括企业负责人在内的每个个体都是独立的人，是人就有人性。欲望在每个人身上都有。建立内部的管理机制就是要把每个人的欲望充分调动起来，使员工通过实现企业的目标，满足自己的欲望。个人欲望一旦被激发出来，如果不加以引导，就是洪水猛兽。一套良性的薪酬和绩效体系就是一套能有效激发欲望并管理欲望的体系。这个体系的建立不是一蹴而就的。我们在咨询机构的帮助下，首次构建的体系很粗糙，但每年都根据实际情况修改完善一次。尤其是对生产和研发这类人员的薪酬和绩效，从最初的几项指标到后期的指标体系，让每个工厂到年底可以自己算出来可以获得的绩效奖金包。几年的管理实践证明，对于企业内部管理来说，每个鲜活的个体如同企业组织的细胞。只有激活每个个体，使其充满活力，组织才不会"癌变"。从这个意义上说，每个个体都是财富，只要把不完美但各有特长的个体放在合适的位置，就可以爆发出无穷的力量。但是，大多数管理者一旦走上管理岗位，就在人性上把自己从员工中抽离出来，没有同理心，没有平等意识，自以为高人一等，偏向建立所谓的"权威"。在这个芸芸众生的世界里，机遇、能力、性格等因素把人放置在社会的各个角落，扮演不同的角色；但大家最后的归宿都是同样的，不会因为扮演的角色不同而长生不老。对于一个初学的管理者，非常幸运地认识到管理企业是从管理自己开始的。对员工好就是对企业好，也是对自己好。

为客户创造价值

随着管理的深入，自己认识到，无论企业内部机制多么完善，都只是解决内部效率问题；企业的根本在于客户是否愿意持续购买公司的产品。企业用从客户处获得的资金向员工支付工资，向供应商购买原材料，向国家缴纳税金，以及最后向股东支付股利。企业就是一个平台，把员工、客户、供应商和国家（税务部门是国家主张权益的代表）联系在一起，以实现创造价值、评估价值和分配价值的循环。疫苗生产企业首先向供应商购买佐剂、鸡蛋、血清、瓶子等原材料，之后在工厂里生产合格的疫苗，再由销售部门将这些疫苗卖给客户，客户因使用了疫苗避免动物死亡而减少了损失。在这个采购、生产和销售的链条里，共同实现了获取原材料的价值，在生产过程中创造了价值，最后把产品卖出实现了增值价值的变现。这个价值循环之所以能够实现，一是取决于参与的三方都愿意参与这个价值循环，也就是客户愿意购买、企业愿意生产、供应商愿意供应；也就是说，参与的三方都因为这个价值循环而获利。二是取决于企业的员工是否愿意推动这个价值循环。无论是采购、生产、营销环节，还是行政、人力和财务支撑环节，都是依靠企业员工去完成，人是创造价值的根源。三是取决于销售获得现金流是否多于企业支出的现金，也就是企业的现金流入要大于现金流出，现金的净额是正数。

基于以上认识，我把企业的部门划分为三类。首先，是面向市场的营销部门，这是实现价值循环的关键部门。营销人员一方面要面对性格各异的客户；另一方面，还要理解企业产品的特点，并把这些特点转化成客户愿意购买的卖点，最终实现产品变成货币的交易。营销部是企业的龙头，企业即使生产再好的产品也是需要实现价值交换的。其次，是企业的生产和研发部门。对疫苗生产企业来说，生产部门要按照销售计划及时生产品质合格的产品，研发部门要与生产部门一起不断改进生产工艺、提升现有产品的品质和生产效率。同时，研发部门还要根据养殖户在饲养过程中出现新的疫病研发出新的疫苗。所以，生产部门虽然立足企业内部，但是要与销售部门密切配合，这就是"产销衔接"。最后，是人力资源、财务和行政部门。这些部门在为营销、生产和研发部门提供服务的同时，还要强化自身功能，以此确保企业高效运转。这三类部门构成企业价值创造的一个系统，在各自完成企业赋予职能的同时，支持其他部门的运转，最终实现企业的价值循环。

营销部是企业的龙头部门，牵引其他部门共同作为。四家股东向企业导入三个营销团队。每个团队都在销售原对应工厂生产的产品，且每个团队的营销区域、产品、促销手段各不相同。当时有两种选择：一种是维持现状，让继续各自面向全国销售自己的产品；另一种是将全国市场划分为六大区域，把三个团队打散重新分配在六大区域之中，采用统一的品牌、统一的产品、统一的客户促销政策、统一的业务员激励政策、统一的区域划分"五统一"的整合策略。前一种获得了两家股东的支持，后一种获得经营班子的支持，分歧的背后是营销利益分配。后一种统一策略对企业整体有利，但是剥夺了两家股东单位营销队伍的管理权限，短期内直接损害两支营销团队的利益。在反复沟通之中，他们在权衡利弊。个别业务人员认识到，如果还是维持现状，继续销售原来的产品，是没有机会做大市场的。在迟疑之中，两个股东单位的营销团队勉强同意重组。于是，经营班子趁热打铁，将全公司一盘棋的营销方案上报董事会；在获得董事会支持之后，快刀斩乱麻，一个月之内完成区域划分、区域负责人任命和业务人员就位、客户激励和业务员激励制订等全部工作。这是一次重大变革和重组，两家股东单位旧时遵循的事业单位管理传统，必然会面临市场的挑战；更何况重组本身就是打破原有利益格局，重新建立对企业更加有利的布局。

在六大营销区域里，唯有山东省独立为一个区域；因为山东是全国家禽养殖量最大的省份，养殖的肉鸡和水禽量占全国接近三分之一，是所有家禽疫苗企业的必争之地。而我们企业在山东的市场份额只有当地一家疫苗龙头企业的十分之一。我判断，山东区域是企业的营销洼地，只要深耕一定有大幅提升的空间。在完成全国市场调查和内部整合之后，首站便到山东省进行了历时半个月的深度调研。养殖户是疫苗企业的最终用户，在走访几十家肉鸡、蛋鸡和水禽企业之后发现，绝大多数养殖户没有听说过本企业的名字；即使养殖户使用原来股东单位的疫苗，但分不清本企业与原有股东单位的关系。在山东市场，几百万的销售额在数亿元市场规模面前，几乎可以忽略不计。但我从养殖端看到了大片的空白市场。在与他们深度交流的时候知道，他们对企业过硬的股东背景非常看好，相信本企业的产品质量，因为在潜意识里他们相信这种具有国有背景的企业没有做不合格疫苗的动机，只是在市场上找不到本企业的疫苗。原因是其他企业的疫苗都是本地代理商销售。疫苗企业不能自行覆盖如此分散的客户，都选择熟悉当地养殖情况和风俗习惯的代理商进行销售。如果说养殖户或养殖企业是最终用户，那么代理商就是中间客户，他们各自的需求并不相同。前者关心疫苗的质量和企业售后服务；后者在乎企业产品品质的同时，更关心销售产品带给自己的销售利差。由于这种需求差异，疫苗厂家既要与代理商协同，更要为养殖户提供放心的产品与服务。如何在企业、养殖户和代理商之间建立起共赢的格局是营销的"最后一公里"。本企业恰恰就是这"最后一公里"没有做好，于是提出"走进终端"的营销策略。也就是业务员不能只是完全依赖代理商，而是要与代理商一起走进养殖企业，掌握养殖企业的真实需求，帮助代理商开发养殖企业，增加代理商的销量，从而赢得养殖户和代理商的双重信任，进而实现"三赢"的局面。

基于以上认识，根据养殖家禽的地域分布将山东省划分为五个区域，原来唯一的省级代理商与其他四个代理商一样只是负责一个地级区域的代理业务。我们把这种做法叫作"渠道下沉"，是"走进终端"战略的落地措施。与此同时，出台业务人员和客户激励政策，让业务人员的收入与销量、回款直接挂钩；改变过去一年激励一次的做法，采取季度累进的激励办法，加强激励的及时性。对于客户的激励则采用分段激励的办法，对在保底销量之上的超额销售分阶段激励，超出越多与企业分享的份额越大。如果说营销工作是企业管理工作的龙头，那么山东区域营销就是营销工作的龙头，抓住龙头工作就可以收到事半功倍的效果。

果不其然，山东区域的深度开发了半年，到年底的销售收入就比往年增长了一倍，这极大增强了我们改革的信心。在其他四个区域向山东区域学习的同时，新的问题凸显出来，那就是政府招标产品与市场化产品销售的冲突。禽流感和口蹄疫疫苗是由国家和省、市、县各级财政出资购买、养殖户免费使用，而购买疫苗的方式是每个省主管部门进行招标采购。市场化的疫苗产品是代理商先出钱购买，再向养殖户二次销售。这两类疫苗产品的销售渠道、促销政策和业务员的要求都完全不同。因此，通过市场容量的大小重新划分招标产品的区域，选拔适合的销售人员，再匹配恰当的政策。两类产品、两支队伍、两种渠道和两类促销政策的双轮驱动的营销格局初步形成。实践证明，在之后几年的不断完善之中，在"走进终端"的营销战略驱使下，两类产品齐头并进，营销收入成倍增长，本企业迅速脱颖而出成为禽用疫苗的头部企业。

塑造品牌

随着收入和利润的增加，本企业在行业的位势提升，行业关注度不断提高。经营班子通过分析判断，认为正是建立品牌的好时机。在市场调查的时候发现，经销商和养殖户反馈本企业是一流的品质、三流的包装，与同行头部企业比较起来刚好相反。有的企业以合资的名义，把发达国家的先进的包装技术用在自己的产品上，获得养殖户的广泛认可。"货卖一张皮"的观念深入人心。于是，先从更换包装开始。在著名广告公司的培训后我们认识到，企业品牌包括产品的"品质"、企业价值主张的"品性"和包含企业文化的"品味"，即所谓"三品"。产品品质是企业建立品牌的根基，而疫苗生产有几十个关键节点，从原料到生产，再到检验、储藏和冷链运输，生产过程非常长，参与的人员众多。如何实现高质量生产需要两手抓：一手要规范生产流程，做到"规定动作不走样，自选动作有创新"，我们把这部分工作叫作"修路"；一手抓住对生产人员的考核与激励，我们把这部分工作叫作"跑车"。几年的实践证明，产品质量不仅是制造出来的，也是管出来的。双管齐下的管理是有效的，这就为创建品牌打下了坚实的基础。

但是，只有产品品质是不够的，还需要向用户传递企业的价值主张。对于养殖户来说，购买疫苗就是为了防住对应的动物疫病，因此最关心疫苗的有效性。于是，我们提出了"管用才是硬道理"的价值主张。而价值主张只是企业从自身出发的主观设想，要传递给养殖户需要一次大型活动引领，以及之后持续不断的推介。召开全国重点客户（包括代理商和养殖户）会的动议成为全公司的共识。

九月的昆明秋高气爽、气候宜人，来自三十多个省份的三百多个重点客户如约而至。在疫苗高端论坛和欢快的联欢晚会之后，开启从昆明到丽江的旅程。八辆大车如一条逶迤的长龙，在那个旅游还不是很发达的年代，的确是一道独特的风景。每辆大车都分派有公司的业务人员，统一的着装，提供标准化的热情服务。在车上进行别出心裁的互动游戏，把移动的大车变成一个快乐的殿堂。愉快的客户更容易与业务人员交流互动。在每个旅游景点，三百多位客户要"撒向"景区非常容易；但要按照规定的时间再回到各自搭乘的车上，却是非常困难的事。由于事前周密的培训和演练，每个业务员盯住几位客户，及时提醒，确保每次都在我们不超过约定的时间五分钟内回到车上。唯独一次例外是，我们自己的工作人员因为购买玉器超过五分钟时间。按我们事前定好的规矩，客户会之后我亲自开除了她。在给她写一封信的同时，自己付给她一千元，承诺她被开除之后一个月如果找不到工作可以回来找我。

这件事让自己认识到，作为管理者必须言必行、行必果。在规矩面前人人平等。

先头部队把企业的牌子提前悬挂在大部队即将到达的景区和酒店的显著位置，让三百多位客户总是看见熟悉的欢迎条幅。每到一个景区的夹道欢迎，都让长期工作在农村的养殖企业老板和代理商客户有一种受宠若惊的感觉，超出了他们过去参加的各种客户会的感受。加之云南独特的风景，丽江古城别具一格的民族风情，客户会在丽江达到了高潮。以至于当为期一周的客户会即将结束的时候，无数客户流下了离别的泪水。送行的车辆分批把客户送往机场，我们所有业务人员和参与的高管，两列排开一一送别。含泪的眼眶和不断挥动的双手是无声的语言，在赞美这是一次难忘的聚会，更是一次不可复制的品牌活动。随后几年，我们再次在漠河这个让人找不到北的地方，举办同样规模的客户会，许多曾经参加云南会的客户还在对云南会议的组织赞不绝口。我常常想起相声演员冯巩的一句话："真诚是把剑，扎谁谁出血。"只要我们以真心服务客户，客户就会以数倍的真心犒劳我们。在企业与客户之间，绝不仅仅是简单的货币交易那么冰冷，更需要真情的付出和同理的换位思考。因为，我们人人都是生产者，也是消费者。

至于品牌中的"品味"，其实就是文化的外在表现。后来，我每次去工厂，都"出其不意"地抽查食堂、厕所、污水处理池等工厂领导班子不易察觉的地方。不是为了找他们工作的漏洞，而是提醒他们工厂的管理需要见微知著，把工厂的安全生产、质量管理和成本控制拆解成具体的行动，而是不是口头上的一般号召。再后来，每到一家企业，我都能闻出这家企业的"味道"，是封闭还是开放，是务实还是虚华，是认真还是敷衍。所有这些都能从企业的人、办公场景等要素里呈现出来，如同一个人的肢体语言反映人的内心世界一样，这些非语言汇报的元素更能凸显企业的精神风貌和内在气质。一个有品牌的企业不仅有漂亮厂房和办公楼这些硬件，更需要体现精神气质的文化灵魂。在时间的长河里，饱含品质、品性和品位的企业品牌就在客户的心智中扎下了根；而这就是品牌入心。入心的品牌才是值得信赖的品牌。

文化基因

如果说企业的环境是企业生存的土壤，企业的价值循环就是长在土壤里的粮食，企业的机制如同粮食的基因，而企业文化就是土壤里的肥料。在这样一家"先有儿子后有老子"重组而成的企业，业务融合、机制重建、文化重塑三件事的难度是依次增加。在管理工作中，有形的业务看得见、摸得着，产生的成果可以通过企业收入和利润指标表现出来；企业的薪酬和绩效体系建立，每个员工也能感受到；唯独企业的文化化于无形，表现为企业的精气神，没有量化的指标，无处不在，是企业的灵魂。

企业的文化建设是先从员工论坛开始的。我们聚焦员工最感兴趣的话题，以演讲比赛和辩论的方式，让员工把心里想说的话呈现出来。通过厂长论坛、员工论坛、班组长论坛，从上到下多维度激发大家对企业发展的关注；让大家逐步认识到，企业的发展都与个人发展休戚与共。为期一年的各种论坛，的确把来自五个股东单位员工的目光引导到对企业的发展上来；尤其是企业的业绩连年大幅增长，员工的收入也同步大幅增长，让大家看到了希望。原来迟疑观望的员工慢慢选择相信这个企业会有更好的未来。我知道，提出大家认可的核心价值的时机已经成熟了。在农业大学教授的帮助下，一套文化价值体系初稿产生了。与其他企业不同的是，我们并不是强制推动成为企业的"文化纲领"，而是以讨论稿的形式发给所有员工。我深信，只有来自员工的文化才是接地气的文化，才可能再回到员工中去。

虽然没有再组织各种论坛，但是各家工厂结合自己工厂的发展历程，进行了价值观的提炼；最重要的是，每个工厂和部门都要总结自己的感人故事。这些故事可以是如何服务客户、如何孝敬父母、如何改进生产工艺、如何攻克研发难关、如何资助困难的员工等，唯一的要求就是要真实。我在部委统筹部工作几年，我深信榜样的力量是无穷的。而这些榜样就来自员工的身边，员工会更有亲切感，更能感受到一种无形的力量。经过近半年自上而下和自下而上的修改研讨，一本完整的文化手册成形了。手册里旗帜鲜明地提出了企业的使命、愿景和价值观，还有以此展开的企业精神、服务理念和员工故事。这本带有温度的文化手册，试图把来自四面八方的一千多位员工连接在一起，形成组织的合力。

有效的企业文化建设，一本文化手册只是开端，根本在于后面的行动。文化建设行动的起点是在高管身上，只有高管团队身体力行、率先垂范，才可能取得应有的效果。比如，开会迟到要捐助爱心基金一百元，对高管也会一视同仁。比如，年终总结，企业总部从高管到员工每人都要公开述职；每人的发言时间事前已经约定，无论是高管还是员工，到了约定的时间，即使没有陈述完成也必须终止。比如，开企业会议，每个人的发言机会均等，与员工所处的层级无关。看上去这些规定过于细微，其实是反映管理者对员工的态度。其实，员工能力必然有高低，性格也各不相同；只要每个人都尽力了，企业就不要求全责备。每个员工在人格上都是平等的，高管对员工的平等心，不是高管对员工的恩赐，而是人格平等的现实体现。一个受人尊敬的企业，首先是尊重自己的员工。在平等的氛围里，在宽松的环境中，在公平的绩效考核面前，在让人信服的职务晋升里，员工会成为企业最大的财富。这是我在这个企业最深的领悟。

第九章　布局与破局

在祖国西北祁连山的雪水滋养了一片净土，茂密的原始森林和辽阔的草原覆盖大片崎岖的山野。当年，匈奴被霍去病赶出这片土地时哀叹："失我焉支山，使我妇女无颜色；失我祁连山，使我六畜不蕃息。"这片净土就是地处张掖市的马场。据记载，从汉朝至今，绵延两千多年，这里都是一个放牧军马的牧场，是世界上历史最悠久的皇家马场，也是亚洲最大、世界第二大军马场。这里地势平坦、水草丰盛，是马匹繁衍生息的理想场所。

二〇一一年底，我被任命为畜牧集团的总经理。面对拥有一万多员工、几十个下属单位的集团公司，从哪里破局？这是一个难题。好在我从二〇〇九年起便在清华大学学习高级工商管理课程，对管理集团公司有了一些理性认识，知道企业的战略是企业管理的牛鼻子。这片祁连山的马场拥有丰富的自然资源，但连年亏损，几千名职工生活困难，职工进京上访时有发生。从边缘到核心逐步推动集团转型升级，或许是一条不错的渐进改变的路子。

五月的祁连山春寒料峭，山丘朝向太阳的阳坡已经能看见星星点点的绿意，与天空清澈的白云一起，构成一幅辽阔的水墨画。从北京飞赴西宁的几十位受邀专家，共同搭乘一辆马场的大巴，穿行在这幅灿烂的水墨画之中。每个人都异常兴奋，在赞叹窗外美景的同时，展望这个国家的未来。我在感谢大家远途劳顿来此偏远之地献计献策之后，介绍了这片马场"守着金矿要饭吃"的窘境，以便大家更好了解召开这次战略研讨会的背景，正式开会的时候能提出更多高质量的意见和建议。专家参与的热情非常高，围绕马场的情况提出了许多问题，马场的负责人在我不能回答的时候都给予及时补充。就这样有说有笑地过了一个多小时，车在西宁通往马场的海拔最高的地方停了下来。除了有高原反应的，专家们都走下汽车，站在路边欣赏美景。近处尚有未完全融化的白雪，与低矮的天空交相辉映；不久，刺骨的冷风把一众专家"撵回"车里。车辆快速行驶在起伏不大、车辆不多的山路上。经过一阵兴奋的畅聊后，许多专家在摇晃之中睡着了。我没有睡着，盘算着这个会议的安排和期望达到的效果。这毕竟是自己的首秀，也十分期望在这个管理基础非常薄弱但资源极其丰富的地方打开新的局面。十多年的企业管理经历告诉自己，在国有企业工作，就是入一个局。既要当好布局者，也要做好破局者。但谁都不是主人，是局中的导演、编剧或是演员，只是角色不同罢了。自己虽然是总经理，上面还有董事长，再往上还有受国资委委托管理我们的大集团和国资委。如果说大集团是编剧，集团的董事长是导演，自己最多是一个负责落实的常务副导演。在国企不仅仅要做好事，还要识局、入局、破局和出局，最终寻求安稳的结局。

开局

马场的领导班子对这次会议非常重视，不仅是集团第一次在此召开战略研讨会，为马场寻找生存发展之策，也是集团新的领导班子"破局"的第一战。在精心准备的马场情况汇报之后，我们将专家划分为产业、战略和管理三类。产业方面的专家重点围绕马场的资源，如何重构马场的产业布局，创造马场新的增长点；战略方面的专家分析马场发展的制约因素，找到马场发展的战略定位和发展路径，避免犯方向性错误；管理方面的专家重点关注马场的机制建设和人才队伍建设，找到激活马场组织的有效方法。

马场于公元前一百二十一年由汉朝骠骑将军霍去病建立，位于河西走廊中部、祁连山北麓的大马营草原，地跨甘肃和青海两地，总面积二千一百九十五平方公里。马场地势平坦，一条雪水融化形成的小河横贯东西，低洼处修筑的水坝把雪水拦存在一个水库之中；这与远处茂密的原始森林、低缓的绿坡一起构成壮美的山水画。自一九四九年以来，马场归属部队管理；直到二〇〇一年划归畜牧集团，实现了从军队保障性单位向社会化企业的转变。过去的运行经费都有军费保障，回归集团十年来，一直在寻找发展出路。但因为几千名在职职工和几千名退休职工，即使守着丰富的资源，还是经营困难、负担沉重。

每到夏季，祁连山把东南方向温暖潮湿的空气阻挡在草原的上空，降雨有效地滋养了这片广袤的土地。山上融化的雪水造就一条蜿蜒而清澈的小河，小河流经的两岸绿树成荫，被河水渗透的土地长满茂密的小草。地势低洼处的积水孕育出一片片水草繁茂的湿地。高山、湿地、草原、原始森林、坡地和水库，共同构成了马场独特的生态。两千多年来，他们以其自然的伟力自我循环、自我净化。

马场移交至集团后，实行包产到户。分属当地居民每个家庭的草场单独承载养殖牲畜的能力非常有限，且每家都根据自己家的草原面积和养殖习惯饲养有限的牲畜。这严重制约着牲畜规模化发展，但是已经承包到户的草场不可能因为要规模化发展而重新收归马场。通过研讨，大家一致地认为：在不改变草场承包性质的前提下，通过自愿转包的方式，把分散的草场集中起来；同时选择当地适合的优良品种，进行规模化的养殖。不管农户是转租草场的收益，还是参与集中连片经营的收益，都大于单独养殖的收益；农户就有内在的动力，愿意参与其中。集中连片这种模式能否成功的关键还在于，能否在连片区找到一位懂技术、会管理的带头人。事后，我们把这种模式总结为"1＋N"模式。这个"1"就是经营的带头人，而后面的"N"就是若干个自愿加入的农户。总结起来，这种模式只有在以下三个条件都满足时才能实现：首先，农户自愿结盟，马场不强行推动，协助农户签订好结盟的协议，明确参与各方的责权利边界；其次，结盟的收益要大于单干的收益；最后，要有牵头人。这虽不是一个万全之策，但却是在草场承包权属不变前提下的权宜之计。经营企业其实就是解决各种难题。每个难题的解决都有无数的约束条件，往往没有完美的解决方案，只有在诸多约束条件之下的单点突破；最后，用时间去验证和完善管理的有效方法。草场是马场最稀缺也是最大的资源；不仅要开发，还要保护；过度载畜，必然导致草场退化。因此，要坚持开发与保护并重，最有效的方式就是约束单位面积的载畜数量。在明确"1＋N"集中连片开发的同时，明确每公顷草场的载畜数量。开发如汽车的油门，而有限载畜就是刹车，两者相得益彰，才能在有效开发草场的同时有效保护草原。

　　研讨会持续深入地进行，参会人员都因为找到这样既结合实际又兼顾长远的草场开发保护方案而兴奋不已，会场的气氛也异常活跃。自己主持开过无数次会议，我知道激发参会者的脑力是主持人最重要的"开会功夫"。这种兴奋而轻松的会场气氛，是作为主持人最期望获得的。在对草场资源开发会议进行小结之后，我们就进入了马场第二大资源——农地资源开发的讨论。由于农地的收成一般都大于草场放牧的收成，以及军队的马匹和马场驻扎人员都需要消耗一部分粮食；在军队管理的时候，已将马场平坦并且有水利灌溉条件的地方开垦为农地。而后，在分配草场的时候，分给了马场居民。"开发草场'集中连片'的方式是否适合农地开发呢？"是专家们首先想到的问题。但通过分析发现，每个家庭分得的农地面积其实不多，且马场居民相对封闭，草地和耕地是每个家庭主要的收入来源。草场集中连片采取"1＋N"的方式进行经营，马场居民还是可以加入联盟组织；也就说，依托土地就业的本质没有改变。农地如果也如同草场集中连片经营，却不能吸纳更多当地居民，且要找到掌握种植技术并且会经营的人才也更难了。在深入分析当地实情之后，出现两种不同的声音；有的主张集中连片，有的主张继续维持分散承包经营农地。我知道需要作为会议主持人一锤定音的时候到了。我没有简单选择赞成谁和反对谁，而是分析出两类土地的属性不同，认为经营的模式就应该不同。草地是自然生长、自然放牧、自然修复，耗费的劳动少，经营方式适合集中连片；农地的经营还需要化肥等生产资料，且消耗的劳动量大。由于种植周期长，且对雇用当地居民的管理存在委托代理关系，这对承担组织管理职责的人员的管理能力是巨大的挑战。在马场，年轻人大多出门务工了，要找到能够承担组织管理职责的人员是非常困难的。因此，应在草场集中连片经营取得一定经验之后，再进行农地集中连片经营的探索。这个决策统合了大家意见，兼顾了当下现实，也考虑了长远发展，当然也获得两方专家的肯定。后来慢慢悟到，其实管理没有最优解，更多的时候是一种均衡；保持稳态的同时，用时间置换发展的空间；一切管理决策的好坏都需要决策之后产生的结果来衡量。

马场的第三种资源就是独特的自然环境和历史文化资源。从张掖出发一个多小时的车程里，游客被从五彩的丹霞地貌带到拥有雪山、草地、森林和河流的广袤土地，视觉的冲击自不待言，安静的大环境如同另一个世界，第一次到过的游客都会感叹这里甚至超越了江南。这里没有做作的小巧，而是苍茫孤烟的傲秀。两千多年的文化沉淀如同一部厚重的历史。自《牧马人》《蒙根花》《文成公主》《王昭君》等三十多部影视片在此拍摄并播出之后，马场与自己培育的马种已经声名远播，但是到达这里的交通不便。从最近的张掖机场和山丹县火车站出发，都需要近两小时的车程。如何解决交通问题是开发旅游资源的前提，改善交通只有政府投资才能解决。于是，建议成立专门的沟通协调小组，向当地政府争取政策资源。自然资源的季节性决定了当地旅游的间歇性。如果能够开发冰雪旅游，加之"知青文化""马场历史"的文化旅游，就可以吸引除夏季之外的游客，让马场成为一个常年可以旅游的地方。开发旅游资源的关键在于投资，而马场没有资金来源，在马场从部队归属到畜牧集团之后，部队不可能支持；当地政府把马场视为中央企业，可以覆盖本地企业的政策也不可能覆盖中央企业；而畜牧集团是自负盈亏的央企，虽然也有一些政府支持的项目，但马场旅游开发项目与其主业相悖，不可能获得政府支持。因此，只有一条路可走，那就是面向社会招商；通过吸引社会资本，开发旅游文化资源。当然，社会资本是要盈利的，若投资回报率低是难以吸引社会资本的。如此，那就只能保护好这里的原生状态，等待交通条件改善。这里"沉睡的美景"终会有与世人见面的一天，不开发本身也是一种珍藏。

马场的三种资源都找到了"归宿"，会议也该宣告结束了，接下来是如何把讨论达成的共识落到实处。在安排专家饱览美景的同时，一个战略落地会就正式召开了。通过组织保证、资源投入、政策沟通等方面进行部署，在明确了时间表、路线图之后，会议宣告圆满结束。多年以后，马场从一个困难企业成为一个非常不错的盈利企业，那次研讨会仍历历在目。

布局

如果说马场开发是一道开胃菜，集团的战略布局才是正餐。集团已经有三十多年历史，当年成立的目的就是为全国的畜牧产业助力，进而帮助地方解决肉蛋奶的问题，为此在全国几乎每一个省份都开办分支机构。从育种到养殖，再到屠宰和畜牧业生产资料的贸易，集团业务几乎涉及畜牧产业的全链条。在市场经济不发达的年代，大多数分支机构都把自己定位为一个依赖集团支持才能生存的办事处；即使个别省份结合当地实际开展了业务，也因为机制不活等问题，难以与当地同类企业竞争。前任的集团领导深刻认识到这种"摊大饼"的发展方式难以为继，重新明确集团"私有企业干不了、外资企业不能干、同类企业干不好"错位竞争的策略，于是关闭全国的分支机构，只保留有主营业务并且能够自我造血的二级经营单位；将集团的主营业务聚焦在兽药、饲料和贸易三个板块。这种选择符合产业内在逻辑和集团管控模式。兽药行业的本质与人药行业一样，是以研发驱动的高端制造行业，除了产品是用于农业养殖行业之外，从研发到生产都是工业的特征。兽药行业投入大、技术门槛高、研发产品周期长的特征，决定了兽药行业的资本密度和技术密度都很高。因此，进入门槛高，非常适合融资成本较低而人才聚集的国有企业进入经营。饲料产业的本质是依靠做大规模，获得上端的原料采购优势，使中端的成本降低，以及下游可获得品牌认知。饲料产业是典型的规模经济产业，这也适合国有企业经营。为畜牧业生产环节服务的饲料、兽药、生产设施及肉蛋奶等终端产品共同构成了数万亿元的畜牧业贸易业务规模。形态各异的贸易企业置身其中，穿行在不计其数的经营主体之间，对润泽产业发挥着独特的作用。做大贸易业务能发挥集团的品牌和资金优势。在做大经营规模的同时，还为兽药和饲料业务广罗客户资源、密切客户关系，增强集团核心能力。

但是，除了兽药当中的特种疫苗市场有进入门槛之外，包括兽用化药、中兽药、饲料和贸易市场都是完全竞争的市场。也就是说，集团的主要业务板块都要面对市场的激烈竞争，在市场的汪洋大海寻找自己的生存空间。国有企业的优势在于资本、技术和人才等产业要素，但是要把这些要素组合起来并发挥最大的效益，则依赖良好的管理机制。如果说资金、技术和人才都是企业的硬件，而机制和文化就是企业的软件。硬件看得见、摸得着，比较容易找到抓手；而使人才的作用充分发挥出来的机制隐藏于无形，却无时无刻不起着作用。国有企业的"基因"决定了硬件好建、软件难办，如何扬长避短是国有企业发展的关键。

动物兽药包括动物疫苗、兽用化药及中兽药三个细分领域。动物疫苗用于动物疫病的预防，而兽用化药和中兽药则用于动物疾病的治疗。被饲养动物包括牲畜和家禽两大类。随着动物医学的进步，人们加深了对动物疫病的认识，发现的动物疫病种类甚至超过了已发现的人类疫病种类；而每一种疫病都需要一种对症的疫苗或者兽药，这就决定了动物疫苗和兽药的多样性。当然，这种多样性为数千家疫苗企业和兽药企业提供了广阔的发展空间；同时，带来了选择的困惑，因为每个企业都不可能开发覆盖所有疫病的疫苗和兽药。选择针对某种动物或是某类疫病的疫苗和兽药原本是企业发展的应有之义。但各企业总是试图增加产品的丰富性，以满足养殖户的需求；结果导致疫苗企业和兽药企业的产品品种很多，但是有技术门槛并且销售收入可观的"大单品"很少，各企业产品趋于同质化。众多企业在一片红海之中挣扎。

如何走出这种恶性竞争的困局是众多疫苗企业和兽药企业必须思考的大问题。前面疫苗企业的经验告诉我，与马场这种资源型企业不同，对于疫苗和兽药这种竞争行业，战略选择的起点就在市场里，而不是在自身的产品中。也就是说，要根据作为客户的养殖户的需求来规划自己的战略。基于这样的认识，我们把政府招标采购的禽流感疫苗和口蹄疫疫苗单独规划。在各个省份确定两类疫苗的全年计划使用量之后，全国的采购量就已经确定。在这个有限的"蛋糕"里，每家企业能获得的销量取决于有限的几个厂家的招标博弈；研究参与厂家的博弈策略，并适时调整自己的竞标策略，是提升销量的最佳途径。在明确这样的目标之后，在市场部收集各省发布的招标文件的同时，重点关注各家企业的投标策略，以获得"最优解"。凭借国企的信誉和恰当的策略，在两个疫苗品种的政府招标采购中，集团很长一个时期都处在市场份额第一的位置。

市场化销售的疫苗产品就需要从养殖户的需求出发，把养殖户防控疫病的痛点变成开发产品的起点；同时，梳理自身浩繁的产品线，按照动物品种和疫病类型进行排序，进而调整产品类型和规格，最大限度响应养殖户的需求痛点。这其实是一件说起来容易、做起来非常复杂的工程，不仅需要坚定的决心，更需要坚守的耐力。这本质上是一次内部产业调整的业务再造。虽然都是养殖户，但种类不同，需求就不同。比如，家禽就分为蛋鸡、肉鸡和水禽。蛋鸡生长周期长，单品价值高，需要使用的疫苗和兽药就多。而肉鸡的养殖周期相对较短，除了注射防止大面积死亡的禽流感、鸡瘟等疫苗之外，其他疫苗的使用量要少很多。水禽的免疫能力超过蛋鸡和肉鸡，使用的疫苗就更少。与疫苗产品相似，兽药产品也依据养殖品种不同，兽药用量和品种各不相同。因此需要把不同动物需要的产品进行排队，根据动物品种和疫病，找出对疫苗"大单品"的需求。

在厘清需求端的养殖动物种类和对应的疫病之后，再对产品进行调整：删减一批没有销量的小众产品，培育一批有市场潜力的大单品，再开发一批市场急需的新产品。小产品停止销售可能带来短期的销量降低，但能将腾挪出来生产和销售资源聚焦在"大单品"上面。更重要的是，"大单品"是企业品牌的关键支撑，从国外兽药发展的历程中已经证明了这一点。蓝耳病是生猪养殖户必须要注射疫苗进行防治的大病。德国勃林格的猪蓝耳病疫苗，一个品种面向全球销售，获得了几十亿的收入。这就给国内企业在产品布局上提供了非常好的范例。疫苗企业和兽药企业就是要放弃过去产品多、单品收入低、高度同质化的发展模式，聚焦重大疫病开发重大产品，实施有技术门槛的"大单品"战略。

市场端和需求端厘清之后，就需要重建内部体系响应客户需求并实现"大单品"战略。首先面临的是营销体系问题。过去的营销体系，对外是按省份划分，一个或几个省份划定一片区域，每个区域的业务人员负责销售各种动物需要的疫苗或兽药。这样做的好处是每个销售员兜里装着多种产品，压缩了销售人员的数量；坏处在于销售员不能对产品进行深度跟踪。同时，由于养殖场的分散，业务人员疲于奔命，分配给区域内单个客户的时间被稀释，不能聚焦重点客户和重点产品，当然就不能落实所谓"大单品"的战略。因此，按照产品线进行区域布局就成为最佳选择。禽用疫苗、畜用疫苗和兽药都按产品进行区域重整，结合个人特长和所在区域将销售人员划分，组成三类产品的专属队伍。让"专业的人干专业的事"，从而聚焦一类产品和一类客户，把产品做深做透。

销售结构调整后，随之而来的是生产体系的调整，产销协同才能满足三类产品三支队伍的销售模式。过去工厂分属不同板块，分布在不同城市，生产什么和生产多少都由作为职能部门的生产部安排。生产部成为连接工厂与营销队伍的纽带。这样做的好处是，生产部掌握全公司的生产情况。坏处更加明显，生产部脱离市场，不能理解市场部根据客户需求提出的产品要求；加之生产部一端要面对十几家工厂的生产协调，一端要面对数百人的营销队伍提出的各种客户诉求，疲于奔命加班加点也应付不了两端的诉求。通过深度分析我们认识到，生产部作为产销衔接的职能不是不需要，而是生产部管辖范围太宽泛了；生产部也需要按照三类产品进行拆分，相应的产品由相应的生产人员和部门来协调。与此对应的客户服务更需要按照不同客户类型，适用不同的技术服务人员。既然产品、营销、技术服务都需要按照客户进行划分，人、财、物作为业务支撑系统，也需要相应地调整。发源于客户，响应于生产营销和技术服务，支撑人、财、物的事业部纵向管理方式应运而生。从这次组织结构的调整中体会到，任何组织内部的调整不是发端于规划或设想，而是根据客户的需求出发，以产品营销和服务为抓手，最后才是人、财、物的配套。这是一个相互呼应的体系。这个体系构建只有一个目的，那就是最大限度服务客户、为客户创造价值。

在经历疫苗和兽药的体系调整之后，饲料体系的调整便容易了。饲料产业的规模达万亿以上，早期企业数量超过两万家，是一个"大水养大鱼"的行业。目前，上市的畜牧企业大多是从饲料起家，再扩展到养殖、加工、食品等行业。经过多年发展演变，产业分工日渐清晰。根据饲料原料的成分不同，从少到多分为预混料、浓缩料和全价料。饲料的本质是根据不同动物的营养需求，设计不同的饲料原料组合，也就是饲料配方。不同的动物、同一种动物的不同阶段对营养的需求是不同的，这就对应需要不同的配方。这些配方的主要成分包括矿物元素、维生素、氨基酸、添加剂、蛋白原料和能量原料。所以，饲料生产过程本质上就是物理混合过程，只是要求混合必须均匀，且在生产的混合过程、运输过程中不能改变成分的性能，以此确保饲料的品质。

饲料配方的前四种成分包含几十个品种，而在饲料中关键成分含量都在百分之十以内。如果每个企业都自己采购并进行混合生产，费时费力，并不经济，于是产生一个饲料生产的分支——饲料预混料。专门生产饲料预混料的企业，把几十种用量不大、事关饲料效果的各种成分组合起来，卖给一些饲料厂或者养殖户，从中挣取加工费用、配方的技术费用、产品运输和服务环节的费用。在预混料基础上添加以豆粕为主的蛋白原料就是浓缩饲料，在浓缩饲料基础上再添加以玉米为主的能量原料就是可以直接饲喂动物的全价饲料。经过多年的发展，饲料产业日趋成熟，不同规模的养殖企业根据自己成本最优的原则选择最适合的饲料品种。大型养殖企业，一般会自己开办全价料工厂，为自己饲养的动物直接提供成本相对低廉的全价饲料。中小型养殖企业，或者购买预混料，在自己的饲养场配上豆粕和玉米等原料，这样可以做到成本相对较低；也可能根据自身养殖情况直接购买浓缩料和全价饲料。

由于饲料生产全过程都是物理混合，没有化学反应；对于一个饲料企业来说，就是投入生产的饲料原料与经过混合后的饲料重量相等，因此饲料的运输成本是要考虑的重要因素。为了节省运输成本，饲料企业的解决方案就是在养猪密集区建立饲料厂，最大限度降低运输距离、节省运输成本。因为预混料重量较轻、运输费用不高、产品覆盖范围很广，非常符合国内养殖分散、规模不均的特点。因此，预混料从产生那天开始就受到各种类型养殖企业的欢迎。在市场力量的驱使下，进一步细分为不同动物服务的预混料企业。集团在蛋鸡预混料上积累了一定优势：一方面，因为多种维生素是集团自己生产；另一方面，集团多年的贸易业务构建了良好的采购合作网络，可以在众多预混料原料贸易中赢得一定的成本优势。

把这种成本优势转化成市场竞争优势，还需要生产环节的质量可控。生产预混料虽然都是物理混合过程，但是投料的精确性、生产混合过程的均质性及储存和运输的品质可控性，都将影响客户的价值感知。建立一张面向全国的营销网络，把具有成本优势并且质量上乘的预混料产品运送到饲料企业或者养殖企业才是关键。

而畜牧业生产资料的原料贸易，就是要建立一张覆盖畜牧业各个环节的营销网络。贸易业务的本质就是低买高卖。从理论上讲，在信息社会，畜牧业涉及的各种原料或者产品的价格都相对透明，贸易机会应该越来越少。实际情况却是，几十年来，畜牧业生产资料和产品的贸易金额越来越大。分析其原因，首先是中国市场太大，置身其中数量庞大的各种经营主体需求不同，因此产生了贸易机会；其次是中国畜牧业的业态极其复杂，产业链各个环节匹配度不高，这也产生了贸易机会。当然还因为中国的地域辽阔，各个地方的风土人情差异很大，在一个注重人情的社会，生意与生活高度关联，在信任成本较高的情况下，熟人圈子本身就是一种贸易机会。基于以上三方面原因，无论是国外疫苗进口，还是鱼粉、氨基酸、酒糟、乳清粉、活体动物的进出口都成为畜牧产业的跨国贸易的机会。资本和品牌是贸易业务的"硬通货"，国企这两者都具备。所以，大量国有企业都在自己的行业开展金额巨大的贸易业务。这也是国内商业生态的一个有趣的侧面。

当然，贸易业务的成功需要弄清其"底层逻辑"，选择哪些贸易产品、在什么时点购入、在什么时候卖出，如何甄别客户、如何建立一张营销网络。这是一个系统工程，任何一个环节都可能造成巨额损失。降低风险提高成功率的最有效办法就是依靠理性的分析和市场的经验，两者缺一不可。前者依赖建立有效的情报分析系统，后者依靠从业者敏锐的市场感知能力。情报获取可以通过建立信息系统来完善，市场感知的能力是从业人员的素质决定的。建立一支高素质贸易队伍，是开展贸易业务的关键，也是开展贸易业务的难点；其核心在于建立合理的利益分享机制，让从业人员的贸易结果与自己的收入挂钩，真正做到风险共担、利益分享。

　　兽药、饲料和贸易是集团的关键主业，在前述的脉络中，我们完成了每一个业务板块的布局。这与马场不同的是，前者是基于资源的开发，后者是市场化业务的建设。如果前者是"0 到 1"的业务建立，后者就是"1 到 N"的业务拓展。前者只要落实到位，很快会产生经营结果；后者是慢工出细活，久久为功方能建立起一套市场化体系，一旦建成就是在集团置入一种可以创造价值的"基因"。

破局

　　马场是对已有资源的开发，兽药、饲料和贸易是对当下业务的整理，那么集团的对外拓展就是要打开集团增长的天花板。大道至简，纵观国际，农业企业都在坚持"一专多能"的发展策略。所谓"一专"，就是企业在自身最擅长的领域打造的核心竞争力；所谓"多能"，就是在核心能力基础上的产业链延伸。比如，国际知名的四大粮商之一的嘉吉公司，以其强大的信息获取和分析能力，掌握全球粮食现货和期货价格，并通过收购的气象公司来提前预判未来天气对粮食产量的影响，以此获取粮食的贸易机会。

　　集团的"一专"也就是核心能力是什么呢？透过前述的分析我们知道，兽药和饲料产业本质上是制造业，遵循制造业发展的一般规律，要么与众不同，要么成本领先。兽药产业的发展围绕养殖动物的疫病流行趋势展开，动物疫病总是先于疫苗和兽药出现，且新的动物疫病总是不断出现，这就决定了疫苗和兽药必须不断迭代开发新的品种。因此，兽药企业的竞争策略就是不断开发新的品种，以此赢得市场先机。那么，要获得竞争优势的最佳策略就是与众不同。饲料产业的门槛则相对较低，大量成功饲料企业的发展历程都证明，成本领先是饲料企业的最佳选择。畜牧业生产资料的贸易与前面两个板块的发展策略完全不同，贸易业务取决于商业信息的收集和判断能力，还有贸易资金、品牌可信度和贸易渠道。那么，三个板块交集而形成的核心能力就是国企品牌、资金优势和三个板块的业务能力。若能发挥以上三个优势开发集团的增量，就有机会获得更快的发展。

集团的疫苗板块已经处在国内龙头的位置。按照前面的分析，集团不需要扩大规模而是需要通过并购强化研发和产品能力。国内企业的技术水平与国外疫苗企业存在明显差距，选择并购国外疫苗企业是正确的选择。不仅可以获得先进的疫苗技术，还有利于拓展海外市场。通过几年的国际化发展，集团的禽流感产品因其技术和成本优势，已经被埃及、越南、印尼等认可，还有进一步扩大市场份额的机会。我们清楚地知道，要把疫苗产品打进西方发达国家的市场几乎没有可能，而最不发达国家没有购买能力，发展中国家便成为走向国际市场的突破口。

接下来是选择标的国和疫苗品类。从国别来说，一定是西方发达国家。发达国家的企业在技术和产品上与国内企业存在代际差。如果能够并购发达国家的优秀疫苗企业，不仅可以学习其先进的技术和管理经验，还能将其优质产品引入国内，获得一举两得的效果。从疫苗品类来说，当然是选择与集团现有业务能够互补的业务。在并购的战略方向确定之后，通过跨国并购的中介机构，首先找到了北欧的水产疫苗标的企业。中国是一个水产大国，海水和淡水养殖超过全球的百分之五十，但几乎没有水产疫苗。地处北欧的标的企业是全球最大的水产疫苗企业。因为水产疫苗与牲畜、家禽比较起来是小众产品，企业规模不大，估值在两亿美元左右，在集团资本实力可以承担的范围内。通过多次交流和尽职调查，初步确认这是一家管理规范、主业突出、研发实力强、团队稳定的优质企业，作为投资基金的大股东持股时间已经到期才愿意转让控股权。企业的产品以三文鱼疫苗为主，同时覆盖了多种鱼类的疫苗，如果推广得当在东南亚和国内都存在潜力市场。并购事项紧锣密鼓地进行。

与此同时，北欧标的企业也在与其他国际资本接触。一女两嫁不仅能获得好的收益，也是管理团队的权宜之计。毕竟中国虽然是一个发展中的水产养殖大国，可以预期未来可能的市场潜力；但按照高管团队的评估，中国的市场环境风险远远大于西方发达国家。语言沟通的障碍，政策逻辑的不同，市场规则的规范性不同，这一切都可能让其市场潜力大打折扣。最后，让他们放弃的都不是这些因素，而是国资系统冗长的审批程序。因为涉及跨国并购，需要众多主管部门审批。所有这些审批程序履行完毕，少则半年，多则一年时间。在此期间，北欧标的企业的股东和经营层的焦虑和不安，导致对未来市场的潜力产生动摇；最后，决定以略低的价格卖给了一家西方的基金管理公司。据我们跟踪的情况得知，收购的基金只是持有企业股权两年时间就以高出收购价一倍的价格卖给了另一位投资人。这也从侧面证明，当年从战略和财务层面审视该北欧标的企业，对企业的潜在价值判断是完全正确的。那都是后话，事实是错过了一次走出去的机会，更失去水产疫苗这块拼图的机会。后来我们明白，在国有企业做事，经营正确只是一个方面，还有无数个看不见、能感受到的"正确"等着你去跨越；每一个栏杆都不比纯粹的经营业务的栏杆低，更何况做成事是职务行为，失败就可能是个人责任，这让国企的"布局"显得格外重要而高深莫测。

失去与北欧标的企业的并购机会，我们更加珍惜来自美国一家疫苗兼营兽药的企业。因为有第一次意向收购失败的教训，我们把决策的程序颠倒过来，即在接触期间就与上层沟通，实时报告接触的进展；一旦上层喊停，我们立即终止，避免做无用功。事实证明这是对的，因为这个标的比北欧的金额更大，即使商业逻辑成立，可能资本逻辑不一定成立，归属同样是放弃并购。

如果说前两次意向并购是为技术和管理，第三次就是为获取资源。鱼粉的蛋白含量在百分之六十五以上，并且含有动物所需的钙和磷等元素，是高档饲料的必需品。秘鲁以其得天独厚的自然条件成为全球最大的鱼粉供应国，每年出口的鱼粉占全球的百分之四十以上；而中国是全球最大的鱼粉消费国，每年进口近两百万吨，超过全球产量的百分之二十。一家在香港上市的中资企业因为股东资金链断裂，期望出售唯一持有的上市企业股权。该上市企业正是位列秘鲁鱼粉生产、加工和贸易一体化前三甲的企业。难得的商业机会，在现实的冗长审批和考察之后，还是拱手让给一家投资基金管理公司。

三次海外并购的中途夭折，让我们认识到，并购是企业发展壮大的一条路径。在国际市场上，买卖企业如同买卖商品一样。在专门从事并购的投资银行推动下，一批并购企业跨越国界，寻找那些价值稳增、潜力大的企业。并购后，通过一段时间的持有，并适度的管理干预，在企业的价值被市场发现之后转让给下一家并购者，从而分享企业价值增值。在买卖中的企业如同商品，唯一不同的是购买企业是为未来增值，而购买商品是为当下消费（有增值价值的奢侈品除外）。并购的关键在于发现企业的未来价值，而影响企业未来价值的因素非常多。比如，所在行业的周期、产品的竞争能力、团队的管理能力、企业的文化等，都是企业价值的重要影响因素。这就需要"专业的人干专业的事"。专业人才可透过企业的当下洞悉企业的未来，这需要专业人才理性的判断和感性的直觉，甚至丰富的想象能力。无论专业人才多么优秀，都有并购失败的时候；因为企业本身的复杂程度可能超过并购专业人才的认知。在当下没有判断失误，也不能确保未来的企业经营一定成功。因此，并购成功是一个概率事件，而不是必然事件。我们要做的就是减少失败的因素，提高获胜的概率。

这一套方法论在国内并购中因为熟悉的商业生态、便捷的沟通，而彰显其有效性。国内前十的饲料企业在遭遇财务危机之后，期望引入外部股东。对饲料产业的判断早已形成，那就是依靠规模获得成本优势，并与集团现有饲料产业协同扩展。当然，国内企业之间的并购不仅取决于纯粹的商业考量，还要企业的负责人彼此能"对上眼"，或许是在一个人情社会里独有的深层次文化认同。恰好这家企业老板是一位务实而朴素的管理者，在几次交往之后，为彼此深层次的价值观类似而彼此认同；在彼此坦诚交心之后，认同感成为并购合作的催化剂。但是对方是私有企业，我们代表的是国有企业——铁打的企业流水的负责人，对负责人的认同代替不了对企业的不认同。果然，在上市公司停盘的几个月，还是冗长的程序击败了原本彼此意愿很高的合作。

屡次失败之后，我想获取粮食资源的并购路线比较短。正好，全国第二大粮食收储企业正遇到经营困境，愿意通过国有划拨的方式加盟集团。该集团的主营业务立足东北收储玉米，占全国近三亿吨的饲料中的百分之七十，也就是每年近两亿吨的玉米用于满足饲料消耗。作为国有背景的饲料企业，掌控饲料上游的原料是最优竞争策略；把饲料的"红海"让出来，做大上游饲料原料，不仅可以发挥集团品牌和资金优势，还能实现差异化的竞争，回归当年集团确定的战略定位。即便如此，最后还是夭折在并购的路上。这次不是因为冗长的审批流程，而是并购后的管理难以实现。一家有着悠久历史、上百亿资产的企业集团会面临破产重组，其中的问题堆积如山。不可能依赖现有团队经营企业，集团派不出可以驾驭这样大集团的团队。正确的战略，没有正确的团队去实施，将会是一场灾难。在放弃这次重组的两年后，该企业管理团队中的许多成员都没有逃过贪腐带来的牢狱之灾，也从另一个角度印证放弃或许是正确的决策。历史不可重复，只待后人评说。刘少奇曾经安慰自己说，好在历史是人民写的。历史学家也说，历史的教训就是后人不吸取历史的教训。

第十章 上市公司

　　上市企业，也称公众公司，企业发展到一定阶段之后，面向全社会公开出售一部分企业的股份，以此获得企业发展的资金。这种融资也叫直接融资，而向银行借款被称为间接融资。公开发行股票并将其全部股份放置在一个交易所挂牌交易，这个发行股票的企业简称为上市公司。企业上市不仅带来低成本的发展资金，还因为成为公众可参与购买的企业而被社会熟知。企业品牌被广泛传播。上市审批就是对企业经营和管理的全面审视，因此企业上市本身就是一次企业的全面体检。在中国三个交易所总共只有几千多家上市企业。可见，企业上市作为融资和品牌背书的一种股票出售行为，仍是一种稀缺的资源。众多企业排队等候上市。当然，也有一批如华为一样的企业拒绝上市，改为面向企业内部员工出让企业的股份，本质上是一种融资和锁定员工的手段。中国的资本市场发展相对于发达国家比较迟缓，一九九〇年十二月才先后开办深圳和上海两个交易市场。上市企业的数量从少到多，股票的总市值逐渐变大，每年新上市和已经上市企业的再次融资规模也不断扩大。

代表

　　畜牧上市公司是在中国开办股票交易的九年之后，以所属部委分配指标的形式获得上市机会，在上海证券交易所（简称上交所）挂牌上市。对于一个总数不超过两千家的证券市场，每一家的经营情况都获得社会各界的高度关注。作为一家农业类上市企业，尤其受到证券研究机构的跟踪研究。董事会办公室就是一个专门服务董事会及服务公众投资者和相关媒体的企业内设机构，办公室的负责人由董事会秘书兼任。二〇〇〇年，我从国务院稽察特派员总署离开，加盟这家上市企业，具体岗位就是董事会办公室副主任，相当于上市公司部门副职；主要职责就是协助董秘对内做好董事会服务工作，对外做好媒体、公共投资者及监管机构的沟通工作。

　　这份工作对我是合适的，因为有任部委宣传部副部长的经历，面对企业的对外宣传和媒体沟通得心应手，更何况只有诸如《中国证券报》《证券时报》等有限的媒体；即使相对复杂一些的证券研究机构，因为信息不对称的优势，驾驭起来并不难；难在每年一次的企业年报。上市公司的年报是企业一年经营情况全面而系统的呈现，不仅包括企业的财务数据，还包括公众需要了解的诸多事项。年报一旦上报股票交易所，并经过审核合格，就不能再更改。年报也是董事会给公众的汇报材料，每个董事必须正式承诺报告没有虚假陈述。在年度董事会召开之前，数万字的报告必须准备妥当，经过董事会审核批准之后亲自送达企业所在的交易所。

　　上交所地处上海浦东新区的陆家嘴。据上海地方志记载，黄浦江在这里拐了一个近九十度的大湾，留下一个突出的冲积滩地；从黄浦江的西面向对岸眺望，这块地如一只巨大的金角兽探出脑袋张开嘴巴在这里饮水。明代时期，从河南迁居于此的陆姓人家在此地繁衍生息，因此起名叫陆家嘴。一九九〇年，国务院宣布开发浦东，并在陆家嘴成立中国首个国家级金融开发区。上海早年舒缓不失浪漫的海派文化，与陆家嘴富集的金融资本相遇，催生一大批国内外金融机构的总部落户于此；多年以后，发展成为金融楼宇经济，成为上海乃至全国独有的高产出、高税收的资本聚集地，被誉为"东方曼哈顿"。

第一次怀揣年报到上交所还是初入集团的二〇〇一年。提前一天抵达上海，就住在上交所附近的酒店，刚刚入住就接到公司总部电话。资产负债表不平衡，也就是负债与所有者权益之和不能与总资产数相等，只差一分钱。总部的财务人员已经加班一整天，就是找不到错误的出处。随行的财务负责人立即打开电脑，翻查即将公告的材料，确认了上述问题。在稽察特派员总署两次学习了财务知识，我知道这一分钱的差距是财务会计某个错误导致的，必须找出产生问题的根源，不能人为调整使其平衡，否则后患无穷。我不是财务专家，但我知道可用倒查的方法寻找错误；建议财务人员划分几个小组，从总账到分类账再到凭证反向查找、相互印证。在反复的沟通之中，直到次日凌晨四点左右，其中一个财务小组才发现了差错产生的原因，并得到其他小组的一致确认。第二天，酣睡之中被闹铃叫醒，如约在早晨九点到达上交所对接部门。对接人员被称为"专员"，意指专门负责对接上市企业。专员一副干练的面孔，一直挂在脸上的笑容让我们被监管的人可以非常放松地与其沟通。明显感觉到他对上市公司是非常熟悉的，只是询问几个关键问题就收下了报告，前后不到半个小时。当我们起身离开的时候，他一直送我们到大楼的电梯口，直到电梯的门关上才离开。从上交所大楼出来，一头昂首的铜牛在大楼出口不远处耸立，据说这是在表达期望牛市的寓意。

当天我们没有离开上海，傍晚去到黄浦江边的外滩。我曾多次出差到过上海，也去过外滩，但这次感觉不一样。走在江边松软的步道上，凭栏远望，高耸的大楼倒映在波澜不惊的黄浦江上，错落有致的低矮建筑与闪烁的彩灯交相辉映，彩船缓慢行驶在江中，灵动了这幅繁华的风景画。微风吹拂让淡淡的海腥味弥漫在夜色里，温馨和浪漫的氛围里，我感受着一个海派城市的味道，思绪突然迁移到遥远的家乡——那个生养自己的地方。站在陆家嘴这个每一寸土地都堆满金钱的地方，当年初入北京的陌生感油然而生。在故乡与陆家嘴之间，有那么多高山、那么多河流、那么多湖泊，高高低低，起伏不平。从农村走过山峦，趟过草地，站在这个陌生又熟悉的陆家嘴岸边，仰望星空，心怀梦想，低头沉思，怀念故乡。

决策者

据说上市公司的治理是学习西方国家三权分立的治理理念。上市公司的股东包含大股东和众多的小股东。理论上讲，由所有的股东组成股东会，每一股代表一份表决权，对企业需要股东会决定的事项进行表决。由于上市公司的小股东非常分散，难以集合起来，只是在股东大会的时候偶尔有几个小股东会出席会议。因此，上市公司的股东会常常是大股东代表整个公司的股东行使股东会的职权。据说，其他对上市公司治理比较完善的国家，有专门的第三方（如律师事务所）接受众多小股东的委托，参与股东会或是发起诉讼，以此维护小股东的权益。国内虽然制定了这样的制度，但实际执行过程中，很少发生小股东联合起来制衡大股东的情况。长此以往，上市公司的大股东成为几乎所有小股东的代表；有的上市公司实际控制人或者大股东持有不到百分之二十的股份，但决定着公司的重大决策。

　　通过股东会选举的董事会是公司法定最高决策机构。如前所述，内部董事是按照股东意愿选择的自然人担任；委派董事的人数往往与股份多少相关，股份越多委派的人数也越多。一般情况下，委派董事代表对应的股东并维护所代表股东的利益。还有一部分董事与公司的股东没有对应关系，而是经过监管机构认可代表小股东和监管机构的外部董事。按照相关法律规定，外部董事的人数不少于（含）董事人数的三分之一。比如，董事会总人数是九人，那么外部董事不少于三人。董事会是企业的最高决策经营管理机构，对股东会负责，主要工作内容包括召集股东会并执行股东会决议、决定公司的经营计划和投资方案、制订公司的年度财务预决算和利润分配方案、制定公司相关制度等。经营层则是企业的经营执行机构，对公司的经营业绩负责。股东会、董事会、经营层三者虽然在公司中扮演的角色不同，都是为把公司做好，不仅为当下良好的经营，还要为公司的未来可持续发展负责。再加上监事会，共同构成的"三会一层"本质上就是一套公司运行的保障机制，保障公司人员按照既定的规则行事，从而确保公司的有效运行。虽然，上市公司都是按照公司法组建的，都是要求有规范的"三会一层"的设置，但公司的差距却是千差万别。根本差距不是在公司的治理安排，而是公司的模式和文化的差距。如果说公司的治理是公司的硬件，那么公司模式和文化就是公司的软件。即使硬件相同而软件不同，公司表现出来的特性就各不相同。

上市公司董事长是公司的法定代表人，是公司重大决策的最终拍板人。他对公司的战略选择、治理安排和文化塑造都负有法定责任。如何行使职权、如何选择战略、如何塑造组织、如何引领团队、如何创新文化都是董事长要面对的难题。相对于私有控股企业来说，国有上市公司还必须确保对党的路线方针政策的贯彻执行，以及对国有资产的保值和增值。当一个组织的目标多元化之后，必然产生多功能组织，组织构架的庞杂似乎是一种必然。置身其中的组织负责人就像一个同时扮演多个角色的演员，作为名义的掌舵人，要确保整个公司行稳致远；作为组织的负责人，要搭建组织架构，强化组织功能；作为最后的决策人，要确保重大经营决策基本有效；作为团队的领头人，要负责激励并约束团队；作为公司精神的塑造者，要构建良好的公司文化；当然还要对上负责，让国有资产保值增值。让一个人同时扮演这么多角色，抓大放小、分清轻重就是扮演者的基本功。在日常有限的时间里，时常提醒自己"将军赶路不追小兔"。

与上层沟通是重要的工作，上层不仅掌握着重大人事任免权，还是更上级意志的代表。作为"一方诸侯"其实就是一个"放牛娃"，既要把牛养好，又不能跟"牛"产生过多牵绊；因为牛一旦养大了，上级随时可以把"牛"牵走。各种政策的学习，各种上面文件的处理，各种于公或者于私的要求，不管是否合理，都是上面的意见；有条件要执行，没有条件创造条件也要执行。在上级的考核权重里，本单位的业绩固然重要，但那是于公的职责范围内的任务。上级临时交办的任务虽不在年度任务之中，但上级领导一旦亲自交办，就是重中之中的任务；对这部分任务的完成情况，看不见摸不着，但领导最能感受到。因此，作为一个有明确上级单位的独立上市公司一把手，在背负经营指标和各种"看得见"任务的同时，还需处理大量"看不见"的任务，两者都不可偏废，都是职责范围内的工作。

内部排兵布阵是第二项重点工作，上市公司的资源归根到底就是人力资源和资本、技术等非人力资源。如何挖掘人力资源，最大限度发挥人力资源的价值就是企业一把手的重要职责。一方面，国有企业凭借其产业位势和行业品牌，具有优秀人才的吸引力；另一方面，国有企业的实际产权归属国家，国家必须委托国有资产的代理人促使资产保值和增值。只要委托代理关系的存在，就有委托效益的问题。从理论上来讲，国有企业所有的员工都是委托代理人，只是国有企业的负责人是所有委托代理人的代表。由于这种名义上产权清晰、实际上容易悬空的终极产权问题，带来两个需要慎重处理的问题：无论是什么性质产权的企业，被委托的经理人向委托方负责，促进被委托资产的保值增值都是应有之义。只是在私企和外企中，被委托代理人对委托代理人负责的目标非常明确，常常表现为收入利润等可以测量的目标；而国有企业的目标往往是多维度的目标，除了促使被委托资产的保值增值等经营目标之外，还要完成就业、维稳、产业发展、思想建设等难以度量的目标。这样一套定量和定性的目标，要求国有企业的经营者在众多目标之间，分清轻重缓急，在众多的目标中找到一种微妙的平衡。所谓人力资源的排兵布阵也就是在这些平衡之间的"再平衡"。

国有企业的经营业务归根到底就只有两类：一类是利用国有企业的身份，争取国家发展资源；另一类是开发市场，为需要企业产品的客户服务。前者是需要理解相关政策，与主管部门沟通，因此需要把握政策并理解主管部门行事逻辑的人；后者则需要适应行业竞争、具有市场能力的人。作为企业负责人，就是要把这两类人识别出来，并把他们用在合适的位置。比如，政府招标采购的产品，从政策制定部门到招标执行部门都有具体要求，甚至针对同一个文件都会根据各部门的理解而产生不同的要求；为了争取中标，都需要积极响应。当招标产品竞争激烈时，参与的各种性质的企业都会拿出十八般武艺，在有限的招标数量之中获取一定份额。其他所有制的企业可以响应的条件、时效性往往优于国有企业，国有企业在有限的空间里做好沟通工作就是考验各级管理者的难题。当然，国有企业在品牌美誉度等方面未必输于其他企业，如何扬长避短是国企的"真功夫"。商业逻辑是招标的表面逻辑，还有客情乃至对参与者的认可度都是取得招标成绩不可或缺的要素。

至于市场化经营是一个复杂的系统工程，需要在了解客户需求基础上开发客户需要的产品，再通过市场营销把产品送到需要的客户手里，之后还要做好客户的服务工作、维护好客户。实现这些经营活动都需要员工去完成。激励员工去完成上述经营活动需要经济上的收益，以及事业的成就感乃至荣誉感；前者是一种物质需求，后者是一种精神需求，两者结合才能使国有企业员工产生真正的动力。国有企业的机制就是要建立一种满足员工以上两方面需求的激励机制。从外部环境和企业资源的角度来看，国有企业跟私有企业或外资企业比较起来，的确占有得天独厚的条件。因此，具有更多的资源来发展企业和激励员工。但现实的无数国有企业管理的案例证明，要建立一套公平公正并且公开的激励机制是国有企业管理的难点。因为国有企业的多元目标，管理者必须在承接上级部署目标、企业发展目标和员工诉求之间找到一种平衡。上级部署的目标不仅有可以度量的量化目标，还有许多不可量化的定性的目标。国有企业领导的职权是上级赋予的，因此来自上级的指令必须是所有事项中的优先级。即使企业经营很好，没有完成上级交代的定性或定量目标，就难以得到上级的认可。当然，上级的指令大多与企业经营相关，因此在完成上级指令的同时，也是在开展经营活动。当然也有背离的时候，出于非经营需要开展的项目投资、人事安排、经营决策都可能是出于上级的指令。完成这些指令不仅需要耗费企业资源，还可能因为活动的非市场化而无法获得最终成功。这或许是国有企业需要付出的机制成本。

　　按照市场化的原则开展市场化的经营并不难，只要"把人当人看，把事当事办，把企业当企业管"就可以做到。国有企业因为品牌和资源优势常常能够吸引一批优秀人才。只要尊重这批人才，构建相对公平的薪酬和考核机制，挖掘出人力资源的价值，国有企业的经营就成功了一半。但是在国企经营中，许多管理者或许忽略了人力资源的本质属性：即人力产权归国企员工自身所有，任何人无权剥夺。由于人力产权归属员工自身所有，因此员工必然追求的产权价值也就是自身价值最大化。员工自身价值的发挥程度完全取决于自身的动力，外在的任何压力或诱惑都必须通过员工自身转化才能发挥其价值。无论是什么性质的企业，员工的人性是相同的。因此，员工作为人力资源的特性就没有不同，要充分发挥人力资源的价值就必须尊重员工的内在价值；以物质和精神激励双轮驱动，才可能发挥员工的才能，并为企业的目标服务。这就是所谓"把人当人看"。

遵照管理大师德鲁克的观点：企业的目标只有一个，那就是为客户创造价值。这自然也是国有企业作为市场主体的根本职能。如果说在争取政策支持等方面，国有企业还有一定的先天优势；那么，在市场化竞争之中，国有企业就与其他性质的企业完全处在同一条起跑线上。面对有限的客户资源，企业都要拿出自己的"绝活"，以获得客户的信任，进而让客户购买企业的产品。企业内部就是要一切围绕"为客户创造价值"这个基本目标构建团队、打造组织，最大限度地为客户提供优质的产品和服务。企业的根本就是这一件事，只要把这件事办好了，企业就有存在的理由。这就是所谓"把事当事办"。

为了更好地为客户创造价值，就需要企业内部高效响应客户的需求，建立内部制度和流程，让人去明确需要办的事，让需要办的事有人去办，办过的事有人评价。人与事之间互相缠绕，推动企业响应客户的各种需求。企业管理者就是企业这台机器的看护人，不仅要使企业正常运转，还要确保这台企业机器输出的功率最大。这就是所谓"把企业当企业管"。

世间的事从表面看来都异常复杂，但复杂的事物都是由简单的事件构成。比如，计算机的运行，从表面看异常复杂，但本质上都是"0"和"1"的组合；人体异常复杂，本质上是由细胞构成；人类社会很复杂，本质上就是人与自然、人与人、人与自身三重关系构成的。这给了我们一把认识复杂事物的钥匙，那就是透过现象抓住事物的本质。

激活

　　每个人都有自己的成长经历，在受家庭教育、学校教育和社会教育过程中，养成了自己独特的价值观。如果将个性特征比作人体的硬件，那么以价值观为核心的精神特质就是人体的软件。独特的硬件加上独特的软件构成独特的个体。如果说世界上没有相同的两片树叶，那么世界上也没有个性特征与精神气质完全相同的两个人。即使是长相极为相似的双胞胎，往往也有不同的个性和精神气质。人类学家一直没有停止对人性的探索。迄今为止，只能说人性是一个黑匣子，只知道黑匣子往外输出的东西，但永远也搞不清楚黑匣子里到底装的是什么。人性中欲望、恐惧和贪婪等共性，对认识人类或许有一定帮助；但对认识个体的人没有多大价值，甚至可能是有害的。若给每一个独特的人都贴上一般共性的标签，或许会模糊每个人独特的个性和精神气质，甚至会得出一个个体的人不可认识的推论。人是可以认识的，不能简单地贴上概念化的标签，而是应该通过人的行为来反向认识人的个性和精神气质。认识人的维度是多元的，不能一维地看人，需要立体而综合地看人。从时间维度上来说，需要长时间的观察和分析，不是短时间的简单观察就能武断地得出结论。

　　国有企业党委书记的角色就是做人的工作。所谓"做人的工作"，就是识人、用人并把人组织起来，以实现企业的目标。如前所述，识人其实是一件相当有难度的工作，但并不是没有方法。开会是观察人的思维能力的重要场景。开会一般是围绕一个主题展开讨论，每个参会者都有发言的机会；不管会前如何精心准备，会上是一个思想碰撞的过程，必然有许多"意外"。这就要求参会者利用脑子里已有的知识储备，加上自己的分析判断，综合会场之中其他人的发言，研判之后提出自己的观点。如果没有一定的思考深度，大多会重复前面发言人的观点；或是环顾左右而言他，不能围绕主题展开讨论。那些观点鲜明、言之有物的发言者，都是有一定思考能力的人。阿里巴巴创始人马云招人时，关注的三个特点：聪明、皮实和乐观。聪明的人表现为领悟和学习能力强。在工作场景里，人面临各种挑战。每一个挑战都是一道难题，聪明的人总是会努力想办法解决问题。如果刚好这个员工还有行动能力，那么，这个人就是可塑之才。皮实和乐观则是非智力因素，常体现在所谓情商和抗打击的逆商上。与人合作需要情商，遭遇挫折需要逆商。这两者在会议之中不能察觉，只能在实际工作中考察。当然，个人的品质是基础因素，人的各种技能都可以习得，唯有"正直、诚实"的品质是学习不来的。一个学习能力强、沟通能力强，并且有良好的品质和行动能力的人，无论处在什么工作场景，一定会脱颖而出。当然个人成就的大小，还要看偶然的机会和个人坚持的能力。

之所以有以上对人的认知，也是因为在做秘书的时候，有幸接触几十位副部级以上的干部。通过几年的高频接触，我发现，领导职位越高的人，越是谦逊朴实、待人诚恳。我们这种从农村出来的学生，在简单的人际环境中长大，缺乏处理复杂人际关系的能力；在之后的工作里，工作出色是很容易做到的，但处理人际关系时，如何识人、如何交往、如何信任人都是一道道坎。直到无数次遭遇社会的毒打，遍体鳞伤之后，才慢慢建立起自己对人际关系的认识。这几十位干部的行为方式给了自己很大的指引，只要坚持做好自己就好。如同亚马逊创始人贝佐斯所言，聪明是天生的，但善良是自己的选择；自己选择做一个善良而诚实的人，社会不会亏待你，即使你会因此而失去很多。

　　当自己做了一个单位的一把手，自己的底层价值观就会成为自己行事的原则，自然就会更愿意使用那些人品正派、有能力的人。当然，这会导致没有自己的"圈子"，没有利益的捆绑，当然就没有那么多围绕在身边的"铁杆"。但自己清清爽爽做人，干干净净做领导；通过营造一种清朗的环境，让更多的年轻干部获得成长的机会，这也算一种福德。直到离开体制，回溯历程，更坚定自己的选择。相信任何选择都要付出代价，包括选择做一个正直诚实的人。只是这种选择让自己心安，对他人伤害最少，更符合社会的公序良俗，自己无愧于这种选择。

　　如果说识人、用人是党委书记的本分，那么营造氛围也是这个岗位的天职。只是比较起来，后者更加复杂，耗时更加长久，见效也没那么明显。从党的发展历程中，我们可以清楚地看到，意识形态工作处在非常重要的位置。一个团队、一个组织一定需要一种精气神，这样的组织才有战斗力。所谓心往一处想、劲往一处使，国有企业党的工作和思想建设就是要锻造这种精神。一堂讲解党的思想路线的党课，一场开诚布公的民主生活会，一场走进革命老区的红色教育，一场走进监狱的警示教育，一场年轻人的读书会……都是一个个精神教育的载体。通过正向的引导，以时间换空间。一个组织氛围的营造需要漫长的时间，在与传统的文化氛围的冲突与融合中慢慢长出来的。时间是良好氛围的朋友，一把手的底层价值观是这种氛围的基石。

第十一章 过 渡

　　在十六年的国企经历之后，内心的挣扎日益强烈。央企上市公司董事长是众多职场人士梦寐以求的位置，它意味着平台、资源乃至光环。但对我来说，总在面对没完没了的各种会议、复杂的人际关系、众多无意义的内耗，有限的时间用在无意义的工作之上。无力感和无意义感时常伴随自己，工作的意义、人生的活法这样的思考不时在脑海里出现。我从哪里来、要到哪里去，这种"虚幻"的问题随着岁月的流逝不曾淡化，而是更加紧迫地呈现出来。面对有限的人生，想要选择一种有价值的工作和生活的念头，日益强烈地浮现出来。在月白风清的夜晚，漫步在公园，回头看着跟随自己的影子；一个声音从心底涌起，仿佛是灵魂的拷问。如同大海的波涛，虽然这样的念头无数次出现过，但从来没有这么强烈和急迫。如同在大海漂泊的扁舟突然看见了远处隐隐约约的地平线，虽然对岸上崎岖的道路心有恐惧，但更期待那可能存在的美丽风景。是离开这个体制的时候了，选择"保险"的方式过渡，或许就是一种风险的收敛。

　　二〇一六年十二月一日是一个晴朗的日子，一封只有半页纸的辞职信被交到领导手里。起初领导是惊愕的，但很快镇定下来，不仅表达了挽留，也述说了情谊；在我决绝地表达态度之后，说要跟班子讨论。我知道或许领导也知道，离开是必然的选择，只是要走一下程序而已。三天之后，再次与领导见面的时候，与预期的结果完全相符。唯一怪罪我的是，已经明确去的单位与集团也有股权关系。按说应该事前报告一下，自己也反复斟酌过。如果提前报告，同意或不同意这两种情况都让领导很为难，只能由我承担没有事前报告的批评。

保险公司是金融机构，与自己过去从事的大学、政府部门和央企都不相同，应该说是不小的挑战。乐于迎接挑战就是自己一贯的"倔强"，离开相对舒适的体制就是为了迎接所谓的挑战。第一道坎是参加保监会组织的资格考试，这是担任高管的前提。几大本保险书籍需要从头学起，我有人民大学金融学习的底子，其实基于逻辑的保险原理并不难，难就难在记忆保险相关法律和公司相关法律中冰冷的条文。日益减退的记忆力面对没有明显关联的条文，的确是不小的挑战。即使进行了认真的准备，第一次考试的成绩还是距离达标线差了几分。第二次考试已是几个月之后，这次如愿通过考试。两次高强度学习的好处是把一些基本的条文深深地留在记忆里，对日后的工作是有帮助的。考试通过之后就有时间去领会保险的基本逻辑。保险公司面对分散的投保人，以没有发生保险事故的投保人的保费，赔偿那些发生了保险事故的投保人的损失。与此同时，保险公司把收取的保费进行投资获取收益，将投资收益和保费赔偿后的剩余用于支持保险公司的运营或沉淀为保险公司的利润。所以保险公司的现金流入就是保费收入和投资收益，现金支出就是保险赔付和运营费用。优秀的保险公司就是收取的保费越多，投资收益越多，而运营费用减少，从而利润就越多。这里的关键就在于收取保费的标准和赔付的标准。收取保费的标准一般受到保险监督机构的监管，保险赔付的标准则可以根据每个保险公司的运营能力保留一定的弹性空间。

从农业过渡到保险

因为有几十年农业产业的从业经验，负责农业保险业务是顺理成章的事。农业保险是财产保险的一种，保险面对的对象是农业产业领域的风险，在理论上，农业产业链各个环节的经营风险，都可以配备保险产品。比如，养猪业就可以在养殖环节购买养猪保险，一旦被保险的生猪死亡，就能够得到赔偿；在生猪销售环节，还可以购买生猪价格保险，被保险的生猪销售的价格低于投保约定的价格之时，就可以获得保险公司的赔偿；甚至在生猪转运过程中，生猪死亡也可以通过生猪转运的保险获得赔偿。一言以蔽之，哪里有风险，哪里就可以被保险覆盖。只要收取的保费可以覆盖发生风险之后的赔付，这样的保险产品就可以持续销售；反之，在一个较长的时间维度里，保险收入总是小于保险赔付，这样的保险产品就可能被停止销售。

农业生产的风险巨大，这也给保险产品的设计提供了广阔的舞台。当然，对于保险公司来说也是巨大的风险。如何在风险可以被保险产品覆盖的同时，还能获得收益，是农业保险的关键。

按照"哪里有风险哪里就有保险"的原则，依照农业产业链划分，保险的产品设计就包括对农业产业上游、中游和下游的风险甄别，对应的保险产品包括产前的保险、产中的生产类财产险和产后的财产类保险。比如，生猪生产中需要的投入品包括饲料、疫苗和兽药等；在投入品生产过程中面对的生产安全风险、生产质量风险、生产工厂的财产风险等，都可以用保险产品进行覆盖。在产业链中游，也就是生猪养殖过程中，生猪病死的风险可以用养殖保险产品分担风险；在屠宰加工和流通环节面临的生产安全和产品质量风险，乃至流通领域的物流安全，都可以通过保险产品进行风险的分担。从产业的角度来看，农业包括农林牧渔四大产业，每个产业又包括上游、中游、下游三个产业链环节，从而构成纵横交错的几十个细分领域和近三十万亿元的产业规模。从风险的角度来看，每个细分领域乃至每个环节在理论上都可以开发保险产品进行风险分担。实际上，有的细分领域的风险敞口大，风险不收敛，就不适宜开发保险产品。只有那些能够进行风险识别且风险收敛的环节，才可以开发保险产品。

农业保险按资金来源不同，又分为政策险和商业险。顾名思义，前者是政府部门出于对每个产业的支持，拿出一部分财政资金向保险公司购买保险产品，而保险的受益人是产业的经营者；以此降低经营者的市场风险或生产风险，进而达到扶持产业发展的目的。比如，财政部安排专门资金购买粮食种植保险，保险的受益人是粮食生产者；目的就是进一步保障种粮者的种植收益，从而鼓励粮食种植户或种植企业积极开展粮食生产。当然，一般情况下，各级政府和种植者应按事前约定的比例共同分担保险费用。作为农业政策性补贴的有效方式之一，农业保险具有投入少、社会外部性好、被保险的农户直接受益、政策杠杆效应显著等特点，在发达国家常作为农业补贴政策的工具。

　　至于农业商业险，就是农户根据自己对农业经营过程中风险的判断，购买相应的保险，来分担经营过程中的风险。农户尤其是中小型农户，经营规模不大，收入不多，每个经营周期挣得的利润非常有限，对生产过程中的成本付出非常敏感。若保险保障对应的风险没有发生，有的农户会觉得自己付出的保费没有"回报"，感觉保费白花了、划不来。这种观念仍广泛存在，为农业商业保险的推广增添了看不见的观念门槛。

　　从商业的角度来讲，一家企业或一个行业的企业试图教育消费者改变消费观念，是非常困难的事情；不仅时间长、投入大，并且消费者教育投入与产出之间没有直接的对应关系。常常教育消费者会为企业带来巨大的沉没成本。因此，精明的企业一般采取"螳螂在前，黄雀在后"的竞争策略；也就是在同行企业大举投入广告培育消费者市场之后，市场热度将发而未发之际，紧跟头部企业，开发与头部企业类似的产品，俗称"山寨"产品。保险产品与其他实物产品有所不同，企业虽然有自主开发产品的权利，但是没有自主发布和销售产品的权利。保险产品上市还必须上报行业主管部门，获得备案许可才能销售，否则就是未经审批备案的非法产品。或许因为保险产品具有比实物产品大得多的企业外部性的金融产品属性，设置这样严格的审批备案制度是非常必要的。几年前，保险行业充斥的所谓"万能险"，就是在投保人把钱交给保险公司，保险公司承诺每年一定的保险收益（本质是利息），且在客户需要的时候随时可以赎回。这与客户把钱存在银行几乎没有差别，完全偏离了保险是用于抵御风险的初衷。

　　基于以上的原因，保险公司在产品端仅能自主开发产品，但是没有自主发行并销售产品的权利。保险产品的供给范围是相对有限的。比如，除了国家交通行政管理部门规定的每个驾驶人员必须投保的交通强制险之外，车辆的商业险是由客户自己选择的，各家保险公司开发的产品几乎雷同。对保险公司来说，获取的保费收入越多，就意味着可用于投资的资金越多。保险公司在产品的创新上可腾挪的空间有限，于是各家保险公司都在销售端大举投入。早期的保险公司开展人海战术，通过覆盖全国的销售网络，向全社会成员销售保险产品。营销能力成为各家保险公司重要的竞争力。对保险公司来说，开发产品、投资和营销三种能力是最核心的。同时，在产品同质化的情况下，营销能力成为保险公司的关键能力就在情理之中了。

经历两年的农业保险工作让我认识到，命运包含必然的因果和偶然的概率；前者是命，后者就是运。"因"必然产生"果"，你的一切行为都会导致一个结果。但你的行为导致的结果是"可能"的概率事件，而不是"确定"的必然事件。干扰"因"产生什么"果"的，就是"运"。即使相同禀赋、相同成长条件的孪生兄弟，也会因为"运"的不同走过不同的人生路。人生无处不风险，我们向保险公司学习管理风险。

在争取政策项目中磨炼

政策性农业保险的销售是在保险产品设计的时候就开始了。政策性保险需要政府部门帮助投保人缴纳一部分保费。因此，在开发保险产品之前就需要获得政府主管部门的认可，并获得愿意补贴保费的口头或书面承诺。政府财政资金从来就是粥少僧多，要拿出财政资金补贴农业保险这是一件非常艰难的事。

　　海南地处中国南部，是橡胶主产地。橡胶作为一种战略物资是必须确保一定自给率的。国家对天然橡胶是持保护态度的。同时，在全国范围内虽然已有橡胶灾害保险，但没有价格类的保险。海南某市是种植橡胶的核心区域，该市的主事人正好是校友，分管的市领导也是间接的朋友。于是，针对该市开发天然橡胶的保险产品成为可能。

　　橡胶收割是一件非常辛苦的活计。收割的工人必须在凌晨两三点起床，在茂密的橡胶林里来回穿梭。收割时，要先在橡胶树上割开一个斜线下方的口子，而后在口子的下端安装一个如饭碗的袋子来承接渗出的胶液。这只是完成了第一步，几个小时之后还要将已经渗出的橡胶液收集在随身携带的容器中。最后，将盛满胶液的大桶容器转运到收购橡胶原液的收购站，如此才完成一个收割天然橡胶的全部流程。这对胶农来说是非常辛苦的劳作。

　　与收割橡胶的辛苦劳作比较起来，橡胶的价格波动对胶农收入的影响更大。天然橡胶在国防和民航工业的刚性需求，使其成为国际商品。没有贸易壁垒的国际商品的价格必然受到国际市场的影响，国内天然橡胶的价格波动完全印证了这一点。分散种植的胶农没有国际市场天然橡胶价格波动的信息，只是根据自己家庭开支的需要、自己劳作的时间安排及割胶的季节性随机安排收获时间。这就很可能赶上国际市场天然橡胶价格低迷的时候，有时甚至低于收割的成本。胶贱伤农，许多胶农会放弃收割橡胶，导致天然橡胶处在无人管理的"野蛮生长"状态。如何激励胶农割胶，降低割胶和种植橡胶的风险是当地政府的"痛点"。一方面，政府部门按实际种植面积给予胶农固定金额的补贴政策，可提供的帮助很微弱；另一方面，按种植面积的补贴并不能化解价格波动风险。但若将补贴方式转变为胶农实际售卖的橡胶价格补贴，不仅可以使覆盖的胶农更多，还可以减少因国际市场天然橡胶的价格波动给胶农造成的损失。

设想的丰满要面对现实的骨感。即便是对产业发展有利的好事，要变成一项具体政策措施仍需要跨过若干个监管部门审批的门槛。在串联审批的流程中，任何一个节点都可能成为推荐政策项目的堵点。轻则审批时间无限拉长，重则直接否决这项政策。虽然市委、市政府已决策同意推进该项目，但与该项目相关的若干个部门都是推进该项目的节点。

首先面对的就是农业主管部门。他们对该项目的热情不高，原因是该项目会切掉一块农业资金。这一块资金用作保险资金，便剥夺了他们二次分配的机会，这就意味着监管权力的丧失。当然，如果权力丧失能带来突出的政绩，他们会在监管权力和政绩之间寻找某种平衡。起初，我还以为该项目对他们的政绩有帮助，毕竟是全国第一份橡胶价格保险。该项目在行业的示范意义，对农业主管部门来说，也算是一个标志性的政绩。后来知道，农业主管部门其实已经将农业资金分配过了。如果要出这一笔政策保险的补贴，那就要停止原来的项目计划，这是农业主管部门最不愿意看到的。解决的办法有两个：一种是通过市委、市政府强行压制，运行政府机关里奉行"官大一级压死人"的权威逻辑，只是执行程度无法保证；另一种解决办法就是在不动农业主管部门计划的前提下，争取增量资金开展新项目，这是主管部门欢迎的。为了快速推动该项目，再次与政府主要领导汇报时得知，刚好政府手里有一笔扶贫资金在寻找合适的扶贫项目，而这与我们的项目可以挂上钩。该项目的受益者就是分布在全市广大林区的贫困胶农。与市委、市政府再次确认了该项目的可行性和资金支持方式之后，推动项目就是水到渠成。除了农业主管部门，财政局、扶贫办、金融办等部门都很快通过审批。至此，项目在政府审批层面走完了全部流程。

　　走完政府审批流程，只是项目实施的第一步。接下来是跟乡镇政府打交道，需要从他们那里获得每个村村民实际种植的橡胶面积和长势情况。由于橡胶价格低迷，许多胶农外出打工，多年不再割胶。即便是不要他们付一分钱的保险费，他们的积极性仍然不高。胶农在外打工的收入早就超过了割胶的收入。每个家庭几十亩的橡胶，收割期需要几个月，会中断他们的打工节奏。反倒是那些通过转包胶农集中连片种植的大户，非常拥护这项政策，大大降低了他们收割橡胶的风险。这就是项目的"种子用户"，他们具有示范带头作用，可以通过他们推动乡镇领导积极落地该项目。在橡胶种植大户的推动下，橡胶价格保险的落地比预期还要顺利。仅仅一个月的时间，全区橡胶面积的百分之七十都完成了橡胶价格保险的投保工作；涉及数万家种植农户的数万亩种植面积，应该说这是一个浩大的工程。市委、市政府的大力推动，各个职能部门的配合，乡镇政府的落地，以及橡胶大户的积极带动，使得这项"保险工程"顺利完成。

　　一个保险期到了，国际橡胶价格大幅下跌，保险公司认真履行保险合同，如数赔偿每一个胶农的价格损失。虽然，这个保险期内，保险公司赔付的资金超过了收取的保费，是一个赔本的买卖。但是，这让当地政府看到这种模式对于扶贫的好处。一方面，避免了把扶贫资金直接补贴给贫困农户的弊端；另一方面，利用保险公司这个第三方力量撬动了胶农种植的积极性，不仅提高了扶贫资金的使用效率，还推动了产业的发展。这被后来的领导总结为"金融扶贫"模式，写进了省级政府的报告里。随着国际橡胶价格的回升，保险公司在第二年的赔偿费用少于收取的保费。保险公司从自己的盈利中，拿出一部分在当地进行橡胶种植技术培训，以此提高当地种植水平，进而实现提高胶农受益和降低保险损失的双赢结果。

实践证明，世界上的每个个体就如同一棵棵树苗。每棵树苗只要生存就需要营养，只要善于去发掘就会开发出树苗需要的产品。无数棵树苗的需求集合起来就构成了市场。在政府、种植户、橡胶商人和保险公司等各方力量"合谋"下，为橡胶产业这棵树苗创新了一种新的产品，进而造福了这个产业。

相信市场的力量

从保险的角度，哪里有风险，哪里就可以设计保险产品。农业产业规模大、细分领域众多、风险大，按理说是保险可以施展拳脚的地方。但是从保险公司的角度，开发保险产品有个前提，那就是向保险客户收取的保费可以覆盖未来风险发生时的赔付款。保险公司也是企业，也不期望做赔本的买卖。问题就来了，既然保险公司赔付给被保险人的资金大多来自向被保险人收取的保费，羊毛出在羊身上，为何被保险人还愿意投保呢？这就是保险的奥妙所在。

以车辆保险为例，车主向保险公司投保了，其发生风险（比如车祸）是概率事件，也就是说在投保期间（通常为一年）有可能发生车祸也可能不发生车祸。一家保险公司将收取成千上万车主交纳的保险费用都归集在保险公司的保费账户里。假如，甲车主发生了车祸，但乙、丙、丁车主没有发生车祸，那么保险公司就可以把乙、丙、丁车主交纳的保费赔付给甲车主。以此类推，所有被保险的车主可以分为发生车祸损失的车主和没有发生损失的车主，只要没有发生车祸风险的车主交纳的保费可以覆盖已经发生车祸风险赔付的损失，保险公司就是可以持续的。当然，保险公司还会将部分收来的保费进行短期理财或长期投资。保险公司的利润就是用保费与理财和投资收益之和减去赔付金额和运营费用之后的差额。所以说，保险公司是"人人为我，我为人人""一方受难，八方支援"，其最能体现社会大家庭温暖的制度安排，可以说是一个天才的设计。尤其是像车辆保险这样的保险品种，每辆车发生风险是分散的，赔付的金额也是有限的，可以说是非常合适的保险品种。据说股神巴菲特特别钟爱车辆保险公司，早期投资款的主要来源就是车辆投保资金，也就在情理之中了。

农业保险与车辆保险不同在于，被保险的对象是有生命的农产品。比如，生猪或种植的水稻。除了农产品与其他商品一样要承担市场风险之外，还要承担种植或养殖过程中的生物风险。生物风险的发生更加不可预测，且具有集中发生的特点。比如，养猪场发生了非洲猪瘟，病毒会在猪场快速传播，导致整个猪场全猪覆灭。也因为这样的风险属性，国外的农业保险大多是国家或地方财政补贴保费，即政策性农业保险。同理，农业商业保险会极难推广。在认识到困难之后，我们就避免采用直接面对千家万户的投保模式；而是选择一个连接千家万户的农业服务平台，通过服务平台运营农业商业保险。

具体的做法是，保险公司与养猪服务平台对接，通过平台积累的养猪大数据开发对应的生猪价格保险；平台负责推广保险产品和参与出险之后的理赔。按照保险主管部门的规定，在平台没有保险代理资质的前提下，只能以提供保险服务的角色参与保险全过程；分散在全国的投保客户，只能将保费直接交纳给保险公司。当然，平台为保险公司提供服务会收取一定比例的服务费。平台通过提供商业保险服务，增加了与客户的黏性。在明确参与的保险公司、平台公司和投保客户三方各自的权责之后，再经过保险公司的精算、保险主管部门的审批，生猪价格险就正式落地实施了。

由于当时生猪价格有下降趋势，投保活动非常踊跃，在短短一周就收取了数千万元的保费。按照保险合同的约定，三个月之后如果生猪收购价格仍然低于投保的价格，保险公司就要履行赔付的义务。果不其然，第一批赔付如期进行。虽然投保的生猪养殖客户在获得保险赔偿之后，进一步增强了投保的信心。但对保险公司来说不是好事，只能以时间换空间，期待后期的生猪价格可以高过投保价格。可惜，后期的价格虽然有所回升，但仍然低于投保价格。连续的赔偿已经让保险公司该项目处于亏损状态。保险的赔偿责任是受《保险法》保护的刚性责任，无论赔偿多少都必须兑现。保险公司只可以用新的时间（比如下一年）同样保险对象发生的低概率损失，来弥补上一年度的实际损失；或者保险公司甲项目的损失由乙项目来弥补。生猪价格险虽然受到养殖户的欢迎，但第二年依旧赔钱，保险公司就暂停了该保险产品。这让我们认识到，农业商业保险潜藏的巨大风险，在后面设计产品的时候更多一分敬畏、一分耐心。

保险这个以风险为经营对象的行业，在西方发达国家获得了巨大的发展。它作为个人或企业转移风险、投资或理财的工具来促进社会经济的发展。同时，保险公司凭借在理财和投资上的专业能力，可以实现保险资金的保值增值，并将部分增值收益与保险客户分享。这就对全社会有益，具有正的社会外部性。但是，保险是基于规则的游戏，一旦游戏规则不完备，就将带来巨大负面的社会外部性。几年前，国内发生过一批保险公司给国家造成巨大损失的反面例子。发生这样的灾难，除了保险公司胡作非为之外，与保险的规则不够完备有直接的关系。随着监管加强，保险规则正日趋完善。保险的阳光一定会照在这片有着十四亿人口的土地上，期待这一天早日到来。

第四部分　回归

人只应服从自己内心的声音，不屈从于任何外在的驱使，并等待觉醒那一刻的到来。

赫尔曼·黑塞

第十二章　沉默的力量

母亲不识字，沉默寡言，但她给了我一生的力量。

母亲是在二〇〇九年腊月二十五去世的，这一天也是哥哥的生日，老人家似乎用这种方式宣告自己生命的再生。母亲走了十多年。除了每次回家看父亲，必然去母亲坟上烧纸和磕头之外，有意在自己的脑子里回避母亲。我不知道是不是痛后的"疤痕效应"，还是其他原因，总之不愿也不能提起母亲；让她深埋在记忆里，不愿翻起。直到不久前，我梦见母亲坟前那棵榕树和榕树下面的石头，似乎是母亲又在为我创办的"榕石"担忧。醒来枕巾是湿的，越发强烈地思念母亲，很想第二天就买张机票飞回去给她烧一炷香；但新冠疫情正在泛滥，如果把病毒带给父亲，将是自己终生的愧疚。在思念之中，母亲的面容在她逝去十三年之后日益清晰起来，自己也坦然平和地回忆起母亲的"三点一生"。

肖家湾

母亲出生在距离县城三十多公里的村庄。在四川，大多是同一个家族的人聚集居住，并将居住的地方赋名×湾。比如，胡姓居住的地方就是"胡家湾"，肖姓居住的就是"肖家湾"。母亲居住的地方大多姓肖，且都是相互关联的亲戚，便叫"肖家湾"。肖家湾三面住家，合围形成一个开口的院落；开口的对面房屋地势高出一块，正中间就是一间祖上留下来类似祠堂的房子。只要不下雨，大家都搬个凳子坐在三面合围的院坝里，拉着家常，交流着各种信息；若涉及这个院落里的人是人非就会压低嗓子，耳语几句。这个院落就是一个信息发布平台，也是一个情感联系平台。大叔、二姑、三姨等各种能区分亲属关系的称谓，既界定你在这个网络的位置，也称量你在这个网络的价值；传递着亲情，还有不可言说的距离。这构成了农村一部又一部的戏剧。

一九二六年，母亲诞生在这个院落。外婆一共生了三个孩子，母亲是老大，还有个舅舅和最小的小姨。据母亲说，外婆出生在一个大户人家，家里曾经有上千亩的良田。家庭殷实就有机会上学，外婆可以说是知书达理，且年轻时候长得很漂亮。在那个年代，长得好而且读书识字就算女人中的优秀分子了。但外婆时运不济，赶上出嫁的年龄，家道中落。外婆"下嫁"给了上无片瓦、下无立锥之地的"穷小子"。外公可不是一无是处，他最大的优点就是勤奋踏实，按肖家湾的说法就是大好人。知书达理、长相漂亮的外婆与憨厚老实的外公实现了那个时代的"错配"；婚后的日子也因为一个会"合计"、一个很踏实，过得有滋有味。这些都不是最重要的，最重要的是这个家庭有着深入骨髓的善良。

在三个孩子很小的时候，外公因病去世了。外婆一个人带着三个孩子艰难生活着。外婆总是跟孩子说，我们只要对别人好，人家就会对咱们好；不是我们的财富本来就不属于我们，只有靠自己勤奋努力挣来的才是自己的；只要能帮助别人就要想办法帮助别人。她是这么说的，也是这么做的。家对门有一个打一辈子光棍的肖姓长辈，脑子不太灵光。许多肖姓人家都不搭理他，唯独外婆不嫌弃他。家里来了客人需要招待，饭菜都比平时好一些，他总是被请来坐主宾位置的"上席"。三个孩子长大成人后，当然挣的工分也就多了起来。在年终结算的时候，在交够国家的之后，还可以兑现不多的余粮；虽然少得可怜，那已是一个失去"全劳动"男人家庭勤劳的最好犒劳。

肖家湾不大，但里面的人形形色色。我小时候常去外婆家，一度以为每个家庭都跟外婆家一样；后来长大了，尤其是上了大学，知道"外面的世界很精彩"。于是，思考一个问题，在这样不大的村落里，为何会分化成完全不同的人？

外婆家的一个邻居李先生就是与外婆完全不一样的人。每次我们去看外婆，因为都是亲戚的关系，他总是表现出礼貌的欢迎，但没有很热情，总是以一种审视的眼光看着我们。感觉随时准备遵守某种利于他的规矩，也随时准备打破每种不利于他的规矩。规矩对他来说，或许就是一个虚拟的存在。他的孩子一般不跟我们来往。偶尔听闻我们学习成绩不错，他会私底下告诉孩子，一定要努力。房门与他的心门一样，大多数时间都是半掩着的。如果外婆家的饭做好了，邀请他一起喝酒吃饭，他一般情况下都是礼貌地拒绝。在我考上大学的时候，跟我年龄相仿的他的女儿也考上了大学。其实小时候我们还打过招呼，但后来没有联系过。据说在第二个女儿也考上大学时，李先生就搬离了肖家湾，在两个女儿居住的城市游走居住。他不会也不想去冒犯院坝里的"规矩"，但也不想走进任何一个除自己之外的家庭；守自己的房门，警觉地打量着这个院坝，小心地维护自己的家庭。

外婆却是另外一种人。一个人带着三个孩子的寡妇在农村常是被人欺负的存在。但在肖家湾的邻居口里，没有谁会说外婆一个"不"字。外婆内里是个大户人家长大的，不会因为没有丈夫就"卖惨"。她时常说的就是，自己不趴下，别人就不能叫你跪下。一个顽强的生命在一个不被外面世界认识的小村庄里，带着一个失去"全劳动"男人的家庭，倔强地活着。内里的倔强和不屈服，是多少中国农村家庭妇女的底色。她们不知道什么生命的道理，虽然有时会口头抱怨命运，仍会顽强地活下去。她们就像一棵棵生长在屋前房后的松柏，虽然不那么高大，但在任何一个角落都能顽强生长。

自己的顽强是生命的基本条件，也是在农村生活的基础。但是如何对待周遭的人，却是各自的选择。外婆选择了与人为善，不主动占别人的便宜，依靠自己的诚实劳动改变自己的生活；同时，当别人需要帮助的时候，总会提供力所能及的帮助。但是不是在与别人相处的时候没有原则，面对那些搬弄是非、巧取豪夺的人，也会选择坚决对抗，避免落下好欺负的印象。在院坝文化里，每个人的"重量"在大家的心里都是非常清楚的，这种分量是为人做事、待人接物的综合反映。每个家庭是一个什么样的家风，每个人是一个什么样的品性，人人心里都有一杆秤度量着彼此的"重量"。

小时候只知道外婆家口碑好。院坝总共十多户人家，哪家出现家庭矛盾，或两个家庭之间犯口角了，都是找外婆从中撮合、化解矛盾。小姨不仅继承了外婆的口才，更是出落得非常漂亮；白得耀眼的皮肤，大大的眼睛和精致的五官，修长的眉毛，一副皓齿只要一张嘴就吸引人的目光。小姨的丈夫都愿意"倒插门"住在外婆家。小姨的调解能力强的消息被迅速传开，不仅院坝的十多户人家，连周围几个院坝的矛盾纠纷都是找上门来由小姨调解。

上了大学，我回到外婆家，那时外婆已经不在了。说起她的去世，还有一个不得不说的故事。外婆三年前就"去世"过一次，都已经安排好后事，穿好寿衣了；在宣布去世几小时后，她又奇迹般地苏醒了。醒来后，她反复念叨，是早几年去世的舅舅不让她走，说还有一大家子人呢。就这样，外婆又活了三年，终究是走了，下葬的时候周围的邻里都主动前来送行。

母亲就出生并成长在这样一个家庭。母亲没有上过一天学，或许因为是老大的原因，早早扛起了家里农活的责任，也没有机会学习认字。在我上学的时候，我知道母亲认钱的多少是看纸张的大小。在我的记忆里，母亲在肖家湾从来没有跟谁拌过嘴，永远都是默默干活；给我的印象最深的形象就是手里拿着一把笤帚默默打扫。家里即使是硬化的土地，每个角落都是干净整洁的。与小姨的口齿伶俐比较起来，母亲非常木讷，不仅对周围的人和事少有评价，从来没有对我们几个姊妹进行过口头的说教。

家里排行老大的母亲，不仅要承担清洗弟弟、妹妹和外婆的换洗衣服与家里的活计，还要承担谋生的重任，劳动的强度可想而知。加之母亲任劳任怨的性格，在外公去世之后，家里的"大事"都是外婆负责，家里家外的活计大都是母亲和舅舅承担。母亲就像一头永远不知疲倦的老黄牛，没日没夜地干活；更像一个嗡嗡旋转的陀螺，永不停息地运转。或许是因为外公去世早，母亲非常惧怕与人发生冲突。在肖家湾的院坝里，没有母亲与人冲突的记忆。外婆的干练、小姨的好口才、舅舅的勤劳、母亲的踏实，造就了这个家庭在院坝的口碑。母亲在这样的家庭生长，我想她是踏实的、感恩的，当然也是幸福的。我猜测外公去世或许让她感受到生存的压力，但是应该没有在她的内心留下阴影，否则也不会有后来对他人心若菩萨的善良。

胡家湾

母亲是在二十出头嫁给父亲的。父亲生活在拥有六个小孩的大家庭。除了二姑之外，其他都是叔伯。父亲排行老三，人称"三叔"。比起母亲来，父亲上过一年私塾，认识一些不太难的字，但要写下来就很困难。经常听父亲讲起，大伯是个能干人，很早前便混社会，一表人才，敢作敢为；但没有加入黑社会，只是做了一些生意；颇有江湖义气，没有挣下什么钱，但是交了一帮朋友。大伯每次做生意回来，乡上的头头脑脑都当座上宾款待。鸦片流行的年代，大伯染上了毒瘾，家道中落，客死他乡，大婶改嫁，无后为继。父亲的其他三个兄弟都做些小本生意，把四川的特产贩卖到陕西汉中，再把汉中的手工业品换到老家来卖；虽然挣不了什么大钱，小日子还算过得去。

一九五〇年十月，我国开始抗美援朝。次年四月，还在稻田插秧的父亲接到征兵的通知，回家与母亲道别，背上母亲简单整理的行李奔赴抗美援朝的训练基地——鸭绿江边。那时，大姐才出生几个月。父亲作为少有的"父亲兵"在基地进行为期三个月的新兵训练，之后就把训练时的军服寄回家，以作纪念。不知是随寄的包裹没有信件说明，或是虽有信件但没有说清楚情况，母亲在收到这个包裹的时候，以为父亲已经壮烈牺牲了。因为赴朝之后，就不再通信，母亲无法证实父亲还活着，除了担忧和猜疑，没有任何其他办法可以化解这种没日没夜的撕心裂肺的牵挂。在没有收到正式烈士证之前，母亲心里还是心存希望的，隔三岔五就去乡邮电所看看是否有父亲的信件。

母亲既要照顾大姐，还要挣工分养家，对父亲在战场的情况还一无所知。父亲常常说起，那是母亲最艰难的几年。但母亲从来没有提起过那几年的艰难，仿佛未曾经历过一样。不知是母亲不愿回忆起那段艰难岁月，有意回避；还是在母亲经历的众多难事当中，那也不算什么特别值得提起的记忆。

焦急的等待一直持续到一九五三年七月朝鲜战争结束，母亲才收到父亲的家信，确认父亲还活着。父亲虽然从朝鲜战场撤下来了，但并没有直接复员回家，而是转至石家庄，直到一九五五年才回到阔别五年的家乡，见到母亲。据父亲说，沉默寡言的母亲大哭了一场，已经五岁的姐姐在很长一段时间不认陌生的父亲。

二十世纪六十年代初，大哥、二姐相继出生，我也在母亲四十高龄时出生，家里成为一双父母和四个孩子的大家庭。但是四个孩子中只有大姐可以挣工分，父亲当队长挣的工分非常有限，母亲就承担起了挣工分及照顾家里四个孩子生活的重任。

在我的记忆里，母亲从来没有抱怨过，她总是一刻不停地劳作；忙完公家的挣工分，放下锄头就要给孩子做饭、洗衣服或缝补衣服。或许对她来说，最幸福的事就是看着我和大哥又考了一个满分。因为舅舅去世的时候告诉她："大姐你会享上你两个孩子的福，他们两个将来很有出息。"这句话听母亲说过无数次。后来我懂事了，知道这句话就是一个不识字的母亲全部的精神寄托。只要我回家在昏暗的煤油灯下学习，母亲就有一种希望在心里升腾起来。我也默契地在白天母亲做针线活的时候，在她身边搬上一个大板凳当桌子，坐在一个小板凳上读书写作业。此时，母亲脸上就洋溢着希望的表情。我在心里默默许下诺言，我不能让母亲失望，不能让离世的舅舅失望。每次考试的好成绩，或发的奖状，或被粘贴在黑板报上的作文，我都拿回家给不识字的母亲"看"。我想母亲是幸福的，因为她一直活在希望之中。

她对孩子的爱从来没有说在嘴上，一切都是默默地进行。打我记事开始，全家吃面条，母亲都是最后盛上，每每就数得过来的几小段面条及几片菜叶。她可是家里承担活计最重的人，但她总是从自己的嘴里省出来给家人。家庭条件困难，没有米没有面吃。在春天的大麦还没收割的二三月份，顿顿都是蔬菜，母亲就把嫩的菜留给我们；若只有一把米，她就只吃蔬菜，零星的大米就留给我们。

在我上小学一年级的时候，河南省因水灾闹饥荒，三个瘦骨嶙峋的人来胡家湾乞讨。没有一个家庭给他们吃的，但母亲却把家里仅有的米分了一半给那几个河南人。他们实在太饿了，都给母亲跪下了。母亲不知所措，赶紧把他们扶起来。那时候年纪小，本能有不舍，对母亲的行为有些不解。我就问母亲："为啥要把家里仅有的一点大米分给他们？"母亲非常平淡地说："不能让人家饿死吧。我要不给他们大米，他们就可能饿死。"这就是母亲朴素的想法。

母亲是连一条虫子都不会杀害的人。在夏季，母亲会在一大早背一个筐割猪草，我也总是跟在母亲后面。我多次见到母亲会把菜叶上的虫子小心翼翼地挪在其他叶子上，再采摘这片叶子。夏天雨后，蚯蚓总是喜欢从洞里爬出来，在路上爬行；母亲只要看见就一定弯腰把它们一一捡起来，放在路边的草丛里。母亲胆子很小，过年过节，从来不敢杀鸡，大都是请叔伯代劳。即使在叔伯杀鸡的现场，她也会默默走开。父亲因为当生产队长，难免要得罪一些社员。有的不讲理的社员，就跑到我们家门口来说一些风凉话。母亲也从不还嘴，只是好言相劝。对方看母亲这种态度，大多自觉没趣也就离开了。也有例外，或许觉得父亲理亏，有的社员就搬个凳子坐在家门咒骂我们家人。父亲是火暴脾气，冲上去对骂甚至直接动手；母亲每次都是阻拦父亲，息事宁人。

在我记忆里，她从来没有对我提过一次要求，没有进行过一次口头"教育"。但是，我的衣服脏了她总是催促我该换衣服了；煤油灯里的油快要烧干了，我没有注意到，但母亲会默默地往灯瓶子里加油；灯芯烧短了，她会默默地用针调高一点。我是家里老小，衣服大多是哥哥姐姐穿过的旧衣服，但母亲总是把旧衣服洗得干干净净。若最容易磨破的膝盖破了一个洞，母亲会尽量找一块颜色靠近的旧破烂衣服剪裁一块，打个补丁。当时穿补丁衣服的同学并不多，我穿的补丁衣服干净整洁，比起那些不是补丁衣服但邋遢的同学，感觉更好。

皇帝爱长子百姓爱老么，母亲似乎也有这个情形。直到我考大学离开老家，从来没有被母亲批评过一句。每次小学班主任见到我父亲、母亲，总是夸奖我懂事、学习踏实；母亲脸上便洋溢起幸福的光彩。高中第一年住校，每周都回去看望父母，为省三毛钱的交通费，周日的下午步行三十多里返回。家庭条件实在困难，自己给自己定了标准，每个月可以吃一次三毛钱的粉蒸肉。那时就想，人生的最大幸福就是可以想吃就吃粉蒸肉。直到今天，粉蒸肉还能带给自己美好的感觉。母亲知道我节省，就在周日早晨起来给我加餐，额外做一碗醪糟荷包蛋。每每刚吃过早饭两个小时，母亲就开始张罗中午饭。她常把过年的腊肉悄悄藏在一个不被家里人知道的地方，中午就做腊肉加米饭。下午三点左右我就要启程返回学校，母亲还要再做一碗面条，督促我吃完再走；肚子已经很饱，但嘴上还是想吃，加之母亲的催促，硬着头皮把一大碗面条吃下去。母亲就是这样把对孩子的爱和希望默默地做在一顿顿饭里，打在补丁里，调在油灯里，洗在衣服里。母亲不知道啥叫爱、啥是关怀，她默默地付出、默默地劳作、默默地期望。这就是最真挚伟大的母爱。

母亲不仅对我是这样，对哥哥、姐姐也是这样，对父亲更是这样。在我的记忆里，母亲未曾与父亲吵过一次架。最后十年，母亲得了阿尔茨海默病。刚开始，母亲是趁人不备离开家，总是往她一直洗衣服的水库边走。这是一条她一生中走得最多的路，也是她最熟悉的路。她会久久地站立在路上张望，仿佛在寻找着什么。到后期，她基本上叫不出我们的名字了，会朝父亲叫妈妈。当时我真相信，人类最初的语言单词一定是"妈妈"；要不然一个慢慢失去语言能力的母亲，为何唯独能发出的语言符号就是"妈妈"。当时，大姐的孩子大了，更方便承担照顾的责任，便陪伴母亲。母亲就是在父亲和大姐的双重呵护下走过了最后十年。直到快要去世的时候，母亲都是拉着父亲的手。他们也没有什么爱情的宣言，只有默默地相守。生命像一条默默流淌的小河，清澈而明净，平缓而温暖，平凡而幸福。

母亲的善良留在每一个跟她交往的人的心里。无论是三亲六戚，还是周围邻里，只要落座在家，她就默默地去到厨房，没过一会一碗醪糟荷包蛋就会端上桌子。这是老家一带的待客之道，也是母亲见到客人的日常。母亲胆子小，能让人处且让人。无论是父亲在生产队与社员发生争执，还是我们几个在学校与同学的冲突，她都是先说我们，让我们让着对方，以致很长时间我都觉得母亲太软弱。后来我慢慢明白，除了从小在一个早早就没有父亲呵护的家庭环境中长大使母亲性格较软之外，在农村这个熟人社会里，息事宁人、平和相处、与人为善未尝不是一种最高的"生存策略"；不仅获得了良好的人际关系，也获得了良好的口碑。在人生第二站的胡家湾里，母亲幸福地走完八十多年的人生旅程。与邻里分出个谁对谁错，那又怎样呢？谁会因为你对了就发个奖状吗？以善良的底色赢得邻里的信任，或许比争出个是非更重要吧。母亲深入骨髓的善良，或许曾让那些心怀恶意的人都不忍心伤害她。这何尝不是一种善有善报的奖赏呢。

母亲离开的时候，与外婆离开时一样，周围邻里主动来帮忙，忙前忙后。大家似乎在用这种方式表达对一个善良到不忍心伤害一只蚂蚁的女性的无尽怀念。我跪在母亲的遗体前，一直没有掉眼泪，心里甚至怨自己，为何不哭。直到好多我未曾见过的邻里来给母亲送行的时候，我嚎啕大哭。我不知道是一种什么情绪触动了自己，或许是母亲的人格？母亲的善良？母亲为家庭默默地付出？从此无母亲可呼唤？失去母亲而不知来路的孤儿？或许都有……

失去母亲真正的痛是送别母亲之后，十年不敢提起母亲，直到今天可以平和地回忆与母亲的点点滴滴。母亲再次"复活"，走进自己的梦里，梦见坟前的榕树和石头。

北京，北京

一九九八年，我所在的部机关终于分给了我人生的第一套房。

拿到房门钥匙的时候，我掉下了眼泪，第一个反应就是可以接父母来北京住了。这是我在北京真正意义上的家。在之前的几年，每次出差回京，从北京火车站出来，不知道要去哪里的彷徨深深地印在自己的脑子里；乘公交从北京站回到大学的集体宿舍，看着身边明亮的路灯和路灯之上一个个亮着灯的窗户，心想哪天能有一扇属于自己的窗户。这一天真的来到了。而且按照部里的标准——处长可以分上三居室，父母来了可以有自己的独立房间，心里巨大的满足感和幸福感无以言表。

一九九九年初，父母如期赴京，他们当然为自己孩子能分上一个三居室感到高兴。接踵而至的是没有熟悉人说话的孤独，还有不知如何乘公交、如何买菜、如何使用煤气、如何用马桶等我已习以为常而他们极度陌生的烦恼。直到父亲乘公交到十公里之外接上幼儿园的孙子，却搭错了车，没有接到孙子。那一刻，父母对城市生活的恐惧达到了顶点。那是第一次看见母亲责备父亲，也是第一次看见父亲焦急地哭了。我想父亲即使在抗美援朝的战场上也未必掉过眼泪，这次哭得如此焦虑、无助、委屈。

这事之后，父亲就很少有笑容。即使我不再让他接送孩子，而是专门请来年轻的亲戚照顾并接送孩子。但父母依然生活在紧张和不适之中。直到三个月之后的一天，父亲小心翼翼地找我商量。父亲说，与母亲商量过了，他们不适应城里生活，已经有了年轻人照顾孩子，自己帮不上我们，只是加重我们的生活负担，还是要回到老家去生活。原计划父母要住几年，直到孙子上小学。我看得出来，父母内心是万分纠结的。他们何尝不希望跟孩子一起生活呢，这不就是这么多年奋斗的目标吗？当真正到此时，父母心里是苦涩的。

　　为了尽一点孝心，我之后的每个周末都尽量安排父母去北京的景点多走多看。当父亲登上天安门城楼，站在当年毛主席宣布"中国人民从此站起来了"的地方，我特意给父亲拍了一张挥手的背影。这让我想起当年读高一的时候，父亲卖了十几个鸡蛋，把几块钱送给我，没有舍得吃午饭就折返回老家。我从学校送父亲到河边赶渡船。船票要一毛钱，父亲只给自己留了一毛钱。我说啥不同意，要给父亲一块钱。在父子来回推拒之中，船就要开了，父亲还是只拿着一毛钱登上了渡船。我看着父亲登船的背影泪如雨下，心里默默发誓，要让父母过上好日子。后来，因压力太大，头发一绺一绺地掉；我没敢告诉父母，只是全神贯注地学习，唯有如此才能改变自己的命运。

　　后来，通过朋友，请父母去大会堂吃了一顿一直没有告诉他们价格的"大餐"。父母回老家后逢人就说，自己去过天安门、去过长城、去过大会堂吃饭。当然还有非常重要的是，父亲在毛主席纪念堂看到水晶棺里的毛主席。当时，一种发自内心的敬仰之情写在父亲脸上。

　　母亲对玩过的地方、吃过什么高档的饭菜、见过什么大官，是没有任何感觉的。只知道这一切都是孩子有出息的表现，她反复念叨的就是，舅舅去世前告诉她的那句话："大姐，您会享你孩子的福。"或许这就是母亲全部的幸福，一个没有文化、只有最朴素爱子之心的母亲心里最大的幸福吧。我能看得出来，父母是满意的，一直挂在嘴边。

　　本以为父母还能去第四个地方，不至于一生从肖家湾到胡家湾、再到北京这样三个点。可惜，这一切都只是奢望了。在母亲走后，安排父亲和大姐、大姐夫一起去了一趟台湾。虽然母亲没有去过，但我相信，母亲一直跟在父亲身边，这是两个永远不会分开的灵魂。愿母亲安息！

第十三章　另一种境界

　　我的大学生涯从一九八六年开始。七月紧张的高考之后，是最放松的日子。虽然不能确定自己最终录取的学校，但预估不出意外是能够考上大学的，怀着轻松的心情走亲戚、访同学、钓鱼、做饭，十分惬意。直到八月的一天下午，在县邮政局的堂哥捎话来。他已经看到寄给我标有某大学的信封，预计是录取通知书。按照邮局规定，他不能打开那个我期盼的信封。第二天，镇上的邮电所正式通知我去取信件。我知道这就是录取通知书了。正好我的高中好朋友在我们家，就一起飞奔向乡政府所在地的邮政所。那是一段幸福的路程，如同当年小学翻过山梁走过的一段坡路；在小时候的梦里飞翔在那一段坡路，当时飞奔的何尝不是一段梦想之路呢。高中语文课本里有一篇"范进中举"的文章，是说范进在考取举人之后就疯了。我当时滑稽地提醒自己，这可是多年辛苦奋斗的结果，千万不能疯啊。高中好朋友那年发挥不好，分数比我要低，还没有收到录取通知。我能感受到他的些许不安，于是我更要保持镇定。其实，我们家与乡邮电所只有两三公里的距离。我们奔跑的速度已经很快了，但还是觉得路途遥远。在幸福的期待和快乐的飞奔中，我们到达了邮电所。邮递员让我在一个收件本上签署自己的名字，而后一个白色的信封交给了我。信封最上面一行是用手写的我们家的通讯地址，字迹清晰，字体遒劲有力；第二行就是我的名字；第三行是一行红字，就是学校的名字。我小心翼翼地从最顶端撕开，就像在打开一个千年宝盒，生怕把里面的宝物损坏了。信封里是一个塑封的像请柬的红色折叠纸，打开一看，赫然写着"恭喜录取"及相关院系的名称。信封里还有一张满载文字的红纸，上面交代了入学注意事项。我的第一志愿的学校录取我了。我摸了摸自己的脸，确认就是自己；没有错，这个录取通知书就是专程发给我的。我没有狂喜，更没有疯，反倒是非常平静；完成了一个重大任务后的平静，一种踏实的平静，一种终于脱离农村远赴北京上学的平静。

二十世纪八十年代大学升学率的确不高，在人口大县也只有百分之五。深感自己是幸运的。在数万人的乡里只有两个应届高中生考上大学。亲戚邻里都来祝贺，上学用的被子等日用品都是他们送的，上学的学费也是他们凑起来的。眼看父母一辈子辛苦在农村，期望以农业科技改变农村，也期望到北京上大学，查看招生考试报的时候首先看的就是北京农业方面的大学。但正要填报的时候发现同桌也填报这所大学，为了不与同学竞争同一所学校，就填了报纸上登载的紧随其后的"某工程大学"。填报志愿前后不过十分钟，就这十分钟决定了我与农业行业一生的不解之缘。

开学在八月底，正值酷暑难耐的季节，烘烤的高温让你无处躲藏。走在长满秧苗的水田坎，一股热浪从裤管向上爬行，渗透全身，仿佛把每一个细胞点燃。好在从老家到镇上的路途只有几公里，一个多小时的行走是在亲戚的陪伴和叮嘱中不知不觉走完的。全身上下被汗水浸泡的感觉在炎热的夏天已是非常熟悉，只是这次潮湿的感觉中还混合着兴奋、不安，以及对父母的牵挂。五味杂陈的离别随着缓缓开出的中巴车一同到来，眼泪在眼睛里打转。没有过多回看离别的亲人，否则眼泪就在一群陌生的乘客面前落下来了。心绪随着车辆在崎岖不平的道路上起起伏伏，父母的叮嘱、多年辛苦的回报、对未来的期盼、对陌生环境的担心，一切都浓缩在这个短暂的时间。家乡正从具体的山水远离成抽象的名词，无数个形容词就像跳跃的音符落在颠簸的乡村小道上。在昏昏欲睡之中被售票员叫醒，县城到了。平时喧闹的县城在这一刻显得有些安静，即使依然是川流不息的车流与人流组成一个"动感地带"。突然没有上高中时"热闹是他们的"疏离感，有一种从没有过的亲近感，仿佛自己也是这喧闹的源头之一，内心格外的平静。

这次住在堂哥家，我知道他已经准备了丰盛的晚餐迎接这个"中举的范进"。从不饮酒的我在这一刻必须"表明态度"，在众多的感谢之后，已经不胜清醒。但这是序曲，第二天中午才是堂哥等各路亲戚的正式聚餐送行。有了前一天的经验，我虽然也积极配合，但没有敢大口喝酒。一半清醒一半醉之中，席间满溢着各种祝贺、期盼，还有我说不尽的感恩。我的感恩是无比真诚的，没有堂哥帮忙转学，考不了现在的分数，就不太可能考上北京的大学，那样或许人生就会沿着另外一条轨迹展开。

在大学开学的季节，从重庆开往北京的火车为县城仅预留的一节车厢。有限的座位和无限的"关系户"，同学的堂叔多次帮忙联系，也只获得了一张站票和被从车厢的窗户推进车厢的机会。这是自己平生第二次乘火车。与上次短途火车不同，车厢里的每个角落都塞满了人或东西，过道上、车厢连接处、车门的后面、乘客的座位下面都横躺着人。每个人、每件行李都在争夺自己的空间。任何一个人挪动的空间都会迅速被另一个人填上。身体与身体紧挨着，不断相互推来攘去。火车很快进入大巴山区，在漆黑的山洞里穿行。煤烟通过开放着的窗户涌进闷热的车厢，没过多久，鼻毛就被黑烟的颗粒缠绕。卫生间已被占领，不能照镜子；以他人为镜，一个个均是黑鼻孔。火车终于穿过川陕山区，进入相对平缓的江汉平原。开阔的视野和挤进车厢的凉风，消解了一路的疲惫和湿热。距离出发已经过去了十多个小时，除了跳下车窗紧张小解之外，就是站着。长期站立的双脚把鞋塞得满满当当的。如果站立地方附近坐着的乘客需要站立一会，便可借坐。哪怕是几分钟的借坐都是最大的幸福。

一路的兴奋和拥挤打发了偶尔袭来的睡意。但毕竟已经站立十多个小时，在困顿之中放下斯文，挤到靠车门的角落蹲一会。恍惚之中听到火车汽笛的声音，乘务员嚷嚷着挤到门口，火车喘着粗气慢慢靠近郑州火车站。在嘈杂的人声中听到乘务员说要停靠三十分钟，我长出一口气。在站台上找到能吃喝的东西，再飞奔找到洗手间。一捧清水洗去旅途的劳顿，询问同行的旅客说还有不到十个小时就能够到达北京了，这是多么值得期盼的消息。算起来自己已经站立了二十多个小时，居然没有想象的那么困顿。沿途的田野和山川，还有散落的村庄就是流动的风景。庆幸自己能够走出县城，进到一个梦想的城市。仿佛这一切是一场梦，但最重要的是这个梦已在一条轨道之上，只要几个小时全新的梦境就将出现在眼前。如果前面几十个小时是一种坚持，后面的几个小时兴奋完全驱赶了自己的困意。火车奔腾在过去从未见过的平原，两岸是绿油油的庄稼和不时向车后奔驰而去的白杨树，偶尔闪过的房屋和行人愈发鲜活起来。车内的拥挤和嘈杂已经被选择性忽略，美好的期盼在心里升腾。只是在课本里见过的天安门就要在现实里出现，还有雄伟的人民大会堂、天坛、故宫，一切的一切都是怎样的存在？当火车缓缓地停下来之后，我知道朝思暮想的北京城到了。

理想与现实之间

当我背负沉重的行李走出车站的时候，即使提前做过各种假设，还是被眼前的一幕惊呆了。出站口是一眼看不到头的各个大学设置的接待站：飘动的旗帜、硕大的背板和形态各异的展台。最先进入眼帘的是相邻而设的清华、北大接待展台，其他学校依次排开，每个接待台前都是人头攒动。我很快找到了自己学校的展台，一面白底红字的旗帜高高飘扬。一众的师哥师姐如同亲人一样迎上来，不由分说就把我的背包和手提袋卸到他们肩上或手里。从小到大没有被这样隆重接待过，一股巨大的暖流遍布全身，紧跟师哥师姐的步伐走到接新生的大巴车。行李被安置在大巴车的后排。一批新生鱼贯而入，迅速占满了空余的座位。一位年长的老师吩咐司机可以发车。

坐在靠窗的座位，从未见过的宽阔马路，道路两边鳞次栉比的高楼在缓缓向车后跑去，不时闪过的高树（后来知道是白杨）和垂柳的枝桠在微风里轻轻摆动。两天没有睡觉，却毫无困意。直行和弯曲不断变换的马路上，几排车辆构成的车龙滚滚向前，与县城一条弯弯曲曲的马路比起来实在是一种不可忽视的视觉冲击。高楼窗户上反射的阳光，没有规律地照射在行驶的大巴车上。这可真是一个光怪陆离的都市，这是全国人民向往的首都，自己即将投入她的怀抱。眼前流动的风景像一道道闪电，刺激自己的每一根神经，旅途的劳顿早已烟消云散。

大巴车在一个十字路口右拐进入了一条较窄的马路。一个像是师兄的人提醒说，学校马上到了。这是一条树荫浓密的道路，其间凹进一段的深处有一座对称的建筑，建筑前面还有一尊主席像。留意路边的牌子上写着"清华东路"的字样，心想这里距离清华应该不远。大巴车再次左转弯来到一个破烂的大门口。大门两边是两个有些掉漆的铁架子，门内的右侧挂着一个学校白底红字的牌子。看来到达学校了。再拐一道弯，大巴车在一座大约四五层的建筑前面停了下来。在不宽敞的马路两边是各个院系的接待台。每个台子的前面都悬挂着院系的名称，两边还有彩色的旗帜。每个学院的台子紧挨着排列。台子前面人声鼎沸，手拿扩音器的老师在不断招呼着排队报到。我迅速找到了自己的院系，排在一个队列的后面。行李被整齐地排在报到队伍的旁边。在填写了一批表格之后，两个师兄走过来引导我挑出自己的行李，并陪伴我走到不远处的学生宿舍楼前。他们毫不犹豫地扛起笨重的行李爬到五层楼的第一个房间，即我将住宿四年的宿舍。

在千恩万谢送走师兄之后，我终于在宿舍里安顿了下来。先到的室友热情招呼着自己，相互介绍了一遍。四张高低床分列在宿舍靠墙的两边。先到的室友已把自己行李铺展在底层的床上。我就选择一个靠门的上层床位，用最短的时间铺展开铺盖卷，洗刷一遍。难以抗拒的睡意袭来，没来得及脱去衣服就睡着了。一觉醒来，已是第二天的中午，宿舍空出的床位已经都住上了同学。七个同学再次相互自我介绍。几个愿意吃午饭的同学相约前往不远处的学生食堂，已经在食堂吃过饭的同学热情引导着像我这样第一次来吃饭的"菜鸟"。在排队打菜之后来到主食窗口，毫不犹豫选择了米饭。这是自己吃了十多年的主食。

不同的口音和饮食习惯，不同的家庭背景和成长环境，性格各异的兄弟组成一个"兄弟连"。睡在下铺的兄弟是朝鲜族小伙子，酷爱足球，身手敏捷。广东兄弟的广东普通话，实在让人听不清。他憋着涨红的脸，不断重复想表达的意思。除了北方的同学还能轻松说出类似普通话的方言之外，都在"憋"着普通话。对我来说，四川话发音在喉结下面，说话很轻松；而普通话发音在喉结上面，"憋"出的普通话真费嗓子。按照年龄排列，广东兄弟荣登老大，我排列第三。从此，名字在宿舍内就基本上消失了，取而代之的是以"老几"相称。老大的生活习惯是广东的早睡早起型。但男生宿舍在熄灯后的夜谈似乎是约定俗成的惯例。随着时间推移，彼此之间越聊越多；即使管理员在寝室门外多次提醒也无济于事，直到有一天老大爆发了。某日，在我们夜聊结束准备睡觉的时候，他突然把床头的录音机开到最大的音量。当全宿舍都被惊动，准备询问缘由的时候，老大跳下床甩门而去，哐当的关门声和巨大的录音机播放的声音响彻整个楼层。在迅速关掉录音机后，我们担忧起老大来，兵分几路去寻找，还好在距离宿舍不远的操场找到他。他没有为自己的行为解释或道歉，只是说大家夜聊让他很烦。从此，只要老大在宿舍，夜聊就基本被终止了。每个室友都憋着一股火，但都没有表露出来，只是觉得老大是个不合群的"怪人"。但有广东老乡来宿舍拜访的时候，老大非常热情招待，还会把室友一一介绍给老乡。看来老大并非不愿交往，只是没有找到交往的方式。有这个发现之后，跟其他室友沟通，选老大做宿舍长。起初有室友反对，但大家都看到老大与老乡的关系，相信他是一个热心肠的人，只是沟通不畅导致今天的局面。出乎意料的是，老大居然欣然应允，并且极为负责，一旦有以宿舍为单位的评比活动都表现出极强的荣誉感；最重要的是，他开始与大家沟通，并且露出难得的笑容。大学四年，他带领室友获得不少荣誉，毕业的时候表现出的开朗性格与入学时判若两人。老大成为名副其实的"老大"。

第一学期的班干部是班主任根据同学们档案里的记载指定的。一学期下来，同学彼此了解，于是开展竞选。我荣幸地被选为团支部书记，是除班长之外的"二把手"。跟班长比较起来，团支部书记其实没有那么多组织工作，就是在班级发展团员、传达院校两级的一些要求。因为有初中当班长的"底子"，面向同学讲话总是能够讲出个一二三来，角色扮演还算合格。全班只有二十几位同学，女生较少，组织活动是一件非常难的事，要么不愿意参加，要么仅仅是出席活动。所谓班级似乎是一个虚词，大家更愿意关心自己的学业或与老乡等的往来。自己新官上任，得干点政绩出来。

作为团支书不能抢班长的功劳，便想找一个跟"思想政治工作"相关的事。于是与"顶头上司"商议，把几间教室卫生包给我们班同学。这样既可以挣取班费用于开展活动，还可以锻炼同学们协调配合的能力。美好的设想在团支委共同的推动下开始实施。每天晚饭之后按事前分好的小组，去打扫那几个固定教室的卫生。团支委的同学当然要带头，但轮到后面的小组总是有同学找各种理由不参加打扫。有的同学干脆明确抵抗，说自己是来学习的而不是来打扫卫生的，就是团支部为了自己名誉找事。更要命的是，班委几位同学也是口头支持，轮到自己执勤打扫就找理由推迟。这让自己非常为难，一方面是通过学院党支部书记才获得的勤工俭学机会，另一方面是同学的软抵抗。没有其他办法，自己每天都亲自到场，与愿意参与的同学一起"吃土"。就这样坚持一个月，实在难以为继，于是找到党支部书记讲明原因，原本要承担一个学期的勤工俭学就这样中途夭折。自己作为发起人和组织者，感到非常挫败；但引起自己的反省，组织工作的要害不是组织者的理想，而是将参与者的理想通过活动表达出来。勤工俭学、挣取班费如果不能成为班级的共识，自己的理想就是理想化的空想，失败是必然的结果。

跟高中课程相比，大学第一学年的课程是繁重且有难度的。尤其是高等数学、理论物理、画法几何等基础课程，再也没有可以把握的"具象"元素，而是一堆符号和线条的组合；不管自己注意力多么集中，都不能很快理解课程的要义。考试成绩处于不瘟不火的中间水平。让自己欣慰的是，几乎所有的文科课程不仅学习轻松，还都不费力便取得名列前茅的分数。回想起高中分科时班主任的建议和自己的选择，相信选择文科或许是专业对口，甚至有些后悔，可惜木已成舟。文理分科的选择就如同找结婚伴侣，只有一起生活才知道是否适合自己。这样紧张而丰富的大学生活，就从宿舍到班级缓缓展开。

大学之大

一年级的下学期慢慢适应了大学生活，不再有开始的兴奋和好奇。尤其是以一名师兄的身份参与接待新一届学生的时候，自己可以腾出时间关注学校的动态。

工程大学前身是一九五二年成立的农业专业化的学院，一九七〇年学校搬迁到重庆，后来又整体搬迁到河北邢台，直到一九七九年才搬回北京原址，一九八五年改名为某工程大学，一九九五年与北京的农业方面大学合并为中国农业方面的大学至今。九年的迁离，原校址已被其他单位占领，最多的时候有八个单位。初入大学，除了一栋像样的主楼之外，其余的散落在各个单位包围的平房之中。无论是教室、行政办公室和学生宿舍都非常拥挤，为争夺房产学校与占领单位时有冲突。身强力壮的学生是冲锋陷阵的主力，就是这样与大学不相称的冲突，让自己认识到社会大学和社会的另一面。

更进一步了解学校是在担任校广播台台长之后。一年级下学期，在一份招聘广告之后，加入校广播台做编辑。面试的老师是学校统筹部的郜老师，卷曲的头发、生动的脸庞，加上和善的笑容，第一次见面给我留下非常深刻的印象。自知用着四川普通话是不可能做播音员的。由于对文科的偏爱，报名做个文字编辑，顺利通过了郜老师的面试。广播台除了周末不广播之外，每天节目包括文艺、音乐、英语等五个栏目。我荣幸地成为文艺组的编辑，每周三参与编辑工作，不外乎就是提前找好播音员阅读的文稿。由于文艺编辑有两个人，我们与当天的两位播音员一起商议策划每周不同的侧重点。比如，这周是诗歌，下周就可以是散文，再往后就是小说的介绍，让每个周三有不同的重点。从覆盖全校的广播里播出本期编辑是自己的时候，浑身有一种触电的感觉，或许是虚荣心得到满足吧。在初中陪伴段老师练就的责任心，让自己干任何事情都会全副身心投入进去。不仅一个学期的编辑工作从来没有缺席过，而且会丰富每周选题。因此，获得主管广播台的郜老师和同学们的高度认可。二年级开学时，因上一任广播台长已经毕业，郜老师找到我，询问我是否愿意接任。校广播台作为一个学生社团，不论是播音员还是编辑，大多有一技之长，是工科院校里的"文艺兵"。我觉得心里没底，自信心不够。但郜老师相信我能够干好台长。台长就是要责任心强，能够代表郜老师把大家组织起来就是一个合格的台长。郜老师如此坚持，再推托就不合适了。我忐忑地走马上任，每天都到广播台，提前与编辑和播音员沟通当天的播出内容。一个月下来，基本掌握了每个栏目的主题和内在的架构。除了自己编辑的文艺主题之外，其他栏目我也可以提出一些意见和建议了。在每天的栏目开始之前有差不多五分钟用于播报学校的新闻，新闻的来源就是郜老师所在的统筹部。为了增加新闻的权威性，我提出就学校的发展采访校长。郜老师在与校长办公室沟通之后，安排好采访的时间。按事先准备的提纲，我与时政编辑一起煞有介事地采访校长。那是我第一次以台长的身份且播出自己声音的广播。虽然播出之后的四川普通话被人诟病，但校长夸奖我们提出的问题很有质量。内心的满足感难以言表。郜老师对我的表现越来越满意，也就更多把广播台的管理权交给我。在日益密切的交往里，师生感情越来越深。乃至于后来他被调往部委工作之后，第一时间引荐我到部委工作。再后来，我又追随他去畜牧集团，直至我又成为他的领导，我们都是师生加兄弟的感情。

广播台每天的新闻最初全部来自党委统筹部，或许因采访校长取得良好的效果，郜老师授权我们可以自己采编学校的新闻。为此学校组织有文字基础的同学参加党委统筹部的新闻写作培训班，主讲是郜老师的同事徐老师。徐老师是山东淄博人，随在高校任职的父亲迁往青岛后，与北京女知青相识。因作为夫人的知青返城，他也调来北京，加盟我们学校任校报编辑。徐老师的岳父是北大中文系领导，是国内知名文学评论家、全国著名的鲁迅研究大家。徐老师以扎实的文学功底，以第一名的成绩考入北大作家班。这个只举办三届就终止的作家班，几乎囊括了国内有才华的作家。因为新闻培训班的结缘，徐老师成为我一生的知己和师长。

新闻培训班为期一个月，每周上一次课，每节课要写一篇新闻稿。新闻稿也是按照标题、导语、展开和总结的格式撰写的。一时间，我的水平仍处在高中作文的水平。当新闻的形式大于内容的时候，新闻稿是一个没有灵魂的"僵尸"，徐老师如是说。这让自己茅塞顿开。通过从小学到高中的应试作文，自己已经训练出一种不说真话、没有灵魂的叙述方式；一切都是按照考试的模板写作，以至于自己内心丰富情感和观点不能表达出来。而徐老师告诉我们，在尊重新闻事实的前提下，要写出新闻眼，要赋予新闻稿以灵魂。这是第一次知道过去作文给自己的桎梏。有了这样的"悟道"，就敢于基于新闻的事实，表达出自己的观点和逻辑。在自己所在学院召开年度运动会的时候，一般班级宣传员泛泛报道运动员的表现，赞扬班级运动员的良好表现。我有意识选择不被大家关注的细节进行报道。比如，报道长跑第二名的表现，运动员摔倒后被人搀扶，某个班级的啦啦队的精彩表现等。作为一个新闻报道员，把自己从眼前发生的场景中抽离出来，以第三方的视角关照正在发生的事件，选取一个独特的角度把自己的观察呈现出来，挖掘那些有新闻价值但被忽略的新闻题材。这种来源于当下又出离当下的视角，避免了就事论事的水平维度，获得俯视维度的视角。这种视角的转变技巧在后面的生活里让我受益无穷。

带着一双关注的眼睛，附加上勤于思考，生活里处处是新闻。正好接触到学校另外一个社团——挚友社。徐老师和葛老师是这社团的指导老师。社团主要负责一周一期的油印校报。除了主版的新闻之外，校报的其余几版（刚开始只有四版）就是学生的散文、诗歌等文艺作品。虽然作品非常稚嫩，但在一个工科院校里，已经是一块文学的绿洲。这里聚集了学校的文学爱好者。因为在校广播台任职的缘故，迅速被《挚友》接纳；在做好广播台的同时，成为

《挚友》的编辑。如果说广播台播报的是基于事实的新闻稿，《挚友》就是基于想象力的文艺作品平台。在这个平台，有机会接触到学校的文艺才子们。受到感染，我对小说、散文、诗歌进行广泛涉猎，才知道在高考划定的范围之外，还有丰富的文学世界。高中读的《第二次握手》已让自己十分震撼，担心影响高考而不敢涉猎其他文学作品。在学校那个浩瀚的图书馆，随时都可以借读中外名著。自己的时间被课内学习、课外活动和课外阅读瓜分，恨不得每天都有四十八小时，生活丰富多彩。在《挚友》报及后来联合创办的《北国风》上登载哪怕是小豆腐块文章，都极大激发了自己创作的热情。一次把对故乡的思念比喻成母亲与孩子连接的脐带，居然把自己感动哭了。诗歌没有留下，但记忆不可磨灭。

随着对文学的喜爱，我总是期望找到事物的真谛，对哲学产生了浓厚的兴趣。沙特、尼采、康德、叔本华等一批哲学家的著作进入自己的视野。似懂非懂的自主阅读，就像闯入了风光无限的原始森林，没有导游的引领，只能发出无限惊奇的感叹，却无法深入。一直在寻找那个导游，直到发现了李泽厚；废寝忘食地阅读思想史系列、《美的历程》、《批判哲学的批判》。进而我开始聚焦康德，痴迷于康德的三大批判。但越是学习越是迷惑，越是迷惑越是痛苦，开始担心自己精神状态。在学校南面小树林里散步，一个被自己踢到的鹅卵石暂时缓解了自己的焦虑和纠结。或许受存在主义哲学的影响，认为自己一生就是一个不断往山坡下滚落的鹅卵石，出生那天的势能最大、动能最小，从此两种能量就开始转化，直到死亡。这样的自我解答，始终缠绕在"为什么活？怎样活？活得怎样？"的人生三问里。

从新闻开始，进入文学，再到哲学，思想递进的过程就是自己精神蜕变的过程。徐老师就是过程中的导游。多年后回想起来，自己是幸运的。如果没有遇到徐老师和葛老师，就是在所学专业的"物"世界里徘徊，与精神的世界无缘，那将是多么枯燥无味的日子呀。尽管自己在新闻、文学、哲学上都无造诣，但的确开启了一个精神的世界，让自己的灵魂在物的世界里有机会升华。

大学之外

学校南面的道路就是清华东路。顺着这条路往西三个红绿灯就是清华大学，与清华相隔一条马路的就是北京大学。因为徐老师正在北大作家班上课，我们获得了北大中文系的课表。按照那时北大的传统，学校的所有课程都免费向社会开放，于是我们常去北大中文系旁听。同一个宿舍的刘同学也是一位文学爱好者。我们就蹬着自行车，赶在北大学子到达教室之前抢占座位。第一次听课是紧张的，担心被北大学子认出来，把我们请出去或是到后排就座。后来，发现我们感兴趣的课程大多是北大的选修课，学生本就来自不同的班级甚至是不同的院系。我们混迹其中，心安理得地听课。那真的是一种别样的享受。第一节旁听课是当代文学评论。教授起先是介绍当代文学的概貌，然后重点剖析张贤亮的《男人的一半是女人》。在章永璘与黄香久的曲折故事里，第一次以评论者的视角审视生活与时代的丰富性。在那个羞于启齿的年代对人性中真实的大胆探索，极大地激发了我对文学的兴趣。当时强烈感受到，如果我们的大学生活是一杯茶，那文学便给了我们一碗万般风味的浓汤。小说固然不是生活，但生活可以是小说。在经历脸谱化的年代之后，文学原来可以这样呈现，叹为观止。教授一节课没有翻动一下自己携带的教案，声音平和，娓娓道来，仿佛是一首名曲，更像是婉转地歌唱。将近五十分钟的课程，自己没有一秒钟走神，完全沉浸在老师营造的课堂氛围里，流连忘返。至今还记得下课的铃声令人讨厌，多么期盼再延长一会，哪怕一会也好。这是一节让我震撼的课程，在工科课程之外，发现原来课程可以这样讲。

回到学校后，我急切到图书馆寻找沈从文的《边城》。小说里构建的场景，仿佛是老家生活的再现，只是自己不能用沈从文那样的笔触写出来。自己笔下无而作家笔下有的共鸣，深深震撼了那个年代荷尔蒙异常的我们。从农村走向城市，自己的精神家园还在农村，手里还拿着一把农村朴素的尺子丈量着镶嵌在城市的大学生活。对出生地的眷恋、对未来的期盼及对当下裂变的不适交织在一起，时而冲动、时而迷茫、时而向往、时而徘徊。存在主义哲学思潮、伤痕文学的兴起、经济繁荣带来的机会、社会包容的氛围影响着每个大学鲜活的个体。经济、外交、电影、文学等各种讲座精彩纷呈。自己把《边城》改编成话剧在现在看来是自不量力，但谁也不能否认在那个年代是一种精神探索。受多种因素制约最终没有把话剧搬上舞台，但话剧的改编本身给予自己文字表达的历练和思念家乡精神的慰藉至今记忆犹新。因此，敢于与周同学一起创办校内文学期刊《北国风》，专门登载学校文学爱好者的文艺作品。那是有香味的春天，学校东面小月河的垂柳、南面茂密的树林、北面实验菜地、西面风味各异的餐馆把学校围合起来。虽然其他单位依然占领学校大量地盘，但是校内外交相辉映的氛围已经让这所大学有了温暖的颜色。大学地处学院路一带，除了清华、北大之外，还有电影学院、政法大学、北京师范大学等大学星罗棋布。在北京大学的课外学习中，我尝到了甜头，周末流连在各个高校的讲座里。导演郑洞天的电影欣赏、外交部杨主任的"中美苏大三角"、中国政法大学关于宪政的论坛，甚至清华大学张光斗教授关于三峡建设的报告都是自己关注的重点。在精神成长的历程里，需要的人文营养在这里唾手可得，后来的暑期社会实践更是强化了我这样的认识。

一九八八年五月，为鼓励大学生了解社会，国务院发展研究中心面向首都高校资助学生开展社会调查；即在有意愿开展社会调查的同学投标书中，选择调查主题和提纲优秀的学生资助一定金额的餐旅费。我有幸成为学校唯一的本科学生被选中，主题是"山东某县教育投资与经济发展的关系研究"，并获得四百元餐旅费补贴。按当年的购买力，四百元是一笔"巨款"，从北京坐火车去潍坊再转车到某县也只不过二十多元。县教育局回信可以将我们安排在九山镇的中学，不用我们自己掏食宿费用。县教育局的回复让我们非常感动。于是，组织外号为米老鼠、唐老鸭、黄鼠狼的三位同学，与我一同前往。

先到唐老鸭在青州的老家。这是一个有三面围墙的院子，院子一角有一口装着辘轳和吊桶的水井。散落在院子里的高高的白杨树遮挡着夏日的阳光。知了栖息在茂密的树枝上，发出非常悦耳的鸣叫。在老二父母听来却是闹人的噪音，于是我们从抓知了开始山东农村的院落生活。将反复揉搓的面筋黏在修长的竹竿上之后，便有了一副抓捕知了的利器。当一只又一只知了被黏在竹竿之上的时候，涌起一种胜利的喜悦；同时，唤起儿时光着屁股用蜘蛛网抓蜻蜓的美好回忆，故乡的夏天与山东农村的夏天建立起了亲切的连接。大家心里洋溢着没有考试压力只有乡村欢乐的喜悦。

唐老鸭的父亲脸上永远都挂着憨厚的笑容。他母亲是一位虔诚到近乎迷信的基督徒，这是我们生平第一次接触到如此真诚的信仰。更让我们震撼的是，村里一位不识字的信徒可以背诵整部圣经。起初我们是不相信的，但我们拿起圣经随意抽问，这位年逾花甲面容慈善的女信徒都可以不假思索地背诵出来。当我们震惊于她超常的记忆力的时候，她却把这一切都归于耶和华的启示。这实在让我们敬畏，隐约之中相信这就是信仰的力量。这种力量对每个人的影响是不一样的。在山东，我们顺道登顶泰山。为省去旅馆费，五个人租借三件大衣便夜宿山顶。第二天早晨欣赏太阳跃出飘浮奔涌的云海。在万丈霞光之中，一段姻缘也慢慢展开。

乘车到达某县教育局时，已是接近晚饭的时间，接待我们的科长早已准备了丰盛的晚餐。这也是我第一次吃到的鲁菜。大葱蘸酱和煎饼的完美结合，一切都是那么浓郁而热烈。第二天在县教育局的护送下，前往位于山区的九山镇。因为该镇人口多而设置的两所初中相隔不到一公里。一个面容清癯的校长用好奇的眼光打量我们这一行北京来的大学生。我们说明来意：一是可以代课，二是我要开展社会调查。他表达了不冷不热且将信将疑的欢迎。山里的学校是在五月放农忙假期，因此炎热的八月还是上学的盛季。几十个不同年级的班级正上着各种不同的课程，我们四人就按自己的特长分别担任语文、物理、数学和化学的代理老师。对于学生来说，在相对封闭的山村里，几个操着不那么标准普通话的北京大学生，不亚于那个年代几个外国人对他们的视觉冲击。尤其是在利用课余时间开展跨年级的拔河和歌咏比赛之后，两所沉静的学校仿佛炸开了锅。上课时带给他们的新奇感一直传递到下课之后。一波又一波充满朝气和好奇的脸，轮番出现在我们住的宿舍大门口或是模糊的玻璃窗前。在我们无比友好地邀请他们来宿舍小坐之后，他们更是给予了极大的热情。

与我合住的教英语的王老师，彼此年龄相仿。两人都在为沉闷的教学发愁，共同的话题使我们迅速成为无话不谈的朋友。共同的农村经历，相同的理想追求，两人相见恨晚，感情不断深化。他不仅成为我们在学校教书的向导，更是他乡的知音和我们生活的料理人。每天早晨我们从梦中醒来，不仅有学校稀饭和馒头的早餐，还有他去镇上买来的油条和鸡蛋。这样的日子那么幸福，以至于我们在满三周即将离开九山镇的时候，镇上唯一的文具店里所有的笔记本都被学生买空了。当我们登上汽车，带着两大麻袋上百个同学送来的礼物的时候，眼泪成为我们交流的唯一语言。第二天，王老师代表两校几千名师生送我们到达某县城。我们依依惜别这个一生难忘的县城的时候，泪水再一次涌上来，伴随一种无以言表的情感。原以为这种情感还会在今后的生活里不断遇见，多年以后才知道那是绝版。

我把带去的录音机送给了王老师作为纪念。第二年的夏天，在我刚经历一场风波苦闷的时候，他应邀来到北京的大学。我们发誓要留学。他回到九山镇就辞去教职，先后在潍坊和上海进修外语，终于在两年后如愿去美国留学。我却违约留在大学成为教师。好在多年后他有机会加盟我所在的企业，共同开启了一段终生难忘的合作。在分分合合的岁月里，回头一看都是过往的回忆，我就这样跌跌撞撞走进了城市。

第十四章 留在大学

一九九〇年的春天是个躁动的季节。几个月之后,朝夕相处的同学们就要各奔东西了。每个同学都在盘算着自己毕业后的归宿,我也不例外。按照当时学校的评分规则,只要德智体美劳几方面的综合评分进入班级前三名的同学,对应拥有全班百分之十的留京指标。我是幸运的,有机会留在北京。但是还有两个不确定因素:一是自己要在北京找好接受的单位,二是同班的女朋友不在留京范围。如果女朋友去外地工作,我要跟随就只好放弃留京的选择。

一天课后,统筹部的徐老师找到我,告知他们部门期望招一位应届毕业生,问我是否愿意留校去统筹部工作,具体就是协助他编辑报纸及做一些宣传行政工作。这对我来说,是如同中彩的好消息。我毫不犹豫满口答应下来。不过徐老师告诉我,这只是他们部门的意见,还需要人事处审核和校党委会研究决定。由于我经常撰写一些新闻稿件,尤其是每年寒暑假返校之后都撰写一整版的所见所闻,这给统筹部部长留下了好印象。在徐老师举荐之后,获得了部长的首肯。在主管统筹部的校党委汤书记带领下,组建了一个四人考察组,约见了全班一半以上同学,全面了解我的情况;在获得一致意见之后，向人事处上报当年的留京指标。就在这时，部长似乎才突然想起来问我，应该是共产党员吧。这是进入党委统筹部基本的入门条件。我告诉她说，虽然已经递交了入党申请，因为外部环境的变化，暂停了接纳新党员，所以全班没有一个同学入党。就这样燃起的希望变成了失望。

不过女朋友那边传来好消息。当年，本专业有十多位学生参加本校硕士考试。她是唯一数学和英语都达到录取分数线的学生，有幸成为水利机械专业的硕士生。我已经开始联系老家地区的水利局，突然接到学校教务处的通知。教务处告知我打算录用一位应届生；因为是行政部门，可以不考虑党员身份。我真是喜出望外，感觉如有神助。至今都不知道教务处是如何得到我的信息的，我猜测是教务处把用人的需求报给了人事处；人事处因为统筹部已经把我的材料上报，于是人事处向教务处推荐了我。也许是统筹部某位老师向教务处直接推荐了我。总之，就这样阴差阳错地被教务处招到了我。教务处没有再进行统筹部考察时走的那些程序，只是让我把平时发表在校内外的文章给他们审阅一遍。没过几天，教务处就正式通知录用了我。就这样，女朋友留在学校读硕士，我留在学校教务处成为一名教师。这是在年初不敢想的最为圆满的结果。感恩命运的安排。上苍在关上一扇门的同时，一定给你开上一扇窗，一切都是最好的安排。

留校

八月最后一周在学校教务处报到，办公地点就在学校标志性主楼的五楼。据说这是学校成立伊始就建好的办公楼，总共七层，虽然不是很高，近百米的长度和足够的厚度使整个办公楼显得敦厚结实、庄重大方。大楼面南背北。大楼南面不大的广场上矗立着主席挥手的雕像，大楼背面笔直的马路将学校图书馆、教学实验室和教师住宅联系起来。这也符合中国一般大学的整体布局。教学楼、实验室、体育设施及老师工作和生活的区域混杂在一个大院之内。围墙之内相对安静的高校生活，与围墙外面喧嚣的社会生活隔离开来，形成两个不同的现实世界。除了一些行政人员或活跃的教师需要走出校门之外，教课的教师可以一辈子生活工作在围墙之内，这堵墙就是自己与社会的分界线。四年大学生活，给我们上过课的几十位老师绝大多数就是在这堵墙内工作生活几十年。对他们来说，大学就是一个范围更大的家。教师们走路上班，下楼买菜，门口锻炼，几百米之外的校医院，让老师们的生活平静而安详、淡雅而有序。

　　非常庆幸自己也成为一名老师。工作的教务处是学校教学管理部门，根据管理的功能划分为教务、教研、教材、学生和办公室五个科室，还下设一个电教室。因文笔较好，我被分配在教学研究科。初闻其名还是很喜欢的，比起其他几个做教学服务或学生管理的科室来说，"教学研究"意味着有一定含金量。对于一个初入社会开始工作的人来说，有一定专业门槛的工作可以学习许多新的东西，入职后的工作也证明了这一点。教学研究科的职责就是要前瞻性地研究农业高等教育的未来走势，我感到十分茫然。

　　好在我遇到一位好领导——奉老师。奉老师也是毕业于大学机械系的学生。我想他的专业课学习应该比我好很多，因为他表现出极强的专业精神。虽然不是教育专业的，但他对农业工程教育已经形成一套成熟的看法。他认为，农业工科教育要有"三个结合"。

一是教学与理论相结合。这是专业的基础，学生在校期间要建立起一套理论知识框架。学生离开学校后很难再有长达四年的时间集中学习。大学一、二年级安排数学、理论物理、材料力学等一批基础课程。这些课程只给予一次补考机会，学生一旦补考不及格就要留级，直至降为大专生学习。二是教学要与实践结合。他主张工科教育的目的是运用，立足于学习解决具体问题，而不是闭门造车、脱离实际。在学校设置实习工厂、实验农场和大量实验设施。在大学的最后一年，学生要走出校门，解决实际工作中的问题。三是教学要与未来科技趋势结合。他认为，每个专业都不是孤立的存在，要把专业放置在全国、乃至全球的专业背景中考察，要主动跟踪国际研究的前沿。因为教学研究科还分管全校教师的出国进修。由于国内外的差距，不少公派出国的教师学习结束后违约滞留国外。于是，有个别校领导反对继续委派教师出国进修，但奉老师坚决反对。他的理由很简单，不是送出去的教师不愿归国，而是归国之后不能发挥他们的作用；需要改进的是归国教师的履职条件和生活待遇，以及增加不归国的违约成本。教务处的领导支持奉老师的观点，推动学校出台了专门的制度。核心内容就是，在加大不归国的惩戒力度的同时，极大地改善归国教师的待遇，甚至专门为归国教师预留了教师住房。自此之后，归国教师的比例得到大幅提高。学校在国内八大农科院校里的排名得以迅速提升，不能否认是学校针对奉老师"三个结合"的想法采取的一系列措施产生的结果。

做学生只需不断学习新的知识。工作之后体会到，把自己的聪明才智运用在工作之中，不仅可以为一个单位作贡献，还可以获得非常奇妙的成就感。一位有见地的领导就是职场中的优秀导师。多年以后，接待国务院一位领导。他说，人生只有自己的父母和单位的领导这两个角色，只能接受、不能选择。我颇有同感。赶上一位好的领导是人生的一件幸事。奉老师是一个好人，他不仅和蔼可亲，还心地善良。除了他之外，教学研究科就还有我和另外一位员工。他总是嘘寒问暖，主动关心我们，不时还要邀请我们去他家"搓一顿"。他夫人就是校办工厂的职工，没有上过大学，但十分明白事理。每次去他们家吃饭，她都非常热情。加上尚在上小学的孩子，一家三口挤在并不宽敞的家里，格外温馨和睦。在尚未成家的我的想象中，家或许就是这个样子。

学校教务处是学校组织教学的中枢，一端连接学校老师，所有任课老师的课程安排都要经过教务处；一端连接学生，学生的奖惩和毕业分配工作都要经过教务处。教务处里最繁忙的当然就是教务科和学生科了，其次就是教材科和办公室，教学研究科是相对"清闲"的部门。这是我刚工作的"错觉"。半年工作下来，知道这是一个脑力劳动部门。教务处的领导参加的各种会议讲话、教务处领导以个人名义发表的文章，都需要教学研究科起草；还有分管教学的副校长的个别讲话，当然还有本部门的教学质量调查报告，以及各种报刊上体现农业工程教育的文章。加在一起，一年要撰写几十篇报告和文章。

教务处领导班子由一正两副构成。处长是一个身材挺拔的南方人，说话口音很重，平素不苟言笑，尤其是开会的时候一本正经，安排工作从来不容商量。同事私下提醒我，没事不要跟领导打交道。我心想自己一个新来的刚毕业的学生，即便想打交道也没有机会。我的想法很快就被打破了。领导的讲话还有发表的文章都需要教学研究科撰写，作为教学研究科领导的奉老师刚开始都是自己承担。在我熟悉情况以后，便让我尝试给领导写讲话稿。处长要参加部委所属八所全国重点农业大学的教学经验交流会。这是一次表现各个大学教学水平的机会，处长非常重视。奉老师正在给分管教学的副校长写一篇讲话，这个光荣而艰巨的任务就落在我的肩上。我忐忑不安，一方面，知道这是一次给处长乃至学校"长脸"的机会；另一方面，写不好就砸了自己"文笔不错"的牌子。我确实没有任何资料和经验。在我这两个多月的工作里，即使如海绵一样吸收关于农业教育的信息，仍觉得没有准备好。工作不会等你准备好了才开始，只能在开始中准备。我写作的基本功还是有的，知道干这件事的基本逻辑；那就是先熟悉情况，再与奉老师讨论并确定提纲，避免闭门造车，写作完成再"翻烧饼"（反复修改）。在这样的指导思想下，我在图书馆把各种关于农业教育（尤其是有特色的农业工程教育）的杂志找来，用最短时间建立起对农业教育的认知框架；同时，把领导在校内外关于农业教育的文章找出来，提炼出他关于农业教育的核心观点，并进行观点的排列组合，找到他经常表达的教学理念；我还主动拜访在学校农业工程教育杂志上发表过文章的本校老师，讨论杂志上核心观点，学习他们对农业工程教育的一些看法。

刚从日本留学归来的李教授，介绍了大量日本农业工程教育的做法。比如，把实践教育贯穿四年大学教育的全过程，每一个学期都会安排学生进入企业或科研单位参与到真实问题的解决，并且把这部分学习计入学分。这次谈话让我非常震撼，了解国外大学真实情况，感受到我们的教育还有很大的提升空间。作为一个刚刚毕业的学生，总是觉得教学中还有许多需要改进的地方，但是不知道要往哪里改。这提供了一个很好的对标。也让自己认识到，大学真是人才济济，围墙之外还有更加精彩的世界。处长的讲稿如期上交。

从处长第一次看完稿子的反应中，似乎看到处长表现出一点意料外的惊喜。领导只说了一句带评价性的话："稿子不错哈。"

奉老师陪同处长到外地参会回来告知我，处长的发言，尤其是学习国外教育加大实践教学的提议，获得各大高校参会者广泛的呼应。具体落实下来的措施包括适当修改教学计划，适度增加学生在第三年的实践教学环节；派生出来的解决办法还包括增加各农业高校委派教师出国进修或交换学习。奉老师当面表扬我的初战告捷。他也知道关于实践教育的想法来源于对各位老师的拜访，他是一种发自内心的赞扬。

实话说，对于一个初出茅庐的新教师，我对自己的表现是满意的。这种满意不仅仅是对自己工作成果的满意，也是对自己这种注重收集各方意见的工作方式的满意。在高校里绝对不缺乏聪明的观点、智慧的主张，但或许缺乏交流的平台；只要建立起一种机制，让各种智慧的大脑相互碰撞，就可以产生许多新的观点。因这次起草讲话稿的经历，处长对我有了一定的信任，学校内的讲话稿也经常让我起草。随着写作经验的积累，只要对会议的背景有所了解，我写出的稿子就八九不离十。直到一天快下班的时候，处长直接找到我，要写一篇关于加强农业工程专业基础课的文章，会在全国知名的杂志发表。他提出了自己对文章的架构和主要观点，我飞快记录下主要的要点。有了前面的经验，当然还是搜罗各种信息进行"汇总"，再加上领导的观点。当把初稿交给处长的时候，他明确表示不满意。面对被退回的稿子，我有一种黔驴技穷的感觉。向奉老师请教，发现只靠汇总资料的办法，是无应对这种对专业背景要求更高的文章。奉老师亲自修改的稿子几乎是把我的稿子推翻重写。奉老师修改的稿子结构清晰、观点明确、表达准确，与自己稚嫩的文稿比较起来，让自己汗颜。

内生动力

如何突破自己能力的瓶颈，至少在教育研究这个专业上有一些自己的见解，是一个非常现实的问题。认真思考，系统性地学习哲学或许对自己的思考能力有帮助，于是从西方哲学史入手。即从黑格尔、罗素、斯宾诺莎、叔本华、沙特到康德、尼采，进而到国内的周国平、李泽厚、赵鑫珊。这些著作像一块块磁铁吸引自己。但因为没有老师教，就靠自己读书，读得很杂，不能建立知识体系，反而让自己很困惑。当尼采宣布"上帝死了"的时候，实在无法相信"查拉斯特拉如是说"，困惑与不解时常缠绕着自己。于是期望"实用"一点，学习了一些系统分析的方法论的书，为此专门写了一篇论文。文章在学校社会科学学报上得以发表，自己并无成就感，感觉仅是一次材料梳理。即使论文中用系统分析的方法分析了农业教育的重要节点，自己非常清楚，并没有提出有创意的想法。一个意外的收获就是，自己的文章也是可以在社科学报上发表的，对于后来的评职称是有用的，仅此而已。

写文章几乎成为自己的主要工作方式，时间长了也会厌倦，但教务处和谐的氛围让人放松自在。教务处最繁忙的是教务科，不仅要在期末安排好下一学期的全部课程，还要随时接待期望调整课程安排的老师。在几千名教师与数百门课程之间建立起对应关系，还要尽量满足各个院系和老师对教学的要求，在没有计算机系统管理全凭手工作业的情况下，实在是海量的工作。好在有一位做事果断、坚持原则的柳老师。她从小在北京长大，见识广泛，无论是哪个级别的领导还是各种大咖老师她都打过交道。即使是各个学院的领导与她协调课程，她都敢于坚持学校统一制定的原则。对本科室的同事非常照顾，谁家有困难需要请假或其他帮助她都给予支持。这么一位外刚内柔的科室领导，在学校和处室之中建立起很高的威信，也成为教务处的定盘星。教材科领导虽然也是一位女同事，但她天性温和，说话细声细气，永远挂在脸上的笑容就是她的名片。教材工作是长线工作，常在上学期末就把全校教师使用的教材审定完成，平素更多时间用于对教材的选择并与院系商议教材调整的事宜。学生科是一个对内面向院系和学生、对外面向各大部委和用人单位的科室，工作量很大，掌握着学生分配及与校人事处协商进京指标的权力。当然，科室"含金量"就很大，负责人都是学校的"牛人"。学生科的办公地点被单独安置在同一层另一个角落，与教务处其他几个科室比较起来，显得神秘又威严。我们没啥事一年也不会去他们科室走动，召开教务处大会或团体活动他们还是非常积极地参与。无论是工作场景还是工作内容，电教室都与教务处其他科室交叉较少。除了全处开会偶尔能遇见他们，仿佛就是一个挂靠在教务处的管理单位。办公室在服务领导工作的同时，还要协调内部各科室、教务处与学校各部门、教务处与各个院系之间的关系，在一定程度上是教务处的神经中枢。在海量的信息里分出头绪，在众多的事务中分出轻重，在紧急与重要的程度上做出判断，非常考验办公室主任的功力；学校、处领导、院系领导任何一方都可能成就这位主任，也可能毁掉这位主任的前程。我所知道的是，这位主任可能更偏向于服务好领导，对各个科室需要处领导协调的事项或许重视不够，各个科室私底下都有意见，但敢怒不敢言。唯有教务科的领导，敢于在公众场合顶撞办公室主任。教务科领导不仅能力比办公室主任强，身处核心部门，最重要的是"无欲则刚"，完全不在乎升迁，就是想着把工作做好。

　　在这样一个拥有五个部门的处室，自己既是一名演员，也是一位观众，置身其中有一种非常奇妙的感觉。在这样一个非常宽松也非常透明的初始职场里，在一个只有近三十人的舞台，上演着真诚而不失温暖的小剧。组织赋予每个人职场的角色，有的只关注自己的岗位，坚守自己的本分，做好自己的本职工作；有的在做好自己工作的同时，还在关注部门乃至全处的工作；有的浑水摸鱼，无心工作，安于现状，把时间用于自己生活，做一天和尚撞一天钟。很难用一个标准衡量对错，这是每个人自己选择的生活。身居高位的校领导或是处长们，也未必有一名普通员工的快乐。每个人快乐的方式不同，没有统一的标准，这或许就是生活的万花筒吧。自己选择了一种"积极向上"的人生道路，或许是从小形成的"路径依赖"。

　　一同新进教务处的还有两位同仁：一位是北师大正牌教育专业毕业，她从小在北京长大；另一位是清华毕业，父亲是知名大学汽车专业的名教授。师大生做事非常严谨，仿佛就是为教务而生，在教务科如鱼得水。她在北京长大，视野开阔，感觉世间没有新鲜事，对工作、对同事永远保持一份尽职尽责的恭敬；即使我们跟她开玩笑，她也只是笑笑不回应。清华生性格却大不相同，从小学到大学没有离开清华园，清华就是他的世界，他的世界也就是清华。清华生兴趣广泛，他热情似火、万事不在乎的性格迅速与我产生共鸣。滔滔不尽的北京故事，教务处隐蔽的八卦新闻，大大咧咧的工作状态，上班见面热情招呼，下班后经常小酌，使我们很快成为无话不说的同事朋友。我们都有一个共同的优点，聊天中涉及的任何话题都不会传递出去，彼此可以放心地谈论任何双方感兴趣的话题。或许因为这种性格的互补，无论我和他的工作怎样变化，我们随时可以联系对方，一起走路、一起吃饭，需要帮忙的事也从来不会客套，这或许就是同事的友谊吧。

知识密集

我住在学校为单身教师准备的公寓里。这是一个三层的小楼，一楼是学校的一些行政部门，如校报编辑部、后勤服务处等；二楼和三楼就是年轻单身教师的宿舍。宿舍只有大约二十平方米，里面安排两个老师。与我同住的是北大物理专业毕业的年轻老师。或许是性格使然，他在宿舍里基本上不说话，当我主动找话题与他聊天的时候，他总是以"喔、好"回应，或者干脆保持沉默；时间一长，我也就没有再找话题的兴趣，更何况他大多数时间是在其他老师的房间打麻将或打扑克。在整个楼道里，有几个固定的麻将室，居住里面的主人都是麻将超级爱好者，感觉上课是他们的副业，麻将才是主业。当然还有体育爱好者，几乎每天都辗转在各种球类运动场之间；还有音乐爱好者，悠扬的琴声总是引得学生流连在不大的宿舍里。自己既不爱好麻将，也没什么音乐细胞，体育只是为满足身体锻炼而不是一种爱好。左邻右舍都是北大、清华、天大、南大毕业的青年才俊，他们清一色称呼工程大学为"行业大队"，仿佛来这所学校教书是最倒霉的事。他们在一起吐槽学校生源质量差、住宿条件不好、教师食堂伙食不好、工资太低等。联想到同宿舍的北大生不搭理自己，或许人家认为不值得跟你这个"行业大队"毕业的土包子交流，自己也就不再理睬，自己干自己的事。

直到一天宿舍斜对面的公用水房下水道堵塞，晚上停水，一些龙头没有关闭；在深夜恢复通水之后，整个楼道大水漫灌。早晨起来发现楼道里的水，几乎渗透进了整个楼层的每一个房间，泛滥的大水倾泻到了一楼，也把临近楼梯的行政办公室渗透了。我是学水利的，知道治水的有效方式是既要疏通、也要堵塞。于是，找来校后勤处把堵塞的下水道疏通。待水房和楼道里的水清理干净之后，在水房门口修建一个没有棱角的拦水坝；这样既可以拦住可能再次泛滥的水灾，还不至于踩到每天必经的门槛。由于自告奋勇的行为，在楼道青年教师里刷了一次存在感。从此之后，参与清扫楼道的老师与我似乎多了一份亲近，见面会相互问候。这对一个不参与麻将、体育、音乐等楼道群体性活动的我来说，也算另一种形式的参与。当然，随着时间推移，同一楼层甚至更高一层的老师都知道我是在教务处工作。老师排课或调课是必然发生的高频事件，比较熟悉的老师就会通过我打听相关流程或者干脆委托我帮助调课。虽然学校有要求，老师调课必须本人到场，但我就在教务处，跟教务科"通融"一下并不是越过边界的行为。他们委托多了，给我增加不少麻烦，但我是唯一住在这个单身公寓的教务处职员，也没有推脱的理由。他们麻烦我，使我跟他们之间自然亲近起来，有时就不仅仅涉及课程安排，也会打听一些学校的动向。相处一段时间，发现最大的变化是基本听不见"行业大队"的称呼了，大概因为他们知道我是从这个"大队"毕业的。

离开

　　远忧和近虑接踵而至。往远处看，自己不可能一辈子在教务处工作，因为这里没有晋升通道。每一位科室或处领导都是硕士或博士研究生毕业，在这个岗位干了几十年；自己一个本科生，除了文字写作能力之外，没有专业优势。对于硕士研究生以上毕业的名校老师，他们从骨子里看不起这些为其服务的"毛头小伙"，就如自己在青年教师公寓感受到的。近虑在于每月仅一百二十三元的工资，在孝敬父母之后便捉襟见肘。更何况与谈了几年的女朋友即将结婚，许多现实的问题摆在面前。自己的小学恩师应我邀请来北京旅游，只能请他在像样的餐馆招待一顿，这是一种有压迫感的体验。有压力就要转化为动力，我是一个想好就行动的人；马上备考研究生，选择跟自己专业最近的中国人民大学土地管理。经过近三个月的"疯狂"学习，以与总分相差三分的成绩落败。在沮丧之余，鼓励自己第二年应该有比较充分的把握。

就在这时，当年学校统筹部管理广播台的郜老师联系我。我知道他在两年前被调到部委机关党委工作了。他告知我部司局打算从大学借调一位文笔好的职员，问我是否有这个意愿。我毫不犹豫当即应允，这或许又是一片新天地呢。我问他为何想起我来，他说是我在广播台的表现给他留下了深刻印象。人生就是这样，一个贵人偶然一次帮忙，就可能改变一个人的命运。

借调的流程是，部委用人单位先向校人事处发出用人需求，而且要指名道姓的"带帽"需求，否则就会由人事处推荐人选，这样就一定轮不到自己了。当时部委是学校的主管部门，是学校各大部门如我一样工作的年轻人梦寐以求的升迁路径。而我跟人事处完全不熟悉，过去有了这样的机会，都被校办、人事处等近水楼台的部门瓜分了。司局办公室的刘主任，亲自面试我；并通知我带上自己发表的文章，以便了解我的写作能力。刘主任对我很满意，郭副主任立即与学校人事处联系。人事处对上级部门的用人都是积极支持、全力配合的，因为送去的本校学生越多，将来学校在项目申请等需要支持的事项，就有更多"话事人"。但人事处第一次把司局点名要借调我的事与教务处长商议的时候，处长非常愤怒。他认为我工作时间太短，并且教务处离不开我；实在要从教务处借调人员，除了我谁都可以。我顿时感觉这事泡汤了，但又不甘心。想起当年高中转学的时候，教导主任也是非常愤怒，在我软磨硬泡之后最终还是同意了。过了一周，处长跟什么事都没有发生一样，依然通过奉老师给我安排工作。我想这也是改变命运的机会，不容错过。于是在一个周末，我打听好处长的家，带上已经结婚的妻子，登门拜访。我先是感谢处长的栽培和信任，以及给自己留校的机会；再说明这次借调不是自己主动发起的，的确是他也认识的郜老师推荐的，最后诉说自己家庭负担。自己观察，处长拒绝的口气有所缓和，也没有开始时的愤怒。我告诉他这只是借调，短则一个月、长则三个月，自己一定会两头兼顾，请领导放心。

又一周过去了，仍然没有动静，我想这次可能真的不行了，但还是不甘心，再找到人事处长。这是我最不自在的一次登门拜访，因为人事处长有一种不怒自威、深不可测的感觉；跟他说话，他一般不直接回复你的话题，而是顾左右而言他，使你不知道他的立场。我依然是表达感谢学校培养，感谢人事处给自己留京指标。他挪挪身子。我直觉猜想，当时留在学校，人事处也是一道关卡；按说事后还是应该感谢的，但我完全没有意识到这一点。事后通过打听其他留校同学才知道，这是规定动作。事已至此，只能以道歉的口吻告诉他，自己一定会在借调之后感谢他。果然，第二天我就收到下周借调部委司局工作的正式通知。这是一次有成果的让人疲惫的努力，自己就像一只蚂蚁，在组织里艰难地爬行。组织像一台无边的机器，昼夜不停地运转、运转。

第十五章　回归榕石

　　一九九〇年，从大学毕业留校教务处，虽然分配在教学研究科，且跟随一位品学兼优的好领导，毕竟初始对大学教育一无所知。即使靠自己的努力学习各种关于大学教育的知识，并帮助领导撰写一些所谓的研究文章，对大学教育有了初步的认识，尤其是对工科院校的教学理念、课程设置、教师考核、学校文化等形成了自己的看法，但都不是系统的。大学教务处的工作经历播下了我心中教育的种子。当经历了孩子从幼儿园长大到国外留学，我明白了教育对于一个人成长的关键作用。从孩子国外留学反馈的零散信息中体会国内外教育的差异，同时亲眼见身边的同事、同学或朋友的孩子因为教育不当而产生的各种意外，于是关注教育、思考教育。不同阶段的义务教育的根本任务是什么？大学教育的目标是什么？怎样办好职业教育？诸如此类的问题都萦绕在自己脑海里，没有标准的答案，似乎每个家长都有自己对教育的看法。有些家长被裹挟在高考的洪流中，随分数沉浮。也有家长试图脱离这股洪流，加入所谓的"私塾"；但最终因为"私塾"没有系统的教学安排，其所谓的素质教育不能与国内义务教育的终点接轨而放弃，要么回归义务教育，要么移民他国。

或许世界上没有最好的教育模式。我专门请教过北京师范大学、中国人民大学等高校和教育部等行业主管部门的专家，试图勾勒出一幅世界教育地图。一个国家的教育模式一定是根植在这个国家的文化传统里，而后吸纳外部世界最新的文明成果；就如同一棵松树只有扎根在当地的土壤里，并接受普天之下皆有的阳光，辅之以合适的营养才能长成参天大树。更何况每一个人都是一棵不同的树种，他们对土壤的适应、对阳光雨露的渴求都是不相同的，中国古人就知道因材施教的道理。我们的教育似乎只有一个标准，那就是哪种树长得最快。那样的话，千年黄花梨和楠木就不是优良的树种，更何况有"十年树木，百年树人"一说。

人这一生，不知道哪个机缘巧合，就会在心里埋下一粒种子。这个种子。可能是事业的梦想，可能是喜欢的女孩，还可能是某个不可告人的秘密。我的第一份工作是在大学的教务处，是农业类大学的教学研究，有机会接触校内外关于大学教育的研究文章或研究学者。前文提过，曾以文学社团"北国风"主编的名义采访过刚刚从日本留学回来的李教授。在日本知名大学博士研究生毕业之后，他留在该大学学习工作了十多年。初次见面，我就被他的彬彬有礼所折服，再被他娓娓道来日本的大学教育风格所吸引。他说："日本的大学教育是始终坚持三个方向。"一是教好课程，这是大学的本分；二是做好研究，研究又分为基础研究和应用研究，前者是打好理论基础，后者是解决现实问题；三是注重人的培养，也就是注重学生人文精神的养成。当时年轻，没有出过国，也不知道日本的大学教育究竟是怎样一种状况；但李教授那坚定的眼神和平和的语气，让我选择相信他说的是真的，即便这种介绍或许带有他个人的角度。这次对话给自己留下的印象太深了，应该说到了"震撼"的级别。于是，找来二次世界大战日本投降之后美国人类学家鲁恩·本尼迪克特撰写的《菊与刀》，从中体悟日本深入骨髓的耻感文化、人格的双重性、等级制度，以及日本人的义理和人情。一个国家的文化如同鱼缸里的水，长期生活在鱼缸里的鱼，并不能感受到水的温度，只有换一个其他的鱼缸才能体会水的差异。这里没有水质好坏的区别，只是生活在其中的鱼在体会不同水温的鱼缸之后，或许更能理解自己鱼缸的温度，并适应这种温度。

人生里有无数的巧遇，与李教授的相遇也算一次。随后留在学校教务处工作，与李教授进行了多次交流，对他所了解的人本教育也就有了更全面的理解。因此，引发了自己在学校里寻找在欧美发达国家留学的教授，增进了对大学教育的见解。比如，曾院士是留学美国的知名学者，他眼中的大学教育，更应该注重应用研究，要关注当下国家发展中急需解决的问题；同时，开门办学，任何一所大学都要有自己的独特定位，专业设置和课程安排都要与世界知名大学进行对标，既要瞄准世界前沿的发展动向，还要结合本国产业的实际，解决产业发展中的科技问题，以创新并接地气的成果，推动产业的发展。作为一个刚开始工作的大学毕业生，我可以听到这些真知灼见，应该说是非常幸运的。他们不仅提供了"大学教育"这个宏观议题的大量信息；更重要的是，他们为一个未经世事的年轻人面前打开了一扇窥探外部世界的窗户。在随后对更多的归国老师进行拜访之后，甚至改变了我对母校的认识。我相信，这是一个藏龙卧虎之地。在大学那个不起眼超市里的衣着朴素而精神矍铄的老者，或许就是一位饱经风霜且满腹经纶的教授，我对他们心存敬畏。

怀着这样的敬畏，兜兜转转经历了大学、政府、企业不同形态的职业场景。当年那个埋下的梦想的种子又开始发芽，自己的阅历如同肥料不断浇灌着这颗种子，它长出了属于自己的枝叶。教育这个可以唤醒灵魂的职业，应该是自己最后的归属。希望可以把自己的所学所思、所失所得告知同学们。如果他们改变了自己，哪怕是一点点，进而采取行动影响家庭、个人或者工作的单位，那真是"功德无量"。虽然通过修佛体悟到，贪恋"功德"也是一种执着，但帮助别人总是对的；这是母亲从小用无声的语言教给自己的道理。

我具备这样的能力吗？多年的领导岗位让自己认识到一个朴素的道理：自己要有一盆水，才能教给学生一碗水；自己一碗水，就只能交给学生一杯水；如果只有一杯水，那就只能交给学生一口水。自己到底有没有一盆水呢？其实要认识自己是最难的，否则希腊先贤亚里士多德就不会发出"认识你自己"振聋发聩的呼唤了。

那就给自己照照镜子吧，理性地看看自己有几斤几两。当教师需要三个维度的能力。一是透过现象看本质的能力。也就是在纷繁复杂的现象之中，抓住问题的本质，从而化繁为简、直击根本；再从本质出发，找到问题的根源，从而找到解决问题的方法。十多年的管理经历似乎已使我练就了这种能力。二是逻辑架构的能力。如果说参透本质是认识人世间的纵深维度，那么构建逻辑架构是一种横向把握全局的能力。没有纵深的思考就没有见地，就可能成为人云亦云的平庸之辈。如果没有胸怀全局的能力，就只能就事论事，不能做到举一反三，触类旁通。三是口头表达能力。教育是一个灵魂影响另一个灵魂，影响的媒介就是语言。历史上无数说客就是靠这个本事化险为夷，甚至改变整个格局。教师虽然不需要口若悬河的口才，但仍然需要把自己的思想准确传递给学生。茶壶里装汤圆，即使再有品质的汤圆，食客也是不能品尝其美味。经过一番理性的评价，感觉自己还是有一定基础的；是骡子是马得拉出来遛遛才知道，不如开始吧。就这样，二〇一九年初，与两位前同事一起创办了"榕石学院"。那个时候教育主管部门还没有出台文件，"某某大学"和"某某学院"随处可见；后来规范文件出台，便改名为"榕石商学"——长在地里的商学院。

培养农业管理者

"榕石"严格说来是一个培训机构，是一种怎样的存在？比照大学至少要明确两个问题。

第一个问题就是：学生是谁？从一九八六年离开故土到准备办学，期间三十多年，我都没有跳出"农门"。在几十年的学习和工作经历中，接触了各个方面的农业从业者，有制定产业发展规则的政府公务人员，有从事农业研究的技术人员等。其中，直接面向产业的人员，我把他们叫作产业开发人员，也就是各种类型的农业经营组织里的从业者，如农村合作社、农业经营企业里的从业者；农村经营组织的带头人，我把他们统称为农业企业家。这部分农业企业家有的懂技术、有的懂管理、有的会经营，可以说他们是产业发展的带头人、是农业领域的拓荒者。他们立足农业，面向市场，开发产业资源，生产满足人们需要的各种食品。他们将农产品生产出来、加工出来、流通起来，使农业实现从农田到餐桌的全产业链的闭环。全国有几百万个合作社、数百万个农业经营组织，粗略估计，这些组织的带头人就有数百万人。这个群体分布在全国各地，连接着城市与农村，遍布在农业产业链的各个环节，经营管理着规模不同、细分领域不同、业态不同的经营组织。据我的观察，他们或许缺资金、缺技术、缺人才，但他们更缺乏把这些经营要素整合起来的管理能力。当全行业都在关注产品、资金、技术这些看得见的生产要素的时候，我们是否可以去关注影响全行业发展的关键要素人才？被我们称为农业企业家的人就是我们期望影响的学生。

　　第二个问题就是：这个群体他们需要什么样的管理教育？我曾经有机会在清华大学接受 EMBA 的教育，给我们授课的老师都是经管学院的名师。他们大多有海外留学经历，熟悉经济学或管理学的前沿研究成果，给我们这些来自一线的管理者打开了新的大门。但是，我们总有一种感觉：听课时很感动、很激动，但课后很难行动。管理是一门实践的学问，我们需要在学习之后面对复杂的管理场景，不同的行业不一样的处境；在实际的管理工作中，各种复杂的问题不请自来。如何把所学的知识用于管理的具体场景呢？这的确是管理教育的难点。我们作为一个"初出茅庐"的培训机构，凭什么能够面对这样的难题？

　　与过往接触到的农业经营组织负责人进行了沟通。随着管理教育的普及，他们有参加许多名校举办的总裁班，也有参加各种培训机构组织的短期专题培训班；但接受培训之后，感觉老师只能讲解通识性的管理知识，列举的案例大多与自己从事的行业无关，很难有代入感。此外，由于参加人数众多，只能全程听课，无法落地演练，这样就很难将学到的管理知识运用到实际的管理工作中。学习归学习，管理归管理。

　　能否开办一家这样的培训和咨询机构？所有的学员全部来自农业企业。由于他们来自大农业产业的各个细分领域，分布在农业产业链的各个环节，面临同样的产业政策环境；不仅彼此间存在商业合作的机会，还能共同面对产业发展的难题。最重要的是，农业产业链的上、中、下游每年的经济增加值超过三十万亿元，数千万从业者，产业体量庞大。这些农业企业家可以说是农业领域的精英。他们通过自己所在的企业，开发农业资源，推动产业发展，解决当地就业问题。

当然，仅仅把农业企业家聚到一起是不够的，关键还要看用什么样的教学方式，改变只学知识、不重落地实践的管理教育的弊端。管理教育与大学理论学习的最大不同就在于，管理的对象是人，管理工作就是激发人去完成企业的经营任务、实现企业的使命。如果学习的管理知识不能激励团队行动，管理知识的学习是无效的。如同一个将军即使熟读兵书，仍然不能打胜仗一样。全国数百所高校都开设了管理学院，我想这些院校的老师大多学富五车、知识渊博，难道他们不知道要注重管理实践教学吗？据我所知，几乎所有的管理学院都在提倡注重管理实践教学，为何没有取得期望的效果呢？据观察，一是师资的制约。与国外管理学导师必须有企业管理经验的要求不同，国内管理学教师大多没有企业工作经验。有的老师从本科读到博士，再留校任教，一辈子不出一所大学。这些老师理论研究不可谓不深，逻辑思维能力不可谓不强；但面对复杂的管理场景，切中管理要害解决管理问题的能力有可能就是欠缺的。二是教学方式的制约。国内高校已有几十年开办管理教学的经验，一开始就是借鉴大学的其他课程的教学方式，采用教师在讲台上讲学生在下面记录的方式，缺乏管理场景和管理案例。对管理学的教授，也还是采取发表论文、评职称等方式获取奖励的机制。教授们没有创新教学方式，没有不断更新教学内容的持续动力。因此，管理教学的效果常常被用人单位诟病。

我们新创办的机构就是要解决这个群体在管理实践中的问题。其实，所有的管理教学机构都会声称要解决管理实践中的问题，各个机构不同之处在于能否做到把教学的设想落在实践之中。正如我在大学进行教育研究时认识到的，其实大学之大不取决于大楼之大，也不取决于大师之大，而是管理之大。一方面，大学教授大多有闪耀的求学经历、优秀的科研成果，深知自己的利益边界，善于维护自己的权益。面对这样一批高智商、高学历的知识分子，使得大学管理提出极高的要求。另一方面，大学管理的成效不像企业那么立竿见影，往往需要很长的时间才能显现出来。即使教育主管部门制定了一套考核大学的标准，往往也难以实施；因为大学的成效除了发表多少论文、承担多少课题这些定量指标之外，还有学校的精神传承、教师群体的精神风貌、学生的学习状态等一些感受得到但又无法考核的指标。更何况大学管理的成效还有很强的滞后性，一个关键措施即使被有效执行，要衡量这个措施的实际效果，可能需要几年甚至几十年的时间。综合以上分析，大学的管理在德鲁克划分的政府、企业和公益组织三类组织中，难度系数绝不亚于企业的管理。

这对于民间教学机构或许是机会，更可能是挑战。机会在于民间机构管理机制的灵活性。教学的本质是人唤醒人，如果被唤醒的群体已经确认，那么谁来唤醒就是关键环节。大学有固定的教师始终充当唤醒者。据我的观察，由于教师教学的效果不仅与自己学问的深浅，还与教师的口才、人品和教课方式都密切相关。在一个大学里或许真正优秀的教师不足三之一，其余的三分之二不能说不优秀，只是他们不适合做教师。但大学的教师淘汰机制很难建立，无法挑选合适的教师。

民间教育机构则可以建立一套教师选择标准，优选水平高、口才好、品性好的教师授课。教师的来源可根据课程的需要进行组合。比如，"榕石"的教师就来自大学、企业、政府和社会服务组织四个方面。大学老师建立知识框架，企业家讲解实证案例，政府管理人员讲解政策制定的内在逻辑，社会服务组织如投资机构讲解赋能企业的各种途径。在民间机构的考评机制里，学生评价占有很大权重；学生评价低的老师，下一次的教学中就不再会有他们的身影。来源不同的教师为同学提供了多元的学习视角，避免故步自封。

三维架构

设想的美好不能保证现实的落地。民间培训机构资源短缺，积累单薄，品牌知名度低。民间培训机构想要积累口碑，需要不断打磨课程，迭代教学方式，调整师资结构。最重要的是民间培训机构还要平衡当下和长远的关系，让当下的收入可以支付教学的和人工、办公的成本，并且拥有长远的发展。民间培训机构创始人就这样在一个狭窄的空间里腾挪，心里装着美好的梦想，眼里看着财务报表，脚下艰难地缩短着理想与现实的距离。

创办之前，我们就设想了各种可能的困难，做好了破釜沉舟的准备。我们深知教育机构一定要做时间的朋友，要靠较长时间的积累才能把教学的效果显现出来。因此，我们坚持要质量不要规模，坚持先当学生再当先生，坚持务实落地的做法，不求虚名。第一期在二○一九年三月正式开始，从筹备到正式开学只有一个多月时间；除了靠创始的三位老师尽心之外，就是靠过去积累的所谓人脉。第一期来的企业家大多是我的朋友或朋友转介绍来的，他们基于对我和对"榕石"的信任来学习。他们不知道"榕石"要怎样教他们，也不知道要学习什么，有哪些老师来教他们，开玩笑说这是一所"三不知"学院。但我们几位创始人坚定地相信，农业系统这么庞杂，规模有三十万亿，数亿从业者，包括农业企业或合作社等农业经营组织有几百万个，只要他们中的百分之一的管理人员来学习，我们就有机会开展下去。当然，他们完全可以参加其他的商学培训，但是从我的亲身经历知道，其实管理是有非常强的行业属性的。把握农业行业属性，我们坚信，正走在一条正确的路上，剩下的就是正确地把正确的事做好。

第一个方面是研究行业。农业产业横向包括农、林、牧、渔四大产业，纵向看每个产业又包括产业链的上、中、下游，纵横交错构成一张农业的大网，进而形成了几十个细分领域。比如，种植是农业产业的基础。根据种植的品种不同，又可以分为粮食种植、蔬菜种植、水果种植、油糖桑麻等经济作物的种植。每一种作物的种植都有自己的独特技术。农业产品跟大多数工业产品不同，除了小部分出口国外之外，其余的产品都要走向最后的终端，即以食品的方式走进千家万户。在全国范围内，农业消费者基本消费情况不会有太大变化，所以各种农产品相互竞争又相互扰动，构成一幅生动的农业产业网状图。各种类型的农业经营组织就分布在这张大网中的各个细分领域里，把人、产品、资本、技术等生产要素进行组合，创造各种产品满足广大"食客"的需要。

一个产业的发展通常是三种力量的相互作用。一是市场的拉力。这是产业发展的关键力量，也是分析一个产业的根本视角。二是企业的推力。企业作为产业的供给侧，为追求利润而生产各种产品去满足消费者的需要。三是政策的引力。任何一个产业都不是存活在真空中，都要不同程度受到政府行业政策的影响。农业产业生产的产品具有基础性、刚需性和不可替代等特征，是一种与任何工业产品都不一样的独特产品。因此，政府必须要进行干预，不仅干预生产，还可能干预投资、消费、技术等环节。比如，我国的粮食收储制度，已经坚持了几十年。这项制度从表面上看，是为了缓解粮食的集中收获与均匀供给的矛盾。其实，它还是保障种粮收益和粮食安全的万全之策。中国粮食储备集团（简称中储粮）以稳定的价格敞开收购，从根本上解决了种粮户卖粮难的问题。这就为粮食生产者吃了一颗定心丸，大家不用担心所谓市场波动带来的种粮收益问题。粮食生产需要一定周期，不能等需要粮食的时候，再去考虑种植问题。因此，这种收储制度凸显出它的关键效用。我们就从以上三种力量认识农业，并带领学生们从自己所在的细分领域入手，从以上三种力量解剖产业、理解产业，发现产业运行的独特规律，以便提前布局，走在产业周期的前面。在农业领域，一旦错误选择细分领域，就很难扭转局面。有效的选择是企业成就的关键。帮助学生选对细分领域，并精准选择介入的环节，就是一种战略选择。

第二个方面是研究企业管理。其实通过这么多年管理教育的普及，通用的管理理论已经非常普及了，但在农业企业之中难以落地。我想主要的原因恰恰就是农业的行业属性。从本质上讲，管理就是把人、财、物等生产要素组合起来，最大限度地创造新的产品，以满足客户的需求。因此，大农业领域的企业常面对类似的客户、类似的商业场景、相互关联的产品，企业之间有许多可以相互学习借鉴的内容。我们可以从两个维度积累案例。一是已经取得成功的大型企业。通过对大企业发展历程的追溯，总结这些大型企业不同阶段的管理特征，梳理管理共性，发现管理差异，并将其整理成管理案例供同学们学习借鉴。二是总结大量成长型企业管理案例。这些企业大多规模不大，处在经营的早期，管理基础薄弱，人才、技术、资本等要素比较缺乏。但在各个细分领域里，总是有一批脱颖而出的好企业。这些企业管理者个性鲜明，敢于冒险，善于把握机会。把他们管理企业好的做法总结出来、分享出去，本身就是一种价值。同时，我们还总结了失败的案例。我们知道，失败案例带给成长企业的价值可能胜过了成功案例带来的价值；但是人性决定，失败的企业管理者并不愿意回忆过往的失败。因此，收集这样的案例非常困难，只能通过若干年的积累。我如同一个老中医，观察的方法也从过去单一的询问，升级为"望闻问切的综合诊断方法"。我把这套方法叫作"一看二问三诊断"。"看"就是看员工的精神面貌，看企业的办公场景，看食堂、厕所等管理的死角。三个方面的查看大致可以判断出企业的管理状态。"问"的范围非常广泛，既有企业的经营情况，还有企业的管理问题。一个管理优秀的企业，经营管理上是自洽的。但凡问题企业，在应询的时候都会露出破绽，出现前后矛盾的地方；而那些矛盾点恰恰就是问题点，刨根问底地追问下，都可以发现管理者有意隐藏或者尚未发现的问题。"诊断"就是要把看到和问到的信息，进行加工进而做出企业管理状况的判断。这种学习判断本身就已经具备价值，因为企业管理者每天要对企业的各个经营环节进行诊断。年轻的管理者如同一个刚从中医学院毕业的大学生还不能出诊看病，需要老中医的带领。先帮助老中医抄方，近距离观察老中医如何诊断、如何开处方，通过若干年的积累，才可能有机会自己开处方。年轻的管理者虽然已经掌握了一定的管理理论或管理技巧，但要对企业经营进行诊断，并快速开"处方"，仍是极具挑战性的。中医大夫的处方开得不对症，只是贻误某一个病人，而管理者的处方可能影响企业的每一个人。管理教育就是要创造一种"会诊"的场景，在场的每一位管理者都是大夫，共同面对某个企业，帮助企业管理者进行自我诊断，再对症下药。通过反复练习，把管理者锻造成一个有经验的"大夫"；回到自己的企业后，可以独立面对各种疑难杂症，开出合适的"药方"，跟踪"用药"效果，调整"处方"，不断精进。

第三个方面就是管理者自身的修为。无数管理案例都证明了一点，管理企业的起点是管理者对自己的管理。管理者一旦被赋予管理企业的职责，他个人的优缺点都会被放大。管理者既是企业的裁判员，需要对人对事做出价值判断；他也是企业的教练员，需要把团队调整到最佳状态；他还是企业的运动员，不仅要做出示范，还要对企业最后的经营结果负责。企业管理者永远都觉得时间不够、精力不够，面对繁杂的管理场景还需要快速做出判断。因此，德鲁克说管理者要善于管理自己的时间，要做到要事优先。

管理者要扮演好角色，是一件极其困难的事情。与中医成长不同的是，管理者一旦承担了管理职责就要求他们可以做出判断，并对结果负责。一个企业选择一位管理者就是一次冒险。管理者的心智成熟和对企业管理角色的进入程度，与企业的最后经营结果直接相关。

管理教育的其中一个价值就在这里。我们创造各种场景让管理者在这些场景中"犯错"的同时，观察其他管理者思考问题的角度，以此反省自己过往的管理体验。把自己带进管理场景去，再从管理场景抽离出来。这种进入和抽离的反复训练让管理者既是当事人也是旁观者。作为当事人要进行果断的决策，作为旁观者要对决策的效果进行评判。角色的转换引起换位思考，这对管理者来说是非常重要的。

长在地里的商学院

为了"榕石"的定位，我仔细比照了世界著名商学院的办学特色。受资料所限，未必那么准确，但的确给予我很多的启发。比如，哈佛大学擅长案例教学，通过精心准备的案例，把同学们带入管理场景，进而启发同学们反躬自省。斯坦福大学的特色就在于产、学、研的有机结合。大批硅谷优秀企业聚集于此，为商学教育提供了丰富的案例，让管理充满鲜活的力量。

国内的管理学院分为两类：一是依托高校的经济管理学院，如清华经管学院、北大光华管理学院、上海复旦大学管理学院等；二是社会资本投资筹建的管理学院，如长江商学院、中欧国际工商学院等。企业的社会环境如同空气，商业场景如同土壤，产业环境如同泉水，三者缺一不可。我是一个管理教育的初行者，本无权评论国内外的管理教育；但是从对德鲁克、明茨伯格等管理大家著作的学习，加之接受的 EMBA 教育经历，还有自己管理企业十多年的经验，我感觉我们的管理教育仅注重前面两者的研究，尤其是对商业场景的研究已经细致入微。所有的企业除了处在社会的大气候之中，还处在行业的小气候之中，企业依靠自身力量对行业趋势进行研究是非常不够的。这就为管理教育留下了广阔的空间。

什么样的管理教育才是好的管理教育呢？如前文所述，我认为必须要进行产业、管理和人文三位一体的教育，给予学生产业洞察的方法，把握产业演进的规律，避免战略方向性的错误。当下的战略咨询或战略课程大多从商业的角度提供认知，其实是非常片面的，产业的趋势才是企业赛道选择的重要依据。比如，前几年非洲猪瘟在全国泛滥，大批生猪死亡，让猪肉供给短缺，猪肉价格升至历史高位。于是，各种规模的养猪场都大举扩张产能。等到投资完成、生产设施都已齐备，处于大规模养殖期时，非洲猪瘟得到有效控制，产能迅速恢复，原有的养猪设施就足以满足全国消费者对猪肉的消费需求。新建产能投入之时就是产能过剩之时，一场极度内卷的行业竞争就不可避免。巴菲特的忠告：在大家贪婪的时候，他就恐惧。或许有人会说，这是经济学需要研究的范围。其实，管理学或管理的实践都证明，管理学离开了经济学就是没有源头活水。毕竟，经济行为的主体与管理行为的主体都是人。

管理的各个侧面一直是管理教育的主题，被国内外大量研究实践，效果却参差不齐。原因很多。一方面，据我观察根本在于教师队伍缺乏实践操作。迄今为止，管理学院的教师大多没有企业管理的实战经验。如同一个没有踢过一天球的足球教练，无论他的足球理论多么扎实，恐怕还是难以成为一名优秀的足球教练。另一方面的欠缺就是教学方式的实践性安排。虽然也有安排一些案例，但没有现场感的案例终究是纸上谈兵；如同军事学院不一定能教会将军打仗一样，真正的历练都是在战场。

基于以上的认识，我们把"真学实做"当成我们办学必须坚持的核心价值观。所谓"真学"是根据学员的需要安排课程，也就是围绕产业、管理和人的成长三个维度安排课程；将课程具体拆分成几十个模块，突出重点，建立三个维度的知识体系。所谓"实做"就是要学以致用，教给学员接得住、能落地的一套方法，把管理的理论体系化、管理的操作流程化、实施的效果显性化。

通过几年的实践验证，农业管理教育大有可为，只要坚持下去，一定惠及整个行业。一个农业企业的发展，短期看营销，中期看产品和研发，长期看管理。管理不仅是农业企业的短板，也是农业企业提升的难点，提升农业企业的管理水平正在成为越来越多有识之士的共识。随着中国现代化进程的加速，高质量发展全面展开，一场农业企业的管理浪潮正在到来。

第十六章　感恩生命

一九五一年五月的一个上午，父亲在田里插秧。公社武装部的人来到田边说："你是胡天祥吗？"在得到肯定回答之后告诉他，你们家兄弟五个，需要一个去当兵，抗美援朝保家卫国。父亲从田里走出来，回到家跟母亲打个招呼，就跟随武装部招募新兵的人走了。父亲时年二十五岁，已经是一个女儿的父亲。

奔赴前线

经过近一周的辗转，父亲到达鸭绿江边的新兵训练营，被分配在0107部3支队1分队1机连。直到一九五六年四月五日领到国防部颁发编号为（73）蜀换复字第06977419的"复员军人证明书"，正式复员回家，历时五年。

五年时间不短，况且是在战场，但父亲很少提起这段经历，在外人面前甚至几乎从不提及。依稀记得他只是在我们小的时候说过，战场的夜晚都要轮班站岗，轮到他上岗的时候，刚刚准备从防空洞出来，就听见一声巨响，一颗炮弹落在十米之外，即将交班的战友光荣牺牲，下葬只有战士的衣服。因此，他说自己这条命是捡回来的。他经常这么说，我们似乎也相信了。在他入朝参战之时，最猛烈的战斗虽然已经过去，但是零星的战斗仍不时发生。他在前线低矮的岩洞里住了整整四年，参加过无数大大小小的战斗，最远处打过了三八线，直逼汉城。他们同行的战友大多牺牲或是负伤，他居然毫发无损。更为奇特的是，在昏暗潮湿的岩洞里，熬过四个春夏秋冬，居然也没有关节炎等疾病。直到二〇二三年十二月九日突然离世，除了耳朵听力不好之外，没有任何慢性病困扰他，这不能不说是一个奇迹。算命先生说他要活到一百零二岁，我们都信了，但世事无常。

　　二〇二三年十二月五日，突然接到大哥的电话，父亲输尿管堵塞需要紧急住院。大哥在成都上班，距离老家县城大约四个小时车程，每次父亲身体抱恙都是大哥第一个赶回家，这次也不例外。大哥凌晨从广汉出发，天亮之前已经到家了。在县人民医院安顿好父亲，经过紧急检查，除了输尿管堵塞之外，其他身体器官都很健康。我正在海南给大学研究生上课，随后的周末就是"榕石"的课程。我跟大哥说，"榕石"课程结束我就回老家看望父亲。随后，我给父亲打电话询问他的病情。出乎意料的是，父亲在电话里期望我回去，这是这么多年的第一次。我感到事态很严重，放下电话就拨通了大哥的电话，大哥说若能回去当然很好。不过父亲这次的病跟往常没有不同，在安装好导尿管之后就可以出院，在家休养就可以。大哥遵照医嘱，在办理完父亲出院手续之后，由嫂子照顾父亲，大哥重回广汉上班，视父亲病情再决定是否请假回老家。一天之后，嫂子说照顾父亲很不方便，大哥又再次请年假回老家照顾父亲。

十二月九日傍晚六点多，突然接到大哥的电话，说父亲的嘴唇发紫、呼吸急促，需要紧急送往医院。大哥大嫂紧急跑向不远处的医院，医院一刻没有耽误派出救护车，随行有一个大夫和一个护士。救护车到父亲居住的楼下，为了抢时间，大哥和护士先乘电梯上楼。见到父亲第一面的时候，父亲虽然神志尚在，嘴唇还能蠕动，但完全说不出话了。随后赶到的大夫翻看父亲的瞳孔，并用心电设备检测，一条显示心脏跳动的直线定格在仪器的屏幕上。大夫沉痛地告知大哥，父亲已经走了。

接到大哥哭腔的电话，我居然没有哭。这与过去接到母亲和大姐去世的电话后嚎啕大哭完全不同，我也不知道为什么自己没有哭泣，甚至觉得自己不正常；直到深夜为了平复自己的情绪，单曲循环柴可夫斯基的《悲怆交响曲》，眼泪才如断线的珠子般跌落下来。心想这首曲子是柴可夫斯基亲自指挥首次演出，九天之后就离开了人世，这部伟大的作品就是为了父亲百年之后创作的，没有比这更好的慰藉了。父亲唯一一次请求回去看他，自己还是因为工作忙没有满足父亲最后的心愿，没有见到父亲最后一面。父亲原谅我，这种深深的自责只有来世再去补偿。

我回去见到躺在棺材里的父亲安详平和，心里好受一些，没有像母亲去世的时候一样撕心裂肺地痛哭。内心默默地安慰自己，父亲在世时，自己还是尽到了孝心，除了最后的告别，没有留下什么遗憾。母亲是二〇〇九年去世的，母亲生病十年时间里，我正是最繁忙的时候；每次都是各种理由，一年就回去几次，每次都是匆匆忙忙。在母亲离开的时候，我深深地歉疚，期望弥补给父亲。在父亲从失去老伴的悲伤中缓解之后，我就安排父亲和一直照顾母亲的大姐和大姐夫去台湾。原本计划再安排去朝鲜，去他战斗过的地方走一走，但因赴朝鲜旅行的诸多限制没有成行，转而安排父亲和两位小学校长和一位校长的夫人来北京。父亲登上天安门城楼，参观毛主席纪念堂，游览故宫颐和园和圆明园，并在人民大会堂用餐。父亲感觉自己是幸福的。

父亲的葬礼按照风水先生看出的期限被安排在三天后的凌晨，期间按照老家的风俗开展各种祭奠活动。作为父亲的小儿子，大多被安排在大哥的后面扮演规定的角色。当几个姊妹和家里亲属跟随祭奠团队到曾经的水井祭拜的时候，喧闹的锣鼓声似乎唤起父亲当年担水的画面，眼泪再一次落了下来，突然想叫一声"爸爸"。面对空旷的田野，这一声"爸爸"被哽在喉咙；一种不可言说的悲痛浸泡了整个心脏，一种钻心的疼痛扎在心里。仿佛在这时才真正意识到，父亲真的走了，永永远远地走了；父亲再也不会回来了，这一声"爸爸"永远发不出来了……

他走得太突然了，完全出乎我们意料，但似乎又有那么多预兆。这一年一月二十五日春节，我们几个全部带上家人回去跟他团聚。三月二十五日，孩子带上女朋友，在没有事前通知我们的情况下，前去看望他爷爷。在七月二十五日一直照看父亲的嫂子必须要到成都两个礼拜，我从北京赶回去给父亲做了几天的饭。这也是我生平第一次专程回去照看父亲，哪知道这也成为最后一次的告别，早知道我一定多住几天。还是在这个夏天，父亲把自己冬天的衣服全部搬出来，让我远道而来的姐夫挑选。二姐的孩子要春节才举办婚礼，父亲还在十二月份他去世前一个礼拜就把给外孙的喜钱给了。父亲或许真有预感，在住院期间他才会第一次在电话中期望我回去。当时，心想父亲身体那么好，就是一个小毛病，等我上课后就回去陪他，哪知道这成为终生的遗憾。

他们俩

父亲与母亲同岁，都是一九二六年；父亲生日是农历四月，母亲生日是农历十月，相差半年。在我的记忆里，父母从来没有吵过架，甚至没有红过脸。在母亲得了阿尔茨海默病的后期，一直管父亲叫作妈妈。父亲去世下葬是十二月份，天气很冷，居然有一只很大的飞蛾在父亲即将出殡的棺材上盘旋，父亲下葬的头一天正好是母亲的生日。我不迷信，但无法理解这种巧合。人生就是由无数个巧合构成的。

母亲出生的肖家湾距离父亲所在的胡家湾大约有十公里路程，若没有媒人牵线就没有机会相互认识。母亲姊妹三个，自己是老大；父亲家里兄弟五个，父亲排行老三。父亲的大哥长得一表人才，敢作敢为；后来染上鸦片烟瘾，客死他乡。父亲的二哥和五弟都在我们出生前就去世了，就剩下四弟（我们叫他四叔）和父亲。四叔的夫人去世很早，只有一个女儿。四叔对我和大哥特别疼爱。他没啥技术，就出卖劳动力；从酒厂里买两桶高粱白酒，走村串户零售给当地农民。很多次，他都在附近的日用杂货摊买上我们爱吃的糖果或是饼干；做了好吃的东西就叫我们去一起享用。四叔女儿出嫁之后，就他一个人生活，我们家吃饭的时候大多就叫上他，他仿佛也成为我们家一员。直到他八十多岁去世之前都是这样，他似乎也默认这种不分彼此的大家庭关系。

用今天的标准衡量，父亲其实是大男子主义了，在母亲生病前，父亲几乎从来没有做过家务。照顾我们兄弟姊妹，洗衣做饭，打扫卫生，所有的家务活都是母亲一个人完成。大姐很早就出嫁了，我们姊妹三个尚小，干不了家务活。母亲从来没有抱怨过，总是默默承担。父亲作为生产队长，总有忙不完的"公务"，他几乎没有多少时间在家里待着。母亲忙完家里的活计还要出门干公家的农活，那时叫作"挣工分"。父亲是生产队长不下地干活，而是张罗几百人组成的生产队的农业生产、征集公粮、安排记分员记录工分。有一次母亲病了，哥哥和二姐都要上学，我就顶替母亲出工挣工分，一大早就听见父亲吆喝着大家出工。当天的农活是挖菜地，几十个人一字排开，各自举起锄头按照自己的节奏挖地，只要没有明显落后你身边的社员就没有谁督促你。那些手脚麻利的社员很快就挖出一两米远，就停下来等后面如我这样的"菜鸟"，直到几十个人大致在一条直线上。当时是夏天，一个早晨就干一小时左右的活计，大家就回家吃饭去了，饭后再继续。当时我就想："这样干法，这一块地要多久才能挖完呀？每个人挣的工分是一样的，每个人挖的深浅可是不一样呀，怎么能保证每个人都好好挖地呢？社员会偷懒吗？难道都靠父亲这个队长来督促？"从那一刻我有点理解父亲的工作难度了，感觉整个生产队几百个劳动力都要他负责，他是那个唯一的监工。其实，生产队还有会计和保管员，但他们都是只忙于事务，只有父亲是负责"全面工作"。在这个国度里，如果说有一个最小的社会组织，恐怕就是生产队了；它不在组织序列里，但又是社会里最小的细胞。只有这个组织是面对一个个像原子一样的个体，一个个有着鲜活生命、利益诉求的个人。

　　想到这些，就理解父亲每次召开全体社员大会的艰难场景。几百个社员歪七扭八地坐在被称作"晒坝"的地上，只有父亲站在社员中间讲解最近的某个国家政策。每次开场之前，父亲都要扯着嗓子让大家保持安静，至少喊上三遍以上，乱哄哄的晒坝上的人群才会稍许安静一些。父亲用最大的音量一句一顿讲解最近的某个政策。他的语速会随着会议的进程加快。因为只要讲到跟大家利益相关事项，没等父亲讲完，下面嗡嗡的议论声就开始了。如果父亲说话的音量和语速压制不住这些声音，后面讲什么坐在远处的社员基本上就没人听得见了，再往后就没有多少人愿意听了。即使提高嗓门提醒大家不要说话，一旦嗡嗡声压过了讲话声，提醒的话也是无济于事的，那么这次会议就失败了。某一次的失败是可以接受的。比如，到年底结算会，公布每家多少工分可以分配多少粮食，各种质疑的声音此起彼伏，大多是说会计记错了。当然这个错是单项的，都说自己家的工分被少记了。这样吵吵嚷嚷就是农村一种独特的沟通方式。父亲就是这种沟通方式的主持人，既要压得住场，还要讲究方法和策略。如果赶上一个不讲理的社员，若在会场上就跟他言语交锋，那就把父亲搞得灰头土脸的；多有几次这样的冲突，也就失去了威信。所以，父亲还要讲究方式方法。在最基层的农村，这个队长不能依靠权力建立自己的威信，只有靠自己的口碑慢慢积累。父亲当了二十多年的生产队长，吵架的次数屈指可数，我不知道他是如何做到的。

后来，我从事企业管理工作，体会到父亲可能的确是一个沟通的高手。每年过年我几乎都回家看望父亲，大年三十都是家庭年会的时刻，父亲都要发表一个"年度讲话"。多年前讲的内容都不记得了，就是去年父亲的讲话我至今记忆犹新。他从美国讲到中国，从北京讲到四川，从四川讲到县城，逻辑严密、结构清晰、重点突出。因为孩子在美国留学，所以特别提醒孩子要学成归国、报效国家，言语中饱含深情；在对各代人赞美之后，夸奖全家都是孝敬的家庭、和谐的家庭、美满的家庭；感谢这个国家，感恩这个社会。由此推之，父亲年轻时也是一个最基层的好领导。

　　也许因为父亲干生产队很出色，公社（今天的乡）党委提议父亲出任村长。村长要管理十多个生产队，村就是一级政府了。父亲口头上答应下来。公社领导带队到生产队考察，找几十个社员谈话，没有一个反对意见。大家认可父亲做事出于公心，对社员很真诚也热情，还帮助很多社员家解决了很多具体困难。一个社员的孩子想去当兵，这在当时是大家羡慕的出路，但因为太想去而紧张使得血压过高，第一次体检没有通过。父亲就跟社员亲自陪同，争取了重新体检的机会。也许因为有人壮胆，孩子顺利通过了体检并成功进入部队；转业回农村之后，一直来我家看望父亲，说是父亲改变了他的命运。考察组最后征求我母亲的意见，出乎意料的是母亲坚决反对父亲当村长。母亲的理由也很简单，当村长要得罪很多人，日子过得不安稳。父亲原来还想说服母亲，看母亲如此坚持也就放弃了。公社考察组的人很不理解，但我却非常理解父亲为何要放弃当村长。

　　一九五四年，父亲从抗美援朝前线暂时转移到河北石家庄驻扎了一年。直到第二年，部队给出两个选择，一是转业回老家，一是转业去新疆生产建设兵团。父亲毫不犹豫选择回老家。当时选择去新疆兵团就会按照非农业人口对待，也就是体制内的人，每个月有固定的工资。这对那个时代的人来说，脱离农村是一个难以抵挡的诱惑，但父亲念及母亲一个人照顾一大家子已达四年之久，便毅然决然放弃了这次农转非的机会。再后来转业回农村，因为五年抗美援朝的军旅经历，组织上安排父亲到一个煤炭厂上班，并且出任了党支部书记；赶上五八年大闹饥荒，煤炭厂也吃不上饭，父亲再次放弃非农户口的待遇，回到农村当一个地地道道的农民。从以上这两次放弃，就知道父亲尊重母亲的愿望放弃当村长就在情理之中了。

父亲一九五五年回到农村时，有一次转任乡干部的机会。与他一起参加学习的另外两位转业军人都当上了乡长和乡党委书记。因为学习之后每个人都要写一份自我介绍，父亲只有一年私塾的学习经历，他写的自我介绍里有错别字，也就失去了这次转为国家干部的机会。父亲成为了地道的农民后，或许因为当兵练就的组织能力，让他始终有机会出任生产队长或是保管员。这是农村最低级别的牵头人，甚至都算不上官员，只是承担了一部分组织工作，这部分工作可以折算成工分。

感恩之心

二〇〇九年母亲离世之后，父亲非常消沉，常常唉声叹气。只要回到老家一定去母亲的坟前默默地待一会，指着坟旁边一块空地说，这就是我的归宿；之后就不再说话，默默地看着母亲的坟。我不知道父亲在想什么，只是看出他的表情里有思念有不舍。随后，父亲总是打开好久没有居住的老家的房门，在屋子里环视一圈，一句话也不说，仿佛在寻找什么，但没有取走任何东西。而后，在返回县城的路上，父亲也一直没说话。平时父亲是爱说话的人，从国家大事到家长里短；耳朵听力下降之后，跟人交流起来不那么顺畅，他的话是少了许多；但这一路几乎不说话，是很少见的。直到快抵达县城，父亲以商量的口气跟我和同行的哥哥说，自己想好了，既不跟着大哥一起居住，更不会来北京跟我居住，也不去二姐家住，就入住县城附近的养老院；不给孩子添麻烦，养老院都是老人可以做个伴。看得出来父亲说出这个想法是经过反复考虑的，虽然是商量的口气，但态度很坚决。我不知道老家县城的养老院是什么状况，也就没有明确表态；跟大哥商量，先去养老院实地查看之后再决定。

　　紧邻县城的西面就是一座只有几百米高的小山。山虽然不高，但簇拥着山的缓坡却绵延逶迤，使整个山势庞大而低密。由于山的形状是两头高而中间低，被赋名为"马鞍上"。老家的气候温暖而潮湿，山上有意栽种或无意生长的各种草木比邻而居，给山势披上一身嫩绿的外衣。喜欢爬山的城里人穿行在绵延的小道上，呼吸清新的空气。在山的背面分布着几处高低错落的房子，就是分属各家的养老院。我们一一查看之后，对其中环境最好的一家比较满意，仔细查看住宿、食堂、每天的菜单、房间打扫、病后护理等各种指标之后，给父亲选择一个原本可以安放两张床位的单间。房间在三楼朝阳，可以俯瞰整个养老院；前面的小楼地处低洼，远处高大的树木都可以进入父亲房间的视野。第二天，我们带着父亲来到即将入住的养老院，父亲非常满意，让我们尽管放心；催促我们马上办理入住，以便我们尽快回单位上班。我们准备了父亲入住需要的所有用具，给养老院的老板和打扫卫生的阿姨反复交代，私下给了红包让他们帮我们照顾老人。在父亲试住几天确认满意之后，我们才离开。不知为何，即将返京的时候，再去看望父亲，心里升起巨大的歉疚感，眼泪止不住流下来。回京之后相隔一两天就打电话给父亲。由于父亲听力很弱，只能就一个他已经听得懂的话题往下说；一旦转换话题，他就在电话那头说听不见。其实，我都听见他在说什么，那是一种无奈。那时的自己处在事业最繁忙期，一年就只能回去一到两次看望父亲；但父亲从来没有过抱怨，逢人便说自己的孩子甚至孙子如何孝敬他。当时的心情很复杂，父亲越是这么说，越是感觉自己未尽到孝道。

父亲在养老院第一年的春节，我抛开了所有公务，早几天回到老家陪父亲，夫人和孩子都一同回去。看到父亲消瘦而且明显苍老了许多，再看到入住房间的被子脏了也没有换洗，再打听跟他一起入住相识的老人不久前也去世了。当时就下定决心，一定不能再让父亲住在这个看起来是县城最好的养老院。

年前的最后一天，我们把父亲从养老院接回家，父亲非常高兴。第二天是年三十，按老家的传统这是一个团聚的日子，一家人不论平时在哪里生活或工作都要回到故乡，回到父母身边，吃一顿团圆饭。早饭之后，父亲没有告诉家人就出门了。大约过了一小时发现父亲还没回家，我和大哥出门寻找，猜测他一定去到一个他常去的地方。果然，在距离住家不远处是县城的"闲人"聚集的中心广场，父亲正在跟一群老年人聚集在一起有说有笑，知道这是父亲来看望一年未见的"老朋友"了。

县城的中心广场是一个落差十来米的两个小广场通过十几级的台阶连接而成，地势高的广场被称为上广场，另一个就被称为下广场。上广场的中央是一个卷曲的金属雕塑，宛如一只待飞的凤凰；雕塑的底座是花岗石砌成，坚硬的底座与金属的雕塑激发无数孩子攀爬的兴趣。在家长的注视和担忧的目光里，年龄不等的孩子如同勤劳的蜜蜂，缠绕在光溜溜的底座和雕塑之间，让这个原本没有生机的雕塑充满生机。雕塑周围闲人的目光总是被这一幅生动如画的场景所吸引，父亲也不例外。雕塑的周围种植了适合当地生长的灌木，树的底部围绕一圈大理石，这就是父亲常常安坐的地方。父亲总是默默地看着这些玩耍的孩子，或许是在看我们的小时候。当然，父亲最喜欢的是与广场上那些老朋友聚会，这里有他一起上战场的战友、一个生产队的老乡，还有相识多年的亲戚或邻里。由于父亲从来不说别人的坏话，加之天生的乐观，无论什么时候都在广场里交上一帮朋友。随着国家经济条件的改善，政府给予如父亲一样抗美援朝的老兵的补贴从二十元涨到近两千元。这笔钱始终是父亲的私房钱，父亲就经常用它来请客，其中就有广场的老朋友。情感认同、出手大方、乐观开朗，父亲仿佛成为广场的明星。不知哪里的算命先生看到父亲后"断定"父亲一定活到一百零二岁，于是大家就给他起个绰号"102"。但父亲总是淡然地说，人的寿命天注定，自己早点走也能减轻子女和国家的负担。看着除了听力下降之外，父亲眼不花、腿脚灵、饭量很好，我们都相信父亲能活过甚至超过一百零二岁。上天总是违背人的意愿，父亲的生命毫无征兆地定格在九十八岁。

父亲与母亲一样从来没有抱怨过。即使在母亲刚刚去世的时候，他异常孤独，每次回家看望他，他都是在感恩儿媳、孙儿、曾孙等的孝顺，以及周围的亲戚如何在他生病的时候来看望照顾他。每次我离开县城之前都要请这些亲戚、朋友、同学和老师小聚一次，以感激他们代替我们尽到的照顾之情。我常想，父亲晚年是快乐的，这个快乐的源泉很大程度上就是感恩的满足，以及对死亡的豁达。我每次回家都要给母亲上坟，在母亲的坟墓边上，也给父亲准备了一块墓地。父亲每次都很平淡地说："这就是我的地方，要不几年就去陪你母亲。"他从来不忌讳谈论自己的死，经常说的是，自己这么大年纪，还要给孩子增添麻烦，早点走就是给孩子减轻负担。他说得那么真诚、那么淡然，我的心里就是一种说不出来的难过。也会想起母亲，想起她跟父亲比较起来，还是走得早了；如果上天再给她几年天寿，或许她还能看到许多过去没有看到的东西……

后　　记

　　第一本书《农业的干法》出版之后意犹未尽，很想把这种写作的状态保持下去。一方面，担心自己会懒散下来，或许是多年养成的习惯，一旦慵懒就有一种虚度光阴的罪恶感；另一方面，总觉得还有很多话要说，有写作的冲动。但是写些什么呢？完全没有方向，直到跟孩子聊天，他跟我推荐蔡崇达的《皮囊》，收到新书的当天读完全书。书里似乎什么都说了，又似乎什么都没有说。这本书深深地吸引了我，尤其是关于阿太的章节震撼了我，当晚打开电脑开始了第一篇对母亲的书写。

　　母亲离开我已经十六年，自己从来不敢触碰"母亲"这两个字；仿佛是一个巨大的伤口，任何的触碰都会有流血般的疼痛。或许是蔡崇达对阿太、对父母、对身边人的诉说，给了自己巨大的勇气，终于可以在键盘上与母亲"对话"，而且是那样的心平气和。思绪被拉扯到很远、很远。第二天就完成了对母亲的诉说，相信自己可以用这样的笔触，把身边的人逐个呈现出来。第二个需要对话的人物，当然就是自己的启蒙老师。那时候，父亲还健在，在母亲的章节里已经有了部分对父亲的描写，并相信算命先生的话，父亲要活到一百零二岁以上，可以慢慢去写父亲。对启蒙老师的书写也很顺畅，跟他单独相处的细节都永远刻画在自己的脑子里。但进入关于第三位熟悉的人的写作的时候，自己就卡壳了。因为，他们不

再如父母和小学老师那么鲜活，他们的个性气质、跟他们的交往细
节都不再那么清晰；反倒是自己的生活场景一一浮现出来，才使在
场景中的他们也鲜活起来。自己改变一种写法，把自己置于其中，
如同一个导游，沿着时间的河流，游览人生的风光。于是，就有了
第三篇和之后的写作。

　　作为一个普通人，我不想把第二本书写成传记，不仅自己没有
什么可以"传"写的东西，而且朴素拙诚已深入骨髓；矫情式地写
作不仅有违自己本意，也不可能自然地写下去。所幸的是，自己坚
持了这种朴素自然的表达方式。我总觉得，一个人的写作是与这个
世界的沟通方式，每个人都有自己适合的语调、语速和语言。因为
各种不同的表达方式，才让这个世界绚烂多彩。同样，在每个人眼
中，世界都是不一样的，如同盲人摸到的大象，只有上帝视角才能
俯瞰完整的世界。每个人都有不一样看世界的角度，当然就有不一
样的世界；而恰恰因为这种不同，让世界充满多样性。

　　早期的自己曾经为这个世界的多样性而兴奋不已，也为认识到
这种多样性而困惑。童年夏天的夜晚，在院坝乘凉，躺在坚硬的竹
床上，目光所及就是浩渺的天空、闪烁的星斗、飘逝的流星。深邃
的宇宙带给自己是无穷的遐想，上初中才确认天上的仙女座没有仙
女。农村的童年时期，几乎没有文字读物，有的只是房前屋后的庄
稼和饲养的鸡、鸭、猪、鹅，每天接触的一草一木就是最好的读
物。院坝里大人讲的鬼怪故事，算精神启蒙，我才知道在草木之外
还有一个"鬼怪"的精神世界。读《三国演义》和《水浒传》连环
画才知道人与人之间还有那么复杂的关系。因为父母从来没有提及
过人与人关系的话题，以至于到高中时期，看到来自城里的同学非
常善于处理与同学和老师的关系，才知道这也是一种学问。至于与

自己的关系，其实一直都是懵懂的，从最初的无知到后来的困惑，再到遇见佛陀的放下，简直是一场灵魂的炼狱。后来，学习大量哲学家关于世界的解释，试图弄清楚抽象"世界"这个客体与人这个具体主体之间的联系，后来发现都是徒劳。人只是被动或是主动选择跟这个所谓的世界发生关联，自然与人、人与人、人与自己构成了人与世界的三重关联，人就在这三重关联之中过完一生。

我相信每个人都是独特的，每个人的经历都是一本不能复制的自传。父亲给我最珍贵的启示：感恩这个时代，感恩这个世界，诚实地面对这个世界。为学、为政和为商的独特经历，就是自己不断学习与这个世界相处的心得。今天把这些心得分享给你，权当茶余饭后的谈资。书上的每一个字都是自己敲出来的，就算一次朋友的交流吧，唯一能担保的就是心诚。

感恩所有相遇的人。我相信，每次相遇都是不解的缘分，我无比珍惜这种缘分。你们让这个世界和我的人生异常精彩。感谢孩子亲手绘制的封面和插图，让这本书多了空灵的意味。永远感恩你们！

图书在版编目（CIP）数据

管理的心法：一个跨界者的蝶变笔记 / 胡启毅著.
北京：中国农业出版社，2025.6. -- ISBN 978-7-109-
32992-8

Ⅰ. I247.5

中国国家版本馆 CIP 数据核字第 202597JQ65 号

中国农业出版社出版

地址：北京市朝阳区麦子店街 18 号楼
邮编：100125
责任编辑：刘　伟　胡烨芳
版式设计：书雅文化　　责任校对：吴丽婷
印刷：三河市国英印务有限公司
版次：2025 年 6 月第 1 版
印次：2025 年 6 月河北第 1 次印刷
发行：新华书店北京发行所
开本：880mm×1230mm　1/32
印张：8.75
字数：220 千字
定价：68.00 元
